말테의 수기

Aufzeichnungen des Malte Laurids Brigge

세계문학전집 42

말테의 수기

Aufzeichnungen des Malte Laurids Brigge

라이너 마리아 릴케

문현미 옮김

민음사

차례

제1부

9월 11일 툴리에 가에서

사람들은 살기 위해서 여기로 몰려드는데, 나는 오히려 사람들이 여기서 죽을 것 같다는 생각이 든다. 외출을 했다가 자선병원 몇 군데를 보았다. 한 남자가 비틀거리다가 쓰러지는 것을 보았다. 그 남자 주위로 사람들이 모여들었기 때문에 그후의 일이 어떻게 되었는지는 모르겠다. 임신한 여자도 한 명 보게 되었다. 그 여자는 햇볕으로 따뜻해진 높다란 담벼락을 따라 힘들게 걸음을 옮기면서 벽이 아직도 거기에 있는지 확인하는 듯이 때때로 벽에다 손을 대어보곤 했다. 그래, 벽은 아직도 거기 있었다. 그런데 담벼락 뒤편에는? 지도를 펼쳐보았더니 산부인과 병원이었다. 그래, 그녀는 그곳에서 해산을 하겠지. 그렇게 할 수 있을 거야. 계속 가다 보면 생 자크 거리가 나오고, 지붕이 둥근 큰 건물이 있다. 지도에 의하면 발 드 그라스 육군병원이었다. 사실 나는 이런 것에 대해 알 필요가 없지만, 안다고 하더라도 상관은 없다. 좁은 거리의 곳곳에서 냄새가 나기 시작했다. 요오드포름 냄새, 감자튀김의 기름 냄새, 불안의 냄새였다. 여름에 냄새가 나지 않는 도시는 없다. 그러고는 특이하게도 창문이 하나도 없는 음산한 집 한 채를 보았다. 지도에 나와 있지는 않았지만, 그 집 문 위에 적힌 간이 숙박소라는 글자는 아직도 잘 알아볼 수 있었다. 입구 옆에 숙박료가 적혀 있었다. 읽어보니 비싸지는 않았다.

그 밖에 나는 또 무엇을 보았더라? 아이가 타고 있는 유모차가 한 대 세워져 있었다. 아이는 뚱뚱하고 얼굴에는 푸르뎅뎅한 빛이 감돌며, 이마에는 눈에 띄게 부스럼이 하나 있었다. 보기에는 나아가고 있어 아프지는 않은 것 같았다. 아이는 입을 벌린 채 자고 있었는데, 숨쉬면서 요오드포름과 감자튀김과 불안을 들이마시고 있었다. 사실 그랬다. 중요한 것은 사람들이 살아 있다는 사실이며, 그것만이 정말 중요한 일이었다.

창문을 열어놓은 채로 잠을 자지 않으면 안 되는 나의 습관. 전차가 찌르릉대며 내 작은 방 옆을 미친 듯이 지나간다. 자동차가 내 위를 달려간다. 어디선가 문이 큰 소리를 내며 닫히고 창유리가 깨어져 떨어지는 소리가 난다. 큰 파편들은 소리 내어 웃고, 작은 파편들은 킥킥거린다. 그러자 갑자기 맞은편 거리의 집 안에서 둔탁하고 밀폐된 소음이 들렸다. 누군가가 계단을 올라오고 있다. 계속해서 올라오고 있다. 내 방 앞에 와서 오랫동안 서 있다가 지나간다. 다시 거리가 소란해진다. 여자아이의 날카로운 비명이 들린다.「그만 하세요. 제발 좀」전차가 흥분한 듯이 달려와 소녀의 소리를 짓누르고 지나간다. 모든 걸 짓누르고 지나간다. 누군가가 외치고 있다. 사람들은 달리며, 서로 앞지른다. 개가 짖는다. 이 얼마나 마음 놓이게 해주는 일인가. 개 한 마리가. 새벽녘에는 닭까지 울어 뭐라 형언할 수 없는 안도감을 느끼게 해준다. 그러자 나는 갑자기 잠이 든다.

이런 것들은 소음이다. 그러나 이런 소음보다 더 끔찍한 것이 있다. 바로 정적(靜寂)이다. 큰불이 났을 때에도 가끔 극도의 긴장된 순간이 있다고 나는 생각한다. 내뿜는 물줄기가 끊어지고 소방수들이 사닥다리로 올라가는 것을 중단하고, 아무도 꼼짝하지 않는다. 위쪽에서 시커먼 추녀 끝이 소리도 없이 비어져 나오고, 불길이 올라가는 높은 벽은 소리 없이 기울어진다. 모두 서서 어깨를 추켜올리고, 얼굴을 위로 향한 채 무서운 충격이 오기를 기다린다. 이렇게 여기에는 정적만이 있다.

나는 보는 법을 배우고 있다. 왜 그런지 모르겠으나, 모든 게 지금까지보다 더 내면 깊숙이 파고들어 과거에는 항상 끝났던 곳에 이제 머물러 있지 않는다. 옛날에는 알지 못했던 깊은 내면이 생겼다. 이제 모든 게 그곳으로 간다. 거기에서 무슨 일이 일어나는지 나는 모르겠다.

오늘 편지를 썼다. 쓰다 보니 이곳에 온 지 겨우 3주밖에 되지 않았다는 생각이 떠올랐다. 3주간을 다른 곳, 가령 시골에서 보내게 된다면 하루처럼 짧게 느껴질 수 있지만, 이곳에서는 몇 해가 된 것 같다. 이제 다시는 편지를 쓰지 않겠다. 누군가에게 자신이 변해 가고 있다는 걸 무엇 때문에 알려야 하는가? 내가 변하면 나는 과거의 내가 아니다. 나는 지금까지와는 다른 무엇이다. 그러니 이제 내게는 아는 사람이 없는 게 당연하다. 낯선 사람들에게, 나를 모르는 사람들에게 편지를 쓸 수야 없는 것이지.

내가 이미 말했던가? 보는 법을 배우고 있다고. 그래, 나는 시작했다. 아직 서투르지만 시간을 최대한으로 활용하려 한다.

예를 들면, 이 세상에 얼마나 많은 얼굴들이 있는가를 한 번도 의식한 적이 없었다. 엄청나게 많은 인간들이 살고 있지만, 얼굴은 그것보다 훨씬 더 많다. 누구나가 여러 가지의 얼굴을 가지고 있기 때문이다. 여러 해 동안 같은 얼굴을 하고 있는 사람도 있지만, 물론 그 얼굴은 닳고 더러워지고 주름이 잡혀, 여행 중에 끼고 있던 장갑처럼 늘어나 버린다. 그들은 검소하고 단순한 사람들이어서 얼굴을 바꾸지 않고, 닦는 일조차 한번 없다. 그들은 이것으로 충분하다고 주장하는데 누가 그들에게 그렇지 않다고 입증해 보일 수 있겠는가? 그런데 사람들은 여러 개의 얼굴을 지니고 있기 때문에 그것으로 무엇을 하는지에 대해 당연히 의문이 생긴다. 그들은 그것을 보관해 둔다. 자식들이 그 얼굴들을 쓰고 다니기를 원하기 때문이다. 그러나 그들이 기르는 개가 그 얼굴을 쓰고 밖으로 나가는 경우도 있을 거다. 어째서 안 된단 말인가? 얼굴은 얼굴인데.

어떤 이들은 너무도 자주 차례차례 얼굴을 바꾸어 닳기도 한다. 처음에는 그 얼굴을 늘 그대로 간직할 것 같지만, 40세도 될까 말까 해서 마지막 얼굴을 가지게 된다. 물론 그것은 얼굴의 비극이다. 그들은 얼굴을 소중하게 여기는 데 익숙하지 못하여, 8일 만에 마지막 얼굴에는 구멍이 뚫리고, 여기저기가 종이처럼 얇아져서는 차츰 얼굴이 아닌 바닥이 드러난다. 그래서 얼굴 아닌 얼굴을 쓰고 돌아다닌다.

그런데 그 여자는 어땠을까? 노트르담 드 샹 거리의 모퉁이에서 완전히 자기 몸속으로 폭삭 가라앉은 듯한 그 여자는 두 손에 얼굴을 묻고 있었다. 나는 그녀를 보자마자 소리를 죽여 걸어가기 시작했다. 가난한 사람들이 생각에 잠겨 있을 때에는 방해해서는 안 된다. 어쩌면 그들에게 지난 일에 대한 생각이 떠오를지 모르니까.

거리는 너무나도 텅 비어 있었다. 그 공허가 지루해하며 내 발밑에서 걸음을 빼앗아다가 나막신을 신은 듯이 이리저리 딸가닥거리며 돌아다녔다. 여자가 그 소리에 놀라 너무 갑작스럽게 빨리 몸을 일으켰기 때문에 얼굴이 두 손 안에 남아 있는 상태였다. 나는 그 손 안에 비어 있는 얼굴의 틀을 보았다. 시선이 손에 머물러 있는데 손에서 떨어져 나와 있는 것을 보지 않기 위해서는 말로 형언할 수 없는 노력이 필요했다. 얼굴을 안쪽에서 보는 일도 소름 끼쳤지만, 얼굴 없는 적나라한 상처받은 머리통을 보는 일은 훨씬 더 무서웠다.

무서웠다. 사람이 한번 공포감을 느끼게 되면 그 공포감을 떨쳐내기 위해 무언가를 하지 않으면 안 된다. 이 도시에서 병에 걸린다는 건 매우 혐오스러운 일일 거다. 누군가가 나를 디외 병원[1]에 데려갈 생각을 하게 되면, 나는 틀림없이 거기서 죽게 되리라. 이 병원은 안락한 곳으로 사람들이 굉장히 많이 이용한다. 쏜살같이 속력을 내어 넓은 광장을 가로질러, 그 병원을 향해 달리는 차량들 중의 하나에 치여 죽을 위험을 감수하지 않고는 파리 대사원의 정면을 바라다볼 수 있는 방법이 거의 없다. 그것들은 소형 운반 차량들인데, 끊임없이 경적을 울리며 달리고 있다. 어느 죽어가는 소시민이 곧장 병원으로 달려가려고 하면, 폰 사강 공작[2]이라 할지라도 마차를 세우고 길을 비켜주어야만 할 거다. 죽어가는 사람은 고집불통이다. 예를 들어 마르튀르 거리의 고물상 주인 르그랑 부인[3]이 시테의 어느 광장을 향

---

1) 노트르담 근처의 큰 병원. 원래는 1165-1260년 사이에 지어진 수녀원 건물로서 1722년 불에 타서 다시 지어졌다.
2) 당대 파리의 아주 유명한 귀족이다(1831-1910).
3) 프랑스의 일반적인 성(姓)으로서 앞의 귀족과 대조적이다.

해 마차에 실려 운반될 때에는 파리 전체의 교통이 마비되어 버린다. 이 무법적인 소형 구급차에는 특이하게도 무한히 흥분감을 자아내는 우윳빛 유리창이 끼워져 있다. 그 창 뒤에서 아주 지독한 단말마의 고통을 겪는 환자를 상상할 수 있다. 그러기에는 여자 관리인의 상상력만으로도 충분하다. 그러나 좀더 풍부한 상상력을 가진 사람이 그것을 다른 방향으로 작동시키면, 그 추측은 끝없이 계속 이어질 거다. 나는 또 지붕이 없는 마차가 도착하는 걸 보았다. 포장을 열어젖힌 역마차로서 일반 요금으로 달린다. 임종 시간당 2프랑 꼴이다.

이 훌륭한 디외 병원은 아주 오래된 병원으로서, 클로드 비히 왕[4] 시절에도 벌써 몇 대의 침대에서 사람들이 죽었다. 지금은 559대의 침대에서 사람들이 죽어간다. 물론 공장과 같다. 이런 대량 생산에 있어서는 개개의 죽음이 알뜰하게 처리될 수가 없지만, 문제는 그것이 아니다. 양이 문제다. 오늘날 잘 마무리된 죽음을 위해 돈을 치를 사람이 누가 있을까? 아무도 없다. 빈틈없는 절차를 밟아 죽을 수 있을 만큼 돈을 가진 부자들조차도 죽음에 대해서 무관심하고 냉담해지기 시작했다. 자기만의 죽음을 가지려는 소원은 갈수록 보기 드물어진다. 좀더 지나면 자기 자신의 죽음이 자신의 삶처럼 흔치 않을 것이다. 맙소사, 여기에는 없는 게

---

4) 프랑크 왕국을 세운 왕(466-511).

없다. 그저 와서 생을 발견하면 그만이다. 그저 그것을 기성복처럼 입기만 하면 된다. 자기 뜻으로 가거나 가도록 강요를 받는다. 자, 그러니 노력할 필요가 없다. 「선생님, 여기 당신의 죽음이 있습니다」 사람은 닥치는 대로 죽는다. 자기가 앓는 병에 딸린 죽음을 죽는다(왜냐하면 사람이 모든 질병을 알게 된 이래, 여러 가지 죽음의 종말도 병에 속하는 것이지, 환자에 속하는 게 아니라는 점도 알고 있기 때문이다. 환자는 말하자면 아무것도 할 필요가 없다).

요양소에서는 환자가 의사와 간호사에게 너무나 고마워하면서 정말 흔쾌히 죽어간다. 환자는 요양소에서 마련해 준 죽음을 죽게 되는데, 사람들은 그것을 좋아한다. 그러나 자기 집에서 죽는 사람은 물론 상류 사회의 장엄한 죽음을 선택하게 되는데, 이와 더불어, 말하자면 일류 장례식과 아름다운 관습의 온갖 절차가 이미 시작된다. 그 집 문앞에는 가난한 사람들이 모여 서서 실컷 구경한다. 가난한 사람들의 죽음은 물론 아무 절차도 없이 평범하다. 그들은 적당히 자기 처지에 맞는 죽음을 발견하게 되면 다행이라 생각한다. 그 죽음이라는 옷이 아주 커도 상관없다. 사람은 조금씩 더 자라니까. 가슴이 답답하거나 숨이 막히거나 하면 물론 곤란하지만.

이제 아무도 살지 않는 고향집을 생각하면, 그전에는 죽음이 달랐을 거라고 여겨진다. 옛날에 사람들은 과일에 씨가 들어 있듯이, 사람도 내부에 죽음을 간직하고 있음을 알고 있었다(아니면 그저 예감했던 것인지도 모른다). 아이들은 작은 죽음을, 어른들은 큰 죽음을 간직하고 있었다. 여자들은 그것을 자궁 안에, 남자들은 가슴속에 간직하고 있었다. 어쨌든 독특한 위엄과 말없는 자부심을 주는 죽음을 가지고 있었다.

시종관이셨던 나의 할아버지 브리게 노인께서도 죽음을 잉태하고 있었음을 사람들은 알았다. 그런데 그건 어떤 죽음이었던가. 그의 죽음은 두 달간이나 지속되었고, 그 소리가 얼마나 컸는지 집에서 멀리 떨어진 부설 농장에까지 들릴 지경이었다.

그의 죽음을 위해서는 오래된 큰 저택도 너무 비좁았다. 그의 몸은 점점 더 비대해졌고, 그는 끊임없이 이 방에서 저 방으로 옮겨지기를 원했으며, 나중에는 하루가 채 끝나기도 전에 이미 방마다 옮겨 다녔기 때문에 더 이상 옮길 방이 없게 되자, 무섭게 화를 내어서 행랑채를 증축하지 않으면 안 될 것 같아 보였다. 그리고 그는 항상 주변에 수많은 하인들과 시녀들 그리고 개들을 거느리고 청지기의 안내로 지금은 고인이 되신 그의 어머니가 돌아가신 방으로 올라갔다. 그 방은 23년 전, 그의 어머니가 돌아가셨던 때와 정말 똑같은 상태로 보존되어 있었는데, 보통 때에는 아무도 들어갈 수 없는 방이었다. 이제 모두 무리 지어 방으로 몰려 들어갔다. 커튼을 젖히자, 여름날 오후의 강렬한 빛이 겁을 집어먹고 떨고 있는 듯한 가구들을 샅샅이 비추면서 금이 간 거울 속에서 어색하게 몸을 뒤틀었다. 사람들도 마찬가지였다. 그곳에 들어온 하인들은 호기심 때문에 그들의 손이 지금 어디에 머물러 있는지 알지 못할 정도였다. 젊은 하인들은 이것저것 휘둥그레 쳐다보거나, 나이 든 하인들은 왔다갔다하면서 지금껏 밀폐되었던 방에 들어와서 기쁜지 그 방에 대해 들었던 여러 가지 이야기들을 기억해 내려고 했다.

특히 개들은 온갖 물건에서 냄새가 나는 방에 들어온 탓인지 매우 흥분하는 것 같았다. 크고 홀쭉한 러시아 산(産) 그레이하운드는 안락의자 뒤에서 이리저리 뛰어다니면서 춤을 추듯 큰 걸음으로 몸을 흔들며 방을 가로지르더니, 마치 문장(紋章) 속의 개처럼 몸을 일으켜 세워 가느다란 앞발을 백금으로 칠한 창문 앞받이 위에 걸치고, 이마를 뒤로 당기고 긴장된 날카로운 표정으로 뜰 안을 좌우로 두리번거리며 쳐다보고 있었다. 다리가 짧고 장갑처럼 노란 닥스 개는 모든 게 아무 이상이 없다는 표정으로 창가에 있는 비단 천으로 된 넓은 안락의자에 앉아 있고, 털이 불그스름하고 성난 듯이 보이는 포인터는 금빛 다리로 된 식탁의 모퉁이에 등을 비벼대고 있어, 그림이 그려져 있는 그 식탁 위에 놓여 있는 세브르의 찻잔이 떨리고 있었다.

그렇다, 잠에서 채 깨어나지 않아 방심 상태에 있었던 가구들에게는 끔찍한 한때였다. 어떤 이는 급하게 손으로 책장을 아무렇게나 펼치자 장미 꽃잎이 떨어져 내려 발길에 짓밟히기도 했다. 망가지기 쉬운 작은 물건들은 손에 잡히자 바로 깨어지고 재빨리 다시 제자리에 놓여지는가 하면, 몇

몇의 일그러진 물건들은 커튼 뒤에 숨겨지거나, 벽난로의 금빛 철망 뒤로 던져지기도 했다. 때때로 무언가가 떨어졌는데, 카펫 위에 떨어진 것은 둔탁한 소리를 냈고, 딱딱한 마룻바닥에 떨어진 것은 맑은 소리를 냈다. 여기저기에서 깨어지는 소리가 났는데, 어떤 것은 날카로운 소리를 내며 금이 가거나 거의 소리 없이 깨어지기도 했다. 이런 물건들은 늘 소중하게 다루어져 왔기 때문에 떨어지면 깨어지게 마련이었다.

무엇보다도 조심스럽게 잘 보관되었던 이 방에서 모든 것이 이렇게 송두리째 떨어지는 운명에 처하게 된 원인이 무엇이냐고 묻는다면 대답은 단 하나, 즉 죽음이라는 말이었을 거다.

울스고르의 크리스토프 데트레프 브리게 시종관의 죽음, 그것 때문이었다. 그의 몸은 짙은 청색 제복을 뚫고 나올 정도로 부풀어올라 방바닥 한가운데에 꼼짝하지 않고 누워 있었다. 그의 얼굴은 아무도 알아볼 수 없을 정도로 크고 낯설게 변하였고 눈은 감겨 있었다. 무슨 일이 일어나는지 그는 보지 못했다. 사람들이 처음에는 그를 침대에 눕히려 했으나, 그는 침대에 눕기를 거부했다. 병이 심해지기 시작한 밤 이후부터 침대를 싫어했기 때문이었다. 또한 그곳의 위층 침대가 너무 작다는 게 밝혀졌고 그가 아래층에 가기를 원치도 않았기 때문에 바닥 카펫 위에 눕히는 것 외에는 다른 도리가 없었다.

그는 지금 카펫 위에 그렇게 누워 있어서, 사람들은 그가 죽었다고 생각할 수 있었을 것이다. 서서히 어두워지기 시작하자, 개들은 문틈으로 한 마리, 또 한 마리 사라졌고, 털이 뻣뻣하고 사납게 생긴 개만이 주인 옆에 앉아서, 털이 길고 넓적한 앞발 하나를 크리스토프 데트레프의 커다란 잿빛 손 위에 올려놓고 있었다. 이제 대부분의 하인들도 방 안보다도 더 밝은 하얀 복도에 나가 서 있었다. 그러나 아직 방 안에 있던 하인들은 방바닥 가운데에 누워 있는 커다랗고 시커먼 덩어리 쪽을 때때로 훔쳐보고 거기에 있는 게 썩은 물건 위에 걸쳐진 큰 양복 외의 아무것도 아니었으면 하고 생각했다.

그러나 그것은 아직도 무엇이었다. 하나의 목소리, 7주 전까지만 해도 아무도 들어보지 못한 목소리였다. 시종관의 목소리가 아니었기 때문이다. 그 목소리의 주인은 크리스토프 데트레프가 아니고, 그의 죽음이었다.

크리스토프 데트레프의 죽음은 울스가르드에서 벌써 여러 날 동안 살고 있으며, 모든 사람들과 이야기하고 명령을 내렸다. 옮겨달라고 명령했다. 푸른 방으로, 그리고 작은 살롱으로, 또는 큰 홀로 옮기도록 명령했다. 〈개를 데려오라, 웃어라, 말하라, 연주하라, 조용히 해라〉라는 이 모든 명령을 그는 한꺼번에 했다. 친구들을, 여자들을 그리고 고인들을 만나게 해달라고 요구했으며, 스스로 죽기를 요구하였다. 요구하고 또 요구했으며 소리를 질러댔다.

밤이 되어 불침번이 아니었던 하인들이 피로에 지친 몸으로 잠들려고 하자, 크리스토프 데트레프의 죽음은 고함을 질러대기 시작했다. 어찌나 오랫동안 쉬지 않고 고함을 지르고 신음하고 울부짖는지, 개들은 처음에는 함께 짖어대다가 나중에는 잠잠해지고, 감히 엎드리려 하지 않고, 길고 가느다란 다리를 떨면서 선 채로 무서워했다. 덴마크의 광막한 은빛 여름 밤, 마을 사람들은 크리스토프가 울부짖는 소리를 듣고는 마치 뇌우가 몰아칠 때처럼 일어나서 옷을 챙겨 입고, 그 울부짖음이 그칠 때까지 말없이 등불 주위에 둘러앉아 있었다. 해산이 가까운 여자들은 되도록 멀리 떨어진 깊숙한 방에, 될 수 있는 대로 칸막이가 두껍게 쳐진 침대로 옮겨졌다. 그러나 여자들은 그 소리를 계속해서 듣게 되어 마치 자기 몸에서 소리가 나는 것처럼 느껴져 자기도 일어나 있도록 해달라고 애원하다가, 느슨하고 하얀 옷을 입고는 정신이 멍한 표정으로 사람들에게 와서 함께 앉아 있었다. 이 무렵 새끼를 낳으려던 암소는 어찌할 바를 모르고 새끼를 낳지 못했다. 사람들이 억지로 암소의 몸에서 나오려고 하지 않는 죽은 새끼를 끄집어내니 창자마저 몽땅 딸려나왔다. 사람들은 모두 낮일을 제대로 하지 못했고 건초를 날라 들여오는 일도 잊었다. 낮에는 밤이 오는 것을 무서워했기 때문이고 밤에는 너무 자주 잠에서 깨어 소스라쳐 일어나는 바람에 지칠 대로 지쳐버려 아무 생각도 할 수 없게 되었기 때문이다. 마을 사람들은 일요일에 하얗게 칠해진 평화로운 교회에 가면 앞으로 울스가르드 대저택에 주인이 없게 해달라고 빌었다. 끔찍한 주인이었기 때문이다. 목사조차도 하룻밤도 자지 못하고 자기 스스로도 하나님을 이해할 수 없어서 마을 사람들이 모두 생각하고 빌었던 것과 똑같은 내용을 설교단 위에서 외쳐댔다. 교회의 종도 무서운 라이벌을 갖게 되었다고 말했다. 그 라이벌이 밤새 으르렁거려, 금속으로 된 종이 아무리 크게 울리기 시작해도 그 소리를 당해 내지 못해서였다. 그렇다, 모두가 그렇게 말했다. 젊은이들 중에는 자기가 주인이 사는 성에 들어가서 퇴비용 갈퀴로 성주를 때려죽이는 꿈을 꾸었다고 말하는 사람도 있었다. 마을 사람들은 분개하고 지칠 대로 지치고 지나치게 예민해져서, 그 젊은이가 꿈 이야기를 했을 때 모두 귀를 기울이고는 자신도 모르는 사이에 솔깃하여 그가 그러한 짓을 할 수 있을 것인가 하고 새삼스럽게 그를 쳐다보기까지 했다. 몇 주 전까지만 해도 시종관을 존경하고 그의 용태를 걱정스럽게 생각했던 마을 사람들이 이제는 모두 그렇게 느끼고 그렇게 이야기했다. 하지만 그들이 그렇게 이야기하더라도 바뀌는 건 하나도 없었다. 울스가르드에 사는 크리스토프 데트레프의 죽음은 물러가지 않았다. 그의 죽음은 10주간 머물기로 하고 왔다가 10주간 머물렀다. 이 기간 동안 그는 그전의 크리스토프 데트레프 브리게 자신이 그랬던 것보다 훨씬 더 주인 행세를 했는데, 훗날 폭군이라 불릴 왕과 같았다.

그것은 어떤 수종병(水腫病) 환자의 죽음 같은 것이 아니라, 시종관이 일생 동안 내부에 간직하면서 길러냈던 사납고도 장엄한 죽음이었다. 그 자신이 평온했던 시절에는 다 써버릴 수 없었던 지나친 교만, 의지, 지배력이 그의 죽음속으로 흘러들어 이 죽음은 이제 울스가르드에 머물면서 그 잉여분을 탕진했다.

누군가가 그에게 이런 죽음과는 다른 어떤 죽음을 요구했더라면 브리게 시종관은 그를 어떻게 바라보았을까. 그는 자기 자신의 힘든 죽음을 맞이했다.

내가 지금까지 만났거나 말로 들었던 사람에 대해 생각해 보면, 늘 똑같았다. 그들은 모두 자기 자신의 죽음을 가졌다. 죽음을 갑옷 속에, 마치 자기 내부에 사로잡은 듯 간직하고 다녔던 남자들, 아주 늙고 작아져서 쪼그라들어 엄청나게 큰 침대에서 마치 무대에 누운 것처럼 온 가족, 하인, 개들이 지켜보는 앞에서 말없이 장엄하게 죽어간 여인들. 정말 어린 아이들, 아주 어린 아이조차도 흔해 빠진 그어떤 죽음을 죽은 것이 아니라, 스스로 알아서 지금껏 살아온 것과 앞으로 있게 될 것을 합쳐서 죽었다.

여자들이 아이를 잉태하고 서 있으면, 그 모습이 얼마나 우수에 찬 아름다움을 느끼게 했는지. 그녀들은 자기도 모르게 가느다란 손을 배 위에 올려놓고 있는데, 그 커다란 뱃속에는 두 개의 열매가 들어 있었다. 하나는 태어날 아이였고 다른 하나는 죽음이었다. 그 말끔한 얼굴에 감도는 짙고도 거의 풍요로운 미소는 이따금씩 이 둘이 몸속에서 성장하고 있음을 그녀들이 생각하는 데서 비롯된 게 아니었을까?

나는 불안을 이겨내기 위해 무언가를 했다. 밤새도록 앉아서 글을 썼던 것이다. 이제 나는 울스가르드의 들판 너머 먼 길을 걸은 후처럼 피로하다. 그 오래된 큰 저택에 그전의 모든 것이 사라지고, 모르는 사람들이 살고 있다고 생각하기가 어렵다. 꼭대기 합각머리에 있는 하얀 방에서는 지금 하녀들이 저녁부터 아침까지 땀에 축축이 젖어 깊은 잠을 자고 있을지도 모른다.

나는 아무도 아는 사람 없이, 아무것도 가진 것 없이, 트렁크 하나와 책 상자 하나를 가진 채, 사실 어떤 것에도 호기심 없이 세상을 돌아다니고 있다. 집도 없고 상속받은 물건도 없고 개도 없이 살아가는 생활은 도대체 어떤 생활일까. 최소한 추억이라도 있다면 좋으련만, 그러나 누가 그것을 갖고 있나? 만일 어린 시절의 추억이 있다 해도 그건 땅속에 묻혀버린 것과 같다. 어쩌면 사람은 그 모든 추억에 다다르기 위해서 나이를 먹지 않으면 안 될지도 모른다. 나는 늙는 게 좋다고 생각한다.

오늘은 아름다운 가을 아침이었다. 나는 튈리에 공원을 산책했다. 동쪽 편에 놓여 있는 모든 것은 햇빛을 받아 눈부셨다. 햇빛을 받는 것은 마치 연회색 커튼에 감싸이듯 안개로 가려져 있었다. 아직 안개가 걷히지 않은 뜰에서는 동상들이 잿빛 속에서 잿빛의 모습을 하고 햇빛을 받고 있었다. 긴 화단에는 꽃들이 제각기 깨어나서 깜짝 놀란 소리로 빨갛다라고 외쳤다. 그러자 샹젤리제 쪽에서 키가 매우 크고 마른 남자가 모퉁이를 돌아 다가왔다. 그는 목각을 들고 있었는데, 그것을 겨드랑이에 끼지 않고 가볍게 앞으로 내밀면서 때때로 의전관(儀典官)의 지팡이처럼 탁 소리를 내며 땅을 짚었다. 그는 기쁨의 미소를 억누르지 못하고 모든 것들에, 태양과 나무들에게 미소를 보냈다. 그의 걸음은 어린 아이의 걸음처럼 수줍었으나, 예전의 자유로운 걸음에 대한 추억으로 가득 차서 이상하게도 가벼웠다.

저 작은 달이 못하는 짓이 없다. 달 주변에서 모든 게 밝고 가볍고, 밝은 공기 속에서 은근하면서도 뚜렷이 보이는 그런 날들이 있다. 바로 가까이 있는 것도 먼 곳의 음향을 갖고, 멀리 물러나 다만 보여질 뿐 다다르지는 못한다. 그리고 먼 곳과 관계 있는 것, 수많은 강, 다리, 긴 거리, 광장들, 그것들은 원경(遠景)을 자기 뒤에 끌어들여 비단에 그린 것처럼 그 위에 그려져 있다. 이런 밤에는 센 강의 퐁뇌프 다리 위를 지나가는 연녹색 마차나, 붙잡을 수 없는 그어떤 빨간 것이나, 늘어선 진주빛 회색의 주택 단지 방화벽(防火壁)에 붙여진 포스터 한 장이라도 그것이 무엇인지는 말할 수 없다. 모든 건 단순화되어 마네의 초상화에 그려진 얼굴처럼 몇 개의 밝고 다른 구도로 표현되어 있었다. 무엇하나 부족하지도 남지도 않는다. 센 강가의 책장수들은 책상자를 열어놓고 있다. 산뜻한 노란색이나 빛바랜 누런색의 책들, 보랏빛을 띤 갈색의 책 장정들, 좀더 넓은 초록색의 서류철, 이 모든 게 잘 배치되어 조화를 이루어서 아무것도 빠짐이 없는 완벽함을 이루고 있다.

저 아래에는 다음과 같은 광경이 있다. 맨 앞에는 여인이 조그만 손수레를 미는데 앞에는 손잡이로 돌리는 풍금이 실려 있다. 그 뒤에는 어린이를 앉히는 바구니가 가로놓여 있는데, 아주 어린 아이가 모자를 쓰고 즐거워하며 두 다리로 버티고 서서 앉으라고 해도 막무가내다. 여인은 손풍금의 손잡이를 가끔씩 돌린다. 그러면 아이는 즉각 발을 힘차게 구르면서 다시 바구니 속에서 일어선다. 녹색 나들이옷을 걸친 어린 소녀가 창을 올려다보면서 춤을 추며 탬버린을 친다.

보는 법을 배우고 있는 지금, 나는 무언가 일을 시작해야만 한다고 생각한다. 28세가 되었는데 아무것도 제대로 해놓은 게 없다. 지금까지 해온 일을 돌이켜보자. 카르파치오[5]에 관한 작은 소품을 한 편 썼으나 졸작이고, 「결혼 생활」이란 드라마도 썼는데 무언가 잘못된 것을 이중적 수법으로 입증해 보이려고 한 시도였다. 그리고 시도 썼다. 아, 그러나 사람이 젊어서 시를 쓰게 되면, 훌륭한 시를 쓸 수 없다. 시를 쓰기 위해서는 때가 오기까지 기다려야 하고 한평생, 되도록이면 오랫동안, 의미(意味)와 감미(甘味)를 모아야 한다. 그러면 아주 마지막에 열 줄의 성공한 시행을 쓸 수 있을 거다. 시란 사람들이 주장하는 것처럼 감정이 아니고(사실 감정은 일찍부터 가질 수 있는 거다), 경험이기 때문

---

5) 르네상스기의 이탈리아 화가(1455-1525).

이다. 한 줄의 시를 쓰기 위해서는 수많은 도시들, 사람들, 그리고 사물들을 보아야만 한다. 동물에 대해서 알아야 하고, 새들이 어떻게 나는지 느껴야 하며, 작은 꽃들이 아침에 피어날 때의 몸짓을 알아야 한다. 시인은 돌이켜 생각할 수 있어야 한다. 알지 못하는 지역의 길, 뜻밖의 만남, 오랫동안 다가오는 것을 지켜본 이별, 아직도 잘 이해할 수 없는 유년 시절에 우리를 기쁘게 해주려 한 마음을 헤아리지 못해서 기분을 언짢게 해드린 부모님(다른 사람이라면 기뻐했을 텐데), 심각하고 커다란 변화로 인해 이상하게도 기억에 남아 있는 어린 시절의 질병, 조용하고도 한적한 방에서 보낸 나날들, 바닷가에서의 아침, 그리고 바다 그 자체, 곳곳의 바다들, 하늘 높이 소리 내며 모든 별들과 더불어 흩날려 간 여행의 밤들! 이 모든 것을 돌이켜보는 것만으로는 충분치 않다. 하나같이 다른, 사랑을 주고받는 수많은 밤들, 진통하는 임산부의 외침, 가벼운 흰옷을 입고 잠을 자는 동안 자궁이 닫혀져 가는 임산부들에 대한 추억도 있어야 한다. 또 임종하는 사람의 곁에도 있어봐야 하고, 창문이 열리고 간헐적으로 외부의 소음이 들려오는 방에서 시체 옆에도 앉아보아야 한다. 그러나 추억이 있다는 것만으로는 아직 충분하지 않다. 추억이 많으면 그것을 잊을 수도 있어야 한다. 그리고 그 추억이 다시 살아날 때까지 기다릴 수 있는 큰 인내심을 가져야 한다. 왜냐하면 추억 그 자체만으로는 시가 될 수 없기 때문이다. 그 추억이 우리들의 몸속에서 피가 되고, 시선과 몸짓이 되고, 이름도 없이 우리들 자신과 구별되지 않을 때에야 비로소 몹시 드문 시간에 시의 첫마디가 그 추억 가운데에서 머리를 들고 일어서 나오는 일이 일어날 수 있다.

그러나 내 시는 모두 그와는 다르게 생겨났다. 그러니 그것은 시가 아니다. 내가 드라마를 쓸 때에도 얼마나 착각했는가. 서로 힘들게 하는 두 사람의 운명을 이야기하기 위해서 제3의 인물을 필요로 했던 나는 어리석은 모방자에 불과했다. 얼마나 쉽게 함정에 빠졌는지. 나는 모든 인생과 문학을 꿰뚫고 가는 이 제삼자, 한번도 존재한 일이 없는 제삼자의 유령이 아무 의미가 없다는 것, 이 제삼자를 부인해야 한다는 걸 알았어야 했다. 이 제3의 인물은 인간의 가장 심오한 비밀로부터 인간의 관심을 돌리기 위하여 애쓰는 흔한 구실에 항상 이용된다. 그는 드라마가 공연될 때 그 앞에 세워진 병풍이다. 그는 실재하는 갈등이 갖는 말없는 정적으로 들어가는 입구에서 나는 소음이다. 작가들이 주인공인 두 인물에 대해 이야기하기에는 지금까지 너무 힘들었으리라고 나는 말하고 싶다. 제3의 인물은 실재하지 않기 때문에 다루기가 쉽고, 누구나 그를 쓸 수 있었다. 이런 작가들의 희곡의 첫머리에서 사람들은 제3의 인물을 등장시키려는 초조감을 바로 느끼게 되고, 그를 거의 기다릴 수가 없게 된다. 그래서 제3의 인물이 등장하게 되면 만사 오케이다. 만일 제3의 인물이 늦게 등장하게 되면 아주 지루하게 되며, 그 없이는 아무것도 진행될 수 없어서, 모든 게 정돈이 되고 막히고 대기 상태가 된다. 만일 이런 정체와 대기 상태가 계속되면 어떻게 될까? 극작가여, 그대 인생의 의미를 알고 있는 관객이여, 만일 이 제3의 인물이, 복제 열쇠처럼 모든 결혼에 들어맞는 인기 있는 탕아 혹은 건방진 젊은 이가 사라진다면 연극은 어떻게 될 것인가? 예를 들어 혹시 귀신이 그를 홀려서 데려가 버렸다면 어떻게 될 것인가? 한 번 상상해 보자. 그러면 사람들은 극장 안에서 조작된 공허를 느끼게 되고, 극장은 위험한 구멍처럼 폐쇄될 것이며, 칸막이 처진 관람석의 언저리에서 나온 좀나방들이 빈 극장 안을 날아다닐 것이다. 극작가들은 교외의 별장촌에서는 더 살 수가 없게 되고, 공공의 정보 조사 기관이란 기관은 모조리 그들을 위해 이 세계 오대주의 벽지란 벽지에서 줄거리 그 자체며 그 어떤 것과도 대체할 수 없는 제3의 인물을 찾아낼 것이다.

그런데 제3의 인물이 아니라 극에서 문제시되는, 인간들 사이에서 살고 있으며 괴로워하며 행동하고 스스로 어찌할 바를 모르는 두 사람에 대해서는 할 이야기가 엄청나게 많은데도 이제까지 그들에 대해서 이야기한 일은 한번도 없었다.

우습다. 나 브리게는 스물여덟 살이나 되었는데, 아무도 나에 대해 아는 사람도 없이 여기 내 작은 방 구석에 앉아 있다. 여기에 앉아 있는데 나는 아무것도 아니다. 그런데 아무것도 아닌 이 존재가 생각하기 시작한다. 회색빛 파리의 오후에 6층 방에서 이런 생각을 하고 있다.

사람이 현실적이고 중요한 것을 한번도 보지 못하고 인식하지도 그리고 말해 보지도 못한 일이 가능할까라고. 인간이 보고 생각하고 글로 쓰기에 수천 년의 시간 여유를 갖고 있었으나 이 수천 년을 마치 학생이 버터를 바른 빵과 사과를 먹는 학교의 휴식 시간처럼 흘려보내는 일이 있을 수 있을까?

그래, 있을 수 있는 일이다.

인간이 많은 발명과 진보, 문화, 종교 그리고 세계에 대한 예지력을 지녔음에도 불구하고 인생의 표면에 머물러 있는 일이 가능할까? 약간의 가치가 있는 이 표면에조차 믿을 수 없을 정도로 밋밋한 천을 씌워서 그것이 마치 여름 휴가철 응접실 가구처럼 보이는 일이 있을 수 있을까?

그래, 있을 수 있는 일이다.

세계사 전부가 잘못 이해되는 일이 가능할까? 어떤 낯선 사람이 죽어가고 있어서 그 주위에 사람들이 모여 서 있는데, 그 사람에 대해서는 말하지 않고 몰려든 수많은 사람들에 대해서 말하는 것처럼 항상 대중에 대해서만 말해 왔다고 해서 과거가 잘못되었다고 할 수 있을까?

그래, 있을 수 있는 일이다.

인간이 태어나기도 전에 일어났던 일인데, 그것을 돌이켜야 한다고 믿는다는 게 있을 수 있을까? 인간이 자기는 과거의 모든 것으로부터 태어났으므로 그것을 알고 있어야 하고, 생각이 다른 사람들의 말을 하나도 들을 필요가 없다는 걸 개개인 모두에게 각각 상기시켜야만 한다고 생각하는 일이 있을 수 있을까?

그래, 있을 수 있는 일이다.

이 모든 인간들이 결코 있지도 않았던 지나간 일을 정말 정확하게 안다는 게 있을 수 있을까? 모든 현실의 일들이 아무 의미도 없고, 그들의 인생은 마치 텅 빈 방에 있는 시계처럼, 어떤 것과도 연관 없이 그저 흘러가 버리는 일이 있을 수 있을까?

그래, 있을 수 있는 일이다.

현재 잘 살고 있는 소녀들에 관해서 아무것도 모른다는 일이 있을 수 있을까? 〈여인들〉, 〈아이들〉, 〈소년들〉이라고 말하면서 이 단어들이 이제는 이미 복수를 의미하는 것이 아니라 수많은 단수일 뿐이라는 것을 (아무리 교양을 갖추었다 하더라도) 짐작하지 못하는 일이 있을 수 있을까?

그래, 있을 수 있는 일이다.

〈신〉이라고 말하면서 무언가 공동의 것을 이야기하는 사람들이 있을 수 있을까? 두 명의 어린 학생들을 보아라. 한 아이가 칼을 한 자루 사고, 옆에 있는 아이도 같은 날에 똑같은 것을 샀다고 하자. 일주일이 지나서 두 아이들은 서로 칼을 보여준다. 그럼 그것들에는 비슷한 점이 아주 조금밖에 남아 있지 않음이 드러난다. 두 개의 칼은 각기 다른 두 아이의 손에서 그렇게 달라졌다(그래, 하고 한 학생의 어머니가 말한다. 너희들이 쓰는 모든 것은 금방 닳게 마련이지). 아, 그렇지, 마음속에 〈신〉을 지니고 있으면서도 그 〈신〉을 쓰지 않을 거라고 믿는 일이 있을 수가 있을까?

그래, 있을 수 있는 일이다.

이 모든 일이 있을 수 있는 일이라면, 있을 수 있는 일 같기만 하더라도 무엇인가가 일어날 수밖에 없다. 그러나 이 모든 것이 가능하다면, 그저 가능한 것 같기만 하더라도 이 세상의 모든 것들에게 무슨 일이든지 일어나야 하리라. 이런 불안한 생각을 가졌던 사람은 아무라도, 하지 못한 일 중에서 무엇인가를 조금이라도 하기 시작해야 한다. 아무라도 좋다. 전혀 적임자가 아니라도 좋다. 이 젊고 보잘것없는 외국인 브리게는 6층 방에 앉아서 낮이나 밤이나 글을 써야만 할 것이다. 그래, 그는 써야만 한다. 그것이 그의 종말이 되기도 할 것이다.

그때 나는 열두 살 아니면 아무리 많아도 열세 살이 되었을 거다. 아버지는 나를 우르네클로스터에 데리고 가셨다. 아버지가 왜 외할아버지를 방문하게 되었는지 모르겠다. 두 분은 어머니가 돌아가신 후 수년간이나 만나지 않았으며, 아버지 자신은 외할아버지 브라에 백작이 노년이 되어서야 은거하게 된 이 옛 성에는 한번도 가신 적이 없었다. 외할아버지가 돌아가시고 난 후에 다른 사람의 손에 넘어간 이 이상한 성을 한번도 다시 본 적이 없다. 어릴 때의 기억을 더듬어보면, 내 마음속에서 그 성은 한 채의 건물이 아니라 아주 갈기갈기 나누어져 있다. 저기에 방이 하나, 거기에 방이 하나, 여기에는 복도, 복도는 두 방을 연결시켜 주는 것이 아니라 그 자체로서, 아니 하나의 부분으로 남아 있다. 이런 식으로 내 마음속에서는 모든 것이 분산되어 있다. 방들, 아주 불편하게 놓인 계단, 나선형의 좁다란 다른 계단, 어둠침침한 계단을 내려가는 것은 흡사 피가 혈관 속을 흐르는 것과 같았다. 탑 안의 방들, 높이 매달려 있는 발코니, 작은 문을 열고 밖으로 밀려나가면, 뜻밖에 나타나는 작은 발코니. 이런 모든 것들이 내 마음속에 남아 있는데, 마음속에서 이것들이 사라지는 일은 없을 것이다. 이 저택의 영상이 아득한 공중에서 마음속으로 굴러 떨어져, 마음의 밑바닥에 부딪혀서는 산산조각난 듯하다.

매일 저녁 7시가 되면 우리가 식사를 하러 모이곤 했던 큰 홀만은 내 마음속에 온전히 남아 있는 것 같다. 나는 그 방을 한번도 밝을 때에 본 적이 없었다. 창이 있었는지, 있었다면 어느 쪽을 향해 있었는지조차 생각나지 않는다. 가족이 그 방에 들어갈 때마다 무거운 샹들리에에 촛불이 켜져 있었는데, 몇 분도 지나지 않아 지금 몇 시인지, 밖에서 무엇을 보았는지도 모조리 잊어버렸다. 짐작건대 그 방은 둥글고 높은 천장을 갖고 있어 다른 모든 것보다 인상이 강력해서 그 어둡고 높은 공간으로, 그리고 한번도 밝혀진 일이 없는 구석구석으로 사람의 기억에 아무런 대용물도 주는 일 없이 그저 모든 영상을 빨아들이기만 했다. 거기에 해체된 것처럼 아무 의지도 없이, 생각이나 의욕이나 방어력도 없이 그냥 앉아 있었을 뿐이다. 흡사 텅 빈 장소와 같이 느껴졌다. 이 걷잡을 수 없는 상태가 처음에는 거의 구토증 같은 것을 불러일으켰던 일도 기억한다. 그것은 뱃멀미와 같은 것이었는데 맞은편에 앉아 있는 아버지의 무릎에 발이

닿을 때까지 다리를 뻗음으로써 이겨낼 수가 있었다. 아버지와 나는 거의 냉랭한 관계여서 그런 내 행동을 이해할 수가 없었을 텐데도, 아버지가 이 이상한 행동을 이해해 주었거나 아니면 허용해 준 것 같다는 생각은 훨씬 후에야 떠올랐다. 기나긴 식사 시간을 견뎌낼 수 있는 힘은 아버지 무릎에 살짝 발을 갖다 댄 접촉에서 온 것이었다. 그런 식으로 몇 주간 몸에 경련을 느끼며 그것을 견뎌낸 후, 아이가 갖게 마련인 무한한 적응력으로 그런 소름 돋는 모임의 분위기에 아주 잘 익숙해져서 두 시간이나 식탁에 앉아 있는 데에도 아무런 노력을 들일 필요가 없게 되었다. 이제 식탁에 앉아 있는 분들을 관찰하는 일에 재미를 붙였기 때문에 그 두 시간이 상당히 빨리 지나가기까지 했다.

외할아버지는 식탁에서 함께 식사하는 사람들을 가족이라고 부르셨고, 다른 사람들도 이렇게 부르는 것을 들었지만 그것은 실상 완전히 억지로 만든 용어였다. 식탁에서 함께 식사하는 이 네 사람이 서로 먼 친척 관계에는 있었지만, 가족은 결코 아니었다. 내 옆에 앉아 있는 숙부는 노인으로 햇볕에 탄 굳은 표정의 얼굴에는 검은 반점들이 나 있는데 화약을 장전하다가 폭발한 결과라는 것이었다. 성난 듯 무뚝뚝하고 불평이 많았던 숙부는 소령으로 퇴역하셨다. 지금은 성 안의 내가 잘 모르는 방에서 연금술 같은 실험을 하고 계셨다. 하인들에게서 들은 바로는, 어느 교도소와 연결되어 있어 매년 한두 번 그곳으로부터 시체를 받아서는 밤이나 낮이나 틀어박힌 채 그것을 해부하고 또 이상한 방

식으로 처리해서 부패하지 않게 했다는 것이다. 숙부의 맞
은편은 마틸데 브라에 양의 자리였다. 그녀는 나이를 추측
하기 힘든 인물로서 어머니의 먼 사촌이었다. 그녀에 관해
서는 놀데 남작이라고 자칭하는 오스트리아 심령가와 빈번
하게 서신 교환을 하고 있다는 것, 그에게 완전히 빠져 있
어서 사전에 그의 동의, 아니 차라리 축복과 같은 무언가를
받기 전에는 아무런 일도 시도하지 않는다는 것 말고는 알
려진 바가 하나도 없었다. 그 당시 그녀는 유달리 체구가
컸는데 그녀가 입고 있는 밝은 색의 헐렁한 옷 속으로 부드
럽고 축 처진 살덩이를 아무렇게나 밀어넣은 듯한 느낌이었
다. 그녀의 동작은 피로해 보였고 종잡을 수 없었으며 눈에
는 늘 눈물이 고여 있었다. 그런데도 어딘지 얌전하고 날씬
한 몸매의 내 어머니를 연상케 하는 면이 있었다. 그녀를
오래 바라보면 볼수록 돌아가신 후로는 더 이상 기억해 낼
수 없었던 어머니의 섬세하고 조용한 표정을 그 얼굴에서
모두 찾아낼 수 있었다. 마틸데 브라에 양을 매일 보게 된
이후로, 어머니가 어떻게 생겼었는지를 비로소 다시 되새기
게 되었다. 그래, 나는 어쩌면 어머니의 모습을 이제 처음
으로 알게 되었는지도 모르겠다. 이제서야 나의 내부에서
수백 개의 부분이 합쳐져서 한 영상이 생겼고 그건 어디를
가나 나를 따라다니게 되었다. 브라에 양의 얼굴에는 어머
니의 특징이었던 표정 하나하나가 정말로 모두 갖추어져 있
었다는 것이 나중에 나에게 분명해졌다. 브라에 양의 얼굴
에는 낯선 얼굴 하나가 그 사이에 끼어들어 그것들을 밀쳐

내고 비틀면서 서로 연결을 잃고 있었을 뿐이었다.

브라에 양 옆에는 사촌 누이의 어린 아들이 앉아 있었다. 나와 같은 또래였으나 키가 작고 약해 보였다. 주름 잡힌 옷깃에서 그의 가느다랗고 창백한 목이 올라와서 기다란 턱 밑에서 사라졌다. 입술은 얇고 꽉 다물어져 있었으며, 콧등은 가볍게 벌름거렸고, 짙은 갈색의 예쁜 두 눈 중에서 하나만이 움직였다. 움직이는 한 눈은 가끔 조용하면서 슬프게 나를 넘겨다보았으며, 다른 한 눈은 마치 팔려버려 더 이상 문제시되지 않는 것처럼 언제나 똑같은 방구석을 향해 있었다.

식탁의 위쪽 끝에는 외할아버지의 엄청나게 큰 팔걸이의 자가 있었는데, 그것을 할아버지의 몸 밑에다 밀어넣는 일만을 맡아 하는 하인이 있었다. 그 의자는 어찌나 큰지 거기에 앉은 노인은 아주 작은 자리만을 차지하였다. 귀가 잘 들리지 않고 오만하기까지 한 노인을 각하나 궁중 시종관으로 부르는 사람들이 있었고, 어떤 사람들은 장군이라고 부르기도 했다. 그는 실제로 이 지위들을 모두 갖고 있었지만, 오래전에 관직에서 물러났으므로 이런 칭호를 쓰는 이유를 이해하기가 어려웠다. 외할아버지는 어떤 때에는 아주 예민하면서도 항상 다시 여유를 보여주는 성품이어서 일정한 호칭을 붙일 수 없는 분처럼 느껴졌다. 외할아버지께서는 가끔 나를 친절하게 대해 주셨고, 내 이름을 농담투의 발음으로 부르면서 곁에 오라고 하셨지만, 나는 그를 할아버지라고 부를 마음이 한번도 들지 않았다. 가족 모두가 백작이신 할아버지를 공경심과 두려움이 섞인 태도로 대하였으나, 어린 에리크만은 이 백발의 가장(家長)과 친해져서 움직이는 한쪽 눈으로 가끔 할아버지에게 뜻이 통하는 재빠른 눈짓을 하였고, 외할아버지도 똑같이 재빠른 눈짓으로 응답하였다. 또 이 두 사람이 긴 오후에 가끔씩 으슥한 화랑의 끝에 나타나 둘이서 손을 잡고 말은 하지 않지만 분명히 다른 방식으로 의사를 교환하면서 검은 옛 초상화들을 따라 거니는 걸 볼 수 있었다.

나는 집안의 정원이나 바깥의 너도밤나무 숲 아니면 들판에서 거의 하루 종일을 보냈다. 다행히도 우르네클로스터에는 개들이 있었다. 그 개들은 나를 따라다녔다. 나는 여기저기 소작인의 집이나 농장을 돌아다니면서 우유와 빵과 과일을 얻을 수 있었다. 적어도 다음 몇 주일 동안은 저녁 식사 모임을 두려워하지 않고, 별 걱정 없이 자유를 즐겼다고 생각한다. 혼자 있는 게 즐거웠기 때문에 나는 거의 아무와도 이야기를 나누지 않았다. 다만 개와는 가끔 짤막한 대화를 나누었는데 기가 막히게도 뜻이 잘 통했다. 과묵함은 우리 집안의 특징이기도 했는데, 나는 그걸 아버지를 통해 이미 알게 되었다. 그래서 저녁 식사 때에 거의 아무도 이야기를 하지 않는 게 이상스럽게 느껴지지는 않았다.

그러나 우리가 도착한 후 처음 며칠 동안 마틸데 브라에 양은 지나칠 정도로 말을 많이 했다. 그녀는 외국의 도시에 있는 옛날에 알던 친지들에 대해 아버지에게 묻고는 먼 옛날에 받은 인상들을 회상하면서 죽은 여자 친구들에 대해 이야기했고, 어느 청년을 회상하면서는 눈물까지 흘릴 정도로 스스로 감동했다. 그녀는 그 청년이 자기를 열렬히 사모했는데도 그 짝사랑을 받아들일 수 없었다는 암시를 넌지시 비추었다. 아버지는 정중하게 귀를 기울여 들으시면서 가끔씩 그녀의 이야기에 맞장구치는 듯이 머리를 끄덕이셨지만 꼭 필요한 것만 대답하셨다. 백작은 식탁 상석에 앉아서 입술을 아래로 내밀어 다물고 계속해서 미소를 짓고 계셨는데, 그의 얼굴은 마치 가면을 쓴 듯 평소 때의 얼굴보다 훨씬 커 보였다. 아무와도 관련 없는 목소리로 그는 가끔 말문을 열곤 했다. 목소리는 매우 낮았지만 식당의 어디에서나 들렸다. 그의 목소리는 시계의 규칙적이고도 담담한 추의 움직임과 닮은 점이 있었다. 그 음성을 에워싸고 있는 정적은 그 자체의 텅 빈 반향을 불러일으키는 것처럼 보였는데 그것은 음절마다 다 그러했다.

외할아버지 브라에 백작은 아버지에게 죽은 아내, 즉 나의 어머니에 관해서 이야기하는 걸 특별한 예의로 여기셨다. 당신의 딸인 어머니를 백작 부인 시벨레라고 부르며, 모든 이야기를 어머니의 안부를 물어보는 것으로 끝냈다. 왜 그런지 모르겠지만, 그때는 그 백작의 딸이 마치 하얀 옷을 걸친 아주 어린 소녀로 여겨지고, 금방 우리가 있는 곳으로 들어올 것 같은 느낌이 들었다. 나는 외할아버지가 어머니에 대해 이야기할 때와 같은 어투로 〈우리의 어린 안나 소피〉에 대해 말하는 것도 들었다. 어느 날 외할아버지가 유독 사랑스럽게 여겼다는 그 소녀에 대해 물어보았더니, 그 소녀는 콘라드 레벤트로우 재상의 딸로서 후에 프리드리히 4세의 비(妃)가 되었으며, 로스킬데⁶⁾에 묻힌 지 백오십 년 가까이나 되었다는 것이었다. 외할아버지에게는 과거, 현재와 같은 시간 순서가 아무 의미가 없었다. 죽음은 그가 아주 무시하는 작은 사건이었다. 한번 그의 기억 속에 남은 인물들은 계속 살아 있기 때문에 그들이 죽어도 이 사실에는 아무 변화가 없었다. 이 늙은 주인이 세상을 떠난 지 여러 해가 지나서, 사람들의 말에 따르면 그가 고집스럽게 미래의 일도 마찬가지로 현재의 일로 느꼈다고 서로 이야기했다. 언젠가 그는 어느 젊은 부인에게 그녀의 아들들에 대해 이야기하는 중에, 특히 한 아들의 여행에 관해서 이야기했는데, 그 젊은 부인으로 말하자면 이제 첫 아이를 임신한 지 마침 석 달째였으므로, 이 끝도 없이 이야기해 대는 노인 옆에서 끔찍하기도 하고 두렵기도 한 나머지 거의 실신한 상태로 앉아 있었다고 한다.

그런데 내가 웃은 일이 사건의 발단이 된 적이 있었다. 그래, 나는 정말 크게 웃었으며 웃음을 그칠 수가 없었다. 어느 날 저녁 식사 때에 마틸데 브라에 양이 보이지 않았던 것이다. 거의 장님에 가까운 늙은 하인이 그녀의 자리로 가서는 그녀가 없는데도 음식이 담긴 접시를 내밀었다. 그는 잠시 그 자세로 기다렸다가 모든 게 평소와 같이 그대로인

---

6) 덴마크 로스킬데 성당에는 왕족들의 유해가 안치되어 있다.

것처럼 흡족한 듯 위엄 있게 다음 자리로 갔다. 나는 그 광경을 지켜보고 있었는데, 그걸 지켜보는 순간에는 조금도 우습게 느껴지지 않았다. 그러나 잠시 후, 음식을 입에 넣자 갑자기 웃음이 치밀어올라 음식을 잘못 삼켜 큰 소리를 내어 재채기를 했다. 이런 상황이 나 자신에게도 괴로웠고, 얌전하게 있으려고 무진장 애를 썼지만, 웃음이 자꾸 튀어나오고 또 튀어나와서 도저히 억누를 수가 없었다.

아버지는 내 무례함을 덮어주기 위해서 묵직하고 낮은 목소리로 물었다. 「마틸데 양은 아픈가요?」 외할아버지는 평소처럼 미소를 지으면서 한마디로 「아니, 그애는 크리스티네를 만나고 싶지 않아서 그런 걸세」라고 말씀하신 것 같다. 그런데 나는 웃음을 참는 데 정신이 팔려 거기에 주의를 기울이지 못해 정확하게 알아듣지는 못했다. 그래서 옆에 앉아 있던 얼굴이 갈색인 소령이 자리에서 일어나 외할아버지께 무언가 중얼중얼 사과하며, 인사를 하고는 식당을 나가버린 게 할아버지 말씀 때문이라는 걸 알아차리지 못했다. 그런데 소령이 외할아버지의 등 뒤쪽 문에서 다시 몸을 돌리고는 어린 에리크에게, 그리고 갑자기 놀랍게도 나에게까지 따라오라는 듯 눈짓을 하는 게 눈에 띄었다. 나는 너무 놀라서 웃음을 딱 그쳤다. 어쨌든 나는 소령에게 더 이상 주의를 기울이지 않았다. 불쾌하게 여겨졌기 때문이다. 어린 에리크도 그를 모르는 척해 버렸다는 것을 알 수 있었다.

식사는 평소와 마찬가지로 질질 끌다가, 마침 후식 시간이 되었을 때였다. 그때 나는 어두컴컴한 식당의 뒤편에서 일어나는 일에 시선이 갔다. 거기에는 이미 이야기한 대로 항상 잠겨 있는 문이 하나 있었다. 1층과 2층 사이의 층으로 통한다고 들었는데, 이제 그 문이 천천히 열렸다. 호기심과 놀라움이 섞인 지금껏 겪어보지 못한 기분으로 그쪽을 바라보고 있으니까, 문이 열리더니 어두컴컴한 가운데, 밝은 옷을 걸친 늘씬한 여자가 나타나 우리에게 천천히 다가왔다. 내가 움직였는지 소리를 내었는지는 모르겠지만, 의자가 넘어지는 소리에 그 이상한 여자에게서 눈을 뗄 수밖에 없었다. 아버지는 죽은 사람처럼 창백한 얼굴로 의자에서 벌떡 일어나더니 두 손을 꽉 내려 쥐고 그 여자에게로 다가갔다. 그런데 그 여자는 이것을 보고도 전혀 개의치 않고 한 걸음 한 걸음 우리에게 다가왔다. 그녀가 외할아버지의 자리 가까이까지 오자, 할아버지는 단번에 일어서더니 아버지의 팔을 꽉 움켜잡고 식탁에 도로 끌어당겨 앉혔다. 낯선 귀부인은 이제 아무 거치적거릴 것 없는 방을 거리낌없이 한 걸음 한 걸음 건너갔는데, 어디선가 유리컵이 잔잔히 흔들리는 소리가 들릴 뿐 말할 수 없이 조용한 정적을 뚫고, 식당의 맞은편 벽에 있는 문으로 사라졌다. 그 순간에 나는 그 낯선 여자 뒤에서 몸을 깊이 숙여 절을 하면서 문을 닫아준 사람이 어린 에리크였다는 걸 알았다.

식탁에 계속 앉아 있던 건 나뿐이었다. 나는 의자에 너무 깊숙이 들어앉아서 도저히 혼자서는 일어설 수 없을 것 같았다. 잠시 아무것도 보지 않은 채 그저 멍하니 앉아 있었다. 그러다가 아버지 생각이 나서 보니, 외할아버지가 아직도 여전히 아버지의 팔을 꽉 붙잡고 있는 게 보였다. 아버지는 화가 나서 얼굴이 벌겋게 달아올라 있었는데, 외할아버지는 짐승의 발톱 같은 하얀 손가락으로 아버지의 팔을 꽉 움켜쥐고는 가면 같은 미소를 짓고 있었다. 나는 외할아버지가 한 음절씩 잘라서 무언가 말씀하시는 걸 들었는데, 그 의미를 이해할 수가 없었다. 그런데도 그 말씀이 귓속 깊숙이 틀어박혔던지, 약 2년 전 어느 날, 내 기억 속에서 되살아나, 그 이후로는 그 말이 잊혀지지 않았다. 「여보게, 자네는 성질이 급하고 공손하지가 못해. 무엇 때문에 다른 사람들이 자기 일을 못하게 하는 거지?」하고 외할아버지가 말했다. 그러자 아버지는 할아버지의 말을 가로막고 「그 사람은 누굽니까?」하고 소리를 질렀다. 「당연히 여기에 올 수 있는 사람이지. 낯선 사람이 아니라 크리스티네 브라에란 말일세」 그때 다시 그 이상하고도 엷은 정적이 되돌아왔다. 다시 컵이 흔들리는 소리가 나기 시작했다. 이제 아버지는 몸을 홱 뿌리쳐 빼고는 식당에서 쏜살같이 뛰쳐나갔다.

그날 밤새도록 나는 아버지가 방 안을 왔다갔다하는 소리를 들었다. 나도 잠을 잘 수가 없었기 때문이다. 그런데 자는 둥 마는 둥 하다가 갑자기 아침 무렵에 깨어나, 무언가 허연 게 내 침대 옆에 앉아 있는 걸 보고, 어찌나 질겁했는지 심장 속까지 마비될 뻔했다. 너무도 절망한 나머지 마침내는 머리에 이불을 덮어쓸 힘이 났다. 이불 밑에서 나는 무섭고 어쩔 줄 몰라 울기 시작했다. 갑자기 으스스해지고 울고 있는 눈 주위가 환해졌다. 아무것도 보지 않기 위해서 울고 있는 눈을 꼭 감았다. 그런데 아주 가까이에서 나를 달래는 온화하고 달콤한 목소리가 얼굴에 와 닿았다. 나는 그 소리가 마틸데 브라에 양의 목소리라는 걸 알아차리고는 금방 마음이 편안해졌다. 그런데 이미 마음이 진정되었는데도 나를 계속 달래도록 놓아두었다. 이런 위안이 너무 부드럽다고 느꼈지만 나는 그걸 즐거이 받아들였고 어쩐지 위안받을 자격이 있는 것처럼 생각되었다. 이윽고 「이모」 하고 부르고는 그녀의 희미한 얼굴에서 내 어머니의 얼굴 표정들을 한데 모으려고 시도했다. 「이모, 그 여자는 누구였어요?」

「아아」 하고 브라에 이모는 한숨 지으며 대답했다. 그런데 그 한숨이 이상하게 여겨졌다. 「불쌍한 여자야. 애야, 불쌍한 여자란다」

그날 아침 나는 하인 몇 명이 짐을 챙기고 있는 걸 보았다. 나는 우리가 집으로 돌아가는구나라고 생각했고, 집으로 돌아가는 게 정말 당연한 일로 여겨졌다. 아마도 아버지도 그렇게 생각하셨을 거다. 그날 저녁이 지나고도 무엇이 아버지를 우르네클로스터에 머물러 있게 했는지 알아볼 기회는 한번도 없었다. 하여간 우리는 출발하지 않았다. 그 집에서 8주일 아니 9주일 정도 더 머무르면서 그 이상한 분위기에서 오는 압박감을 견뎌냈다. 그사이에 우리는 크리스티네 브라에를 세 번 더 보았다.

나는 그 당시 크리스티네 브라에에 관해서 아무것도 몰랐다. 그녀가 오래전에 두번째 아이를 해산하다가 죽었으며, 그때 낳은 남자아이가 나중에 자라 무섭고 가혹한 운명을 맞이하게 되었다는 사실을 모르고 있었다. 그리고 나는 크리스티네 브라에가 이미 죽었다는 사실조차 몰랐다. 하지만 나의 아버지는 그걸 알고 있었다. 다혈질이며 철저하고 분별력 있는 기질의 아버지가 이때만은 침착하게 아무 말도 하지 않고, 이 괴상한 일을 참아 넘기려고 했던 걸까? 나는 아버지가 얼마나 마음속으로 괴로워하고 있는지 보고서도 이해하지 못했고, 마지막에 그것을 이겨낸 것도 영문을 모른 채 보고만 있었다.

우리가 크리스티네 브라에를 마지막으로 보았을 때의 일이다. 이번에는 마틸데 이모도 식탁에 앉아 있었는데 평소와는 달라 보였다. 우리가 그곳에 도착한 후 같이 보낸 그 며칠간처럼, 그녀는 특별한 줄거리도 없이 자꾸 혼돈을 일으켜가면서 쉴새없이 지껄여댔다. 그러다가 안절부절못한 나머지 끊임없이 머리와 옷을 가다듬곤 했다. 그러고는 갑작스레 날카로운 비명을 지르며 벌떡 일어나서는 사라져버렸다.

그 순간에 무심코 그쪽 문으로 눈길이 갔다. 정말, 크리스티네 브라에가 들어왔다. 내 옆에 앉아 있던 소령이 격렬하게 몸을 움찔 하고 움직였는데 그게 내 몸에도 전달되었다. 그러나 소령은 일어설 힘조차 없는 것 같았다. 그는 반점이 있는 나이 든 갈색 얼굴을 이 사람 저 사람에게 돌렸으며 입은 딱 벌리고 있었다. 혓바닥은 썩은 이빨 뒤에서 꿈틀거렸다. 그러더니 갑자기 얼굴을 떨구었다. 그의 백발 머리는 식탁 위에 놓이고 팔은 동강이 난 것처럼 식탁 위아래에 놓여 있었다. 어디선가 시들고 반점이 있는 손이 나와서 부들부들 떨고 있었다.

그러자 크리스티네 브라에는 말할 수 없이 조용한 가운데, 한 걸음 한 걸음 환자가 걸어가듯 그렇게 천천히 이루 형언할 수 없는 정적 속을 지나갔다. 이 정적 속에서 늙은 개소리 같은 외마디 신음이 들릴 뿐이었다.

그런데 그때 수선화가 가득 담긴 백조 모양의 커다란 은빛 화병의 왼쪽에서 큰 가면을 쓴 것 같은 외할아버지의 얼굴이 잿빛 미소를 띠며 나타났다. 외할아버지는 포도주 잔을 아버지를 향해 들었다. 그때는 크리스티네 브라에가 막 아버지 의자 뒤를 지나갈 때였고, 나는 아버지가 자기 잔을 움켜잡고 무언가 아주 무거운 걸 들어올리듯 잔을 탁자 위로 한 뼘 정도 들어올리는 걸 보았다.

그날 밤이 지나기도 전에 우리는 그 집을 떠났다.

국립 도서관에서

나는 여기 앉아서 한 시인의 작품을 읽고 있다. 열람실에는 많은 사람들이 있지만 그것을 느낄 수 없다. 그들은 책에 몰두해 있다. 그러면서 마치 잠을 자다가 두 개의 꿈 사이에서 몸을 이리 뒤척 저리 뒤척 하듯 책의 쪽수 사이에서 몸을 뒤척인다. 아, 책 읽는 사람들 속에 있는 게 너무도 좋다. 왜 사람들은 늘 책 읽을 때와 같지 않을까? 누군가에게 가까이 가서 그를 살짝 건드려보아라, 그는 조금도 그걸 느끼지 못하리라. 일어나면서 옆에 앉은 사람에게 살짝 부딪히고 사과를 해도, 목소리가 나는 쪽으로 얼굴을 돌려 고개를 끄덕이긴 하나, 상대를 보지는 못한다. 그의 머리카락은 잠자는 사람의 머리카락 모양과 같다. 그것을 보면 얼마나 기분이 좋아지는지. 그런데 나는 여기 앉아서 한 사람의 시인을 앞에 두고 있다. 이 무슨 운명인가. 지금 열람실 안에서는 대충 삼백 명의 사람들이 책을 읽고 있다. 그러나 이들 하나하나가 시인을 앞에 두고 있다는 건 있을 수 없는 일이다. (그들이 무슨 책을 읽고 있는지는 아무도 모른다.) 시인이 삼백 명이나 되지는 않으니까. 그런데 한번 봐라, 이 도서관에서 책을 읽고 있는 사람들 중에서 어쩌면 가장 가난하고, 게다가 외국인이기까지 한 내가 시인을 앞에 두고 있다는 건 무슨 운명인가. 비록 나는 가난하여, 매일 입는 옷도 몇 군데 해어지기 시작했고, 구두도 여기저기 말썽을 피우기 시작하지만, 칼라는 깨끗하고, 속옷도 깨끗하다. 그래서 이대로 어느 다과점에 들어가도 되겠고 그것도 번화가 큰길가에 있는 다과점에 들어가서 안심하고 접시에서 케이크를 손으로 집어낼 수도 있을 거다. 아무도 그런 행동을 조금이라도 수상하게 여기지 않을 것이며, 욕을 하거나 나를 쫓아내는 일도 없을 거다. 가난하긴 해도 내 손은 좋은 가문 출신의 손이며, 하루에도 네댓 번이나 씻기 때문이다. 그렇다, 손톱 속에는 때라곤 하나도 끼어 있지 않고, 글씨 쓰는 손가락에 잉크 하나 묻어 있지 않다. 특히 손목은 탓할 나위 없다. 가난한 사람들이 그런 데까지 깨끗하게 씻지 않는다는 것은 누구나 다 알고 있는 사실이다. 다시 말해 청결성으로 미루어 사람을 평가할 수 있다는 말인데 그건 실제로도 그렇다. 가게에서도 그렇게 한다. 그러나 예를 들어 생 미셸 대로와 라신 가에는 그런 것은 아랑곳하지 않는, 깨끗한 손목 따위는 그저 비웃어버리는 몇몇 존재들이 있다. 이들은 나를 보기만 해도 금방 알아차린다. 내가 같은 계층의 인간이지만 좀 희극배우 노릇을 하고 있을 뿐이라는 것을. 마침 카니발이니까. 그들은 내 흥을 깨뜨리려 하지 않는다. 그저 넌지시 해쭉 웃고 눈짓을 할 뿐이다. 그것을 본 사람은 아무도 없다. 더군다나 그들은 나를 신사처럼 대해 주는데, 누군가가 가까이 오면 내게 굽실거리기까지 한다. 마치 내가 모피 외투를 걸치고 있기라도 한 것처럼, 그리고 전용 마차가 내 뒤에서 따라오고 있기라도 한 것처럼 그렇게 나를 대한다. 때때로 그들에게 동전 몇 개를 주곤 하는데 그럴 때마다 그들이 뿌리칠까 봐 조마조마해지기도 하지만 그들은 그것을 순순히 받아준다. 다만 그들이 다시금 해쭉거리거나 나에게 눈을 끔벅거리지만 않는다면 만사형통이리라. 그들은 대체 어떤 사람들인가? 내게 무엇을 바라고 있단 말인가? 나를 기다리고 있는 것일까? 무엇으로 나를 알아보는 것일까? 내 수염이 더부룩해 보이는 것은 사실이다. 그들의 병들고 노쇠하고 퇴색한 수염을 보면 늘 어떤 느낌이 와 닿았는데, 이제 내 수염이 아주 조금이긴 해도 어딘지 그들의 수염을 연상시킨다. 그런데 내가 수염을 소홀히 여길 권리가 없단 말인가? 많은 사람들은 일에 쫓겨 그렇다. 하지만 그렇다고 해서 이들을 곧 버림받은 부류로 생각할 사람은 아무도 없을 것이다. 그런데 나는 저들은 거지일 뿐 아니라 버림받은 자들이라는 것도 안다. 아니 그들은 사실상 거지가 아니다. 구별할 줄 알아야 한다. 그들은 쓰레기다, 자기의 운명을 탕진해 버린 인간들의 껍질이다. 운명이 뱉어낸 침처럼 축축하게 벽에, 가로등에, 광고탑에 달라붙어 있거나 아니면 뒷골목에서 천천히 흘러내려가는 하수처럼 칙칙하고 더러운 흔적을 남기고 간다. 그런데 도대체 그 노파는 나에게서 무엇을 바랐던 것일까, 단추 몇 개와 바늘이 굴러다니는 침대 옆 작은 장의 서랍을 빼들고 어느 구멍 같은 데서 기어나온 이 노파는? 왜 늘 내 옆에 따라다니면서 나를 관찰했을까? 그 노파는 어느 환자가 녹색 가래를 피 어린 눈꺼풀 속에 뱉은 듯 보이는 그 지짐거리는 눈으로 나를 알아차리려 애쓰는 듯했다. 그런데 그때 어째서 또 머리가 센, 키가 작은 여인이 쇼윈도 앞에 있는 내게 다가와 15분간이나 곁에 서서 낡고 긴 연필 한 자루를 나에게 보여주었을까, 그 여인은 꼭 쥔 더러운 손에서 지독히도 천천히 연필을 내보였다. 나는 마치 진열된 상품을 보느라 아무것도 눈치 채지 못한 척했다. 그런데 그 여자는 내가 자기를 보았다는 걸 알아차렸고, 내가 거기 서서 그 여자가 도대체 무슨 짓을 하고 있는지 생각하고 있다는 것도 알았다. 사실은 연필 때문이 아니라는 것을 나는 잘 알고 있었다. 그것이 어떤 신호라는 것, 내용을 아는 사람들만을 위한 신호라는 것, 버림받은 자만이 아는 신호라는 것을 나는 느낄 수 있었다. 어디로 가야만 하는지, 무엇을 해야만 하는지 그 여자가 신호를 주고 있다고 느꼈다. 그리고 가장 이상한 건, 이 신호에는 어떤 약속이 들어 있으며, 그것은 내가 사실상 예감했어야 할 장면이라는 느낌을 줄곧 떨쳐버릴 수 없었다는 사실이다.

그게 2주일 전의 일이었다. 그런데 이제는 그런 마주침이 없이 지나가는 날이 거의 하루도 없다. 새벽녘뿐 아니라, 대낮에 혼잡하기 짝이 없는 거리에 갑자기 작은 남자나 노파가 나타나 내게 고개를 끄덕이고 무언가를 보여주고는 할 일이 모두 끝난 것처럼 다시 사라지는 일이 일어난다. 그들은 언젠가 내 방까지 찾아올 생각을 하게 될 수도 있을 거다. 내가 어디에 사는지 틀림없이 알고 있고, 수위가 그들을 저지하지 못하도록 조치를 취할 수도 있을 거다. 그러나 나는 여기 도서관에서는 여러분에게 방해받을 염려가 없다. 이 열람실에 들어가기 위해서는 특별한 입장권이 있어야 한다. 나는 그대들에 앞서 이 열람증을 갖고 있다. 상상할 수 있듯, 나는 약간 겁을 집어먹고 거리를 지나가서 마침내 어느 유리문 앞에 서게 된다. 내 집이라도 되는 것처럼 문을 열고 다음 문 앞에서 내 열람증을 제시한다(너희들이 너희들의 물건을 나에게 보여주는 것과 똑같다. 다만 다른 건 사람들이 내가 뜻하는 바를 이해하고 알아챘다는 사실이다). 그러고는 나는 책들 사이에 끼여서 마치 내가 죽기라도 한 것처럼 그대들을 떠나서 여기 앉아 한 시인의 작품을 읽고 있다.

그대들은 시인이 무엇인지 알지 못하겠지? 베를렌…… 아무것도 모르지? 아무 기억도 없지? 그렇다, 그대들이 알고 있는 사람들과 베를렌을 구별할 수 없었지? 그대들이 아무 구별도 하지 못한다는 걸 나는 알고 있다. 그러나 내가 읽고 있는 시인은 베를렌이 아니다, 파리에 사는 시인이 아니다, 전혀 다른 시인이다. 그는 산 속에 조용한 집을 가지고 있는 사람이다. 그는 맑은 공기 속에 울려퍼지는 종소리처럼 울리는 시인이다. 자기 집 창문이나 아련히 먼 곳을 생각에 잠겨 반사하는 책장의 유리문에 대해서 이야기해 주는 행복한 시인이다. 바로 이런 시인이 내가 되고 싶은 시인이지. 왜냐하면 그는 소녀들에 대해서도 아주 많이 알고 있거든. 그런데 나도 소녀들에 대해 많이 아는 것 같은데 말이지. 그는 백년 전에 살았던 소녀들에 대해 알고 있어, 하지만 그는 그들이 죽었다는 사실도 개의치 않아. 왜냐하면 모든 걸 알고 있기 때문이지. 그보다 더 중요한 일은 없지. 그는 소녀들의 이름을 불러본다. 꼬리가 달린 길쭉한 구식 문자로 나직하고도 날씬하게 씌어진 이름들을, 그리고 그들보다는 나이든 여자 친구들의 어른이 된 이름들을. 그 이름을 불러보면 약간 운명의 음향이 따른다. 약간은 실망과 죽음의 음향도.

어쩌면 그의 마호가니 책상 서랍 안에는 소녀들이 보낸

빛바랜 편지들과, 생일날과 여름 파티에 대한 이야기들이 적혀 있는 일기장에서 떨어져 나온 낱장들이 들어 있을지 모른다. 아니면 그의 침실 뒤쪽에, 가운데가 불룩 튀어나온 장롱이 있고 거기에는 봄옷들만 들어 있는 서랍이 있을지도 모른다. 부활절 무렵에 처음으로 입었던 하얀 옷, 사실은 여름에 입을 옷인데 참지 못해 미리 입었던, 알록달록한 망사 원피스 등. 부모로부터 상속받은 집의, 붙박이 물건들이 매우 안정적으로 자리 잡고 있는 조용한 방에 앉아 바깥의 밝은 연초록빛이 감도는 뜰에서 목소리를 시험하는 산 박새의 첫 울음소리를 듣고, 멀리 마을에서 울리는 시계 소리를 듣는 것은 이 얼마나 행복한 운명인가. 그곳에 앉아서 오후의 따뜻한 한 줄기 햇빛을 바라보고, 이미 세상에 없는 소녀들에 대해 많은 것을 알고 있는 일, 게다가 한 사람의 시인이라는 일. 그리고 이 세상 어딘가에서 아무도 돌보는 사람 없이 문이 굳게 닫혀 있는 많은 농가들 중, 어느 한 곳에서 살 수가 있다면, 나도 한 사람의 시인이 되었을지도 모른다는 생각을 해본다. 방 한 개만으로도 족했을 텐데(햇볕 밝은 지붕 밑 방이면 더욱 좋다). 거기서 나는 오래된 내 물건들, 가족의 초상화들, 무엇보다도 책과 함께 살았을 텐데. 한 개의 안락의자와 꽃과 개들, 그리고 돌이 많은 길을 갈 때 필요한 튼튼한 지팡이가 있었으면 좋았을 테고, 그밖에는 아무것도 더 필요 없었을 텐데. 다만 노란 상앗빛 가죽으로 묶인, 오래된 꽃무늬가 그려진 책 한 권. 거기에다 글을 써넣었을 텐데. 많은 것을 써넣었을 텐데. 왜냐하면 나는 많은 생각과 수많은 사람에 대한 추억을 가지고 있으니까.

그러나 일은 그렇게 되지 않았다. 왜 그렇게 되었는지 아는 것은 신뿐이다. 나의 낡은 가구들은 내가 보관할 수 있도록 허가받은 어느 창고에서 썩어가고 있다. 나 자신은, 아아, 신이여, 저 자신은 살 집도 없어 비가 내 눈에 내리고 있습니다.

때때로 나는 센 강변로 같은 데에 있는 작은 가게들을 지나간다. 고물상이며, 자그만 고서점이며, 동판화를 파는 가게 쇼윈도에는 물건들이 가득 차 있다. 아무도 가게에 들어가는 사람은 없다. 장사가 하나도 되지 않는 것 같다. 안을 들여다보니 주인은 앉아서, 그냥 앉아서 책을 읽고 있다. 만사태평이다. 내일을 걱정하지 않고, 장사가 안 되어도 아랑곳없이. 그 앞에는 개 한 마리가 편안하게 앉아 있거나, 아니면 고양이 한 마리가 열지어 꽂혀 있는 책, 그 책등에 찍혀 있는 제목을 지우기라도 하려는 듯이 살금살금 스쳐 지나갈 때면, 정적은 한결 더 깊어진다.

아, 이것으로 족하다면 좋으련만. 때때로 쇼윈도에 물품이 가득 진열된 가게를 하나 사서 개와 더불어 20년간 거기에 앉아 있고 싶다.

「아무 일도 한 일이 없다」고 큰 소리로 말해 보는 것이 좋다. 다시 한번 더 「아무 일도 한 일이 없다」고 말해 보아

라. 그것이 도움이 되는지?

　난로에 다시 연기가 나서 나는 밖으로 나가야 했지만 그
것은 실상 불행한 일은 아니다. 맥이 빠지고 감기 기운을
느끼는 것도 대수로운 일은 아니다. 하루 종일 골목길을 헤
매어 다닌 죄도 내게 있었다. 루브르 박물관에 들어가 앉아
있을 수도 있었는데 말이다. 아니, 그렇지 않다, 그것은 할
수 없는 일이었을 거다. 거기에는 몸을 녹이러 오는 사람들
이 있다. 우단이 씌워진 의자에 앉아서 스팀의 격자무늬 망
위에다 크고도 텅 빈 장화처럼 그들의 두 발을 올려놓고 있
다. 이들은 극히 소박한 사람들로서 검은색 제복을 입고 많
은 훈장을 단 경비원들이 그들을 봐주기만 해도 고마워한
다. 그런데 내가 들어갈 때면 경비원들은 히죽 웃고, 고개
를 다소 까닥한다. 내가 이제 그림 앞에서 왔다갔다하면 그
들은 나를 감시한다. 그들은 휘저어놓은 듯이 탁한 눈으로
끊임없이 나를 감시한다. 그러니 내가 루브르에 가지 않은
건 잘한 일이다. 나는 늘 돌아다니는 사람이었다. 얼마나
많은 도시와 도시의 작은 구역들과 묘지, 다리 그리고 길을
돌아다녔는지 아는 것은 하늘뿐이다. 어딘가에서 나는 채소
를 실은 수레를 밀고 다니는 남자 한 명을 보았다. 그는 〈슈
플뢰르(꽃양배추), 슈플뢰르〉 하고 소리를 쳤는데, 그 플뢰
르 fleur에서 외 eu의 발음이 이상하게도 탁하게 들렸다. 그
의 곁에는 얼굴이 모나고 보기 싫은 여자가 따라다니면서
그를 가끔씩 쿡쿡 질렀다. 이렇게 쿡쿡 찌를 때마다 그는
소리를 질러댔다. 때때로 그는 혼자서 소리를 지르기도 했

으나, 헛수고이기 일쑤였다. 그래서 곧 다시 소리 지르곤
했는데, 그것은 마침 가끔씩 물건을 사주던 집 앞에 왔기
때문이었다. 참 그가 장님이었다고 이미 말했던가? 말하지
않았다고? 그럼 좋다, 그는 장님이었다. 그는 장님이고 소
리를 질러댔던 거다. 만일 내가 이 말만 하고 그가 밀고 있
는 수레에 대해 말하지 않는다면, 그가 〈꽃양배추〉라고 외
쳐대는 것을 모른 척한다면 그것은 기만이다. 하지만 그것
이 반드시 필요한 일일까? 설령 필요한 일이라 하더라도, 문
제가 되는 것은 내가 본 모든 광경이 나에게 뜻하는 바는
아니지 않는가? 나는 그저 노인을 한 사람 보았는데 그는
장님이었고 소리를 질러댔던 거다. 내가 본 것은, 바로 그
것이었다.

　그런 집들이 있다는 걸 사람들은 믿을까? 아니다, 사람들
은 내가 속인다고 말하겠지. 이번에는 아무것도 빼지 않
고, 물론 아무것도 덧보태지도 않은, 사실 그대로다. 어디
에서 보탤 것을 가져오겠는가? 내가 가난하다는 것을 사람
들은 알고 있다. 이들은 그걸 알고 있다. 그런데 집들이라
고? 정확히 말하자면 그것들은 과거에 있었던 집, 지금은
없는 집들이다. 지붕에서 밑바닥까지 송두리째 헐어버린 집
이다. 남아 있는 건 다른 집들, 높은 이웃집 건물들뿐이었
다. 인근에 있는 모든 것을 뜯어낸 후, 이 건물들도 무너질
지 모를 위태로운 상태에 있었나 보다. 그도 그럴 것이 타
르를 칠한 긴 기둥으로 된 집 전체의 중심 골조가 부서진
것들이 깔려 있는 땅바닥과 드러난 벽 사이에 내려앉아 비

스듬히 걸려 있었다. 앞에서 말하려던 것이 이 벽에 대한 것임을 이미 이야기했는지 모르겠다. 그러나 그것은 지금 서 있는 집의 맨 첫번째 벽이 아니라, (으레 추측할 수 있었으리라 믿거니와) 이미 헐린 집의 마지막 벽이다. 그 벽 안쪽을 볼 수 있었다. 무너진 건물의 여러 층의 내벽에는 아직도 벽지가 붙어 있었고, 여기저기에 방바닥이나 천장의 흔적이 남아 있었다. 방 안의 벽 옆에는 집 담벼락을 따라 더럽지만 아직도 하얀 공간이 남아 있고 그 공간을 통해 화장실의 녹슨 관이 노출되어 마치 벌레가 꿈틀거리듯 소화 운동을 하는 창자처럼 역겹게 기어나와 있었다. 네온 가스 관이 지나가던 천장의 가장자리에는 회색빛 먼지가 앉은 자국이 남아 있었는데, 그 자국들은 아주 뜻밖에도 여기저기에 둥근 아치형을 그으며 뻗어가다가 색칠된 벽의 시커멓게 아무렇게나 뜯어놓은 구멍 속으로 사라져 들어갔다. 그러나 제일 잊을 수 없었던 것은 바로 벽 자체였다. 방들에 있었던 끈질긴 생활은 헐어버릴 수가 없는 것이었다. 그것은 아직도 남아 있었다. 지금도 박혀 있는 못에도, 손바닥 크기만큼 남은 방바닥에도, 아직 조금이나마 방 안의 모습이 남아 있는 구석구석에도 그것은 기어들어가 숨어 있었다. 해마다 서서히 변해 간 빛깔 속에도 그 생활이 남아 있는 것을 볼 수 있었는데, 푸른색은 곰팡이가 낀 녹색으로, 녹색은 회색으로, 노란색은 낡고 썩어서 퇴색한 흰빛으로 변색되었다. 그런데 그건 거울 뒤나 액자 뒤, 장롱 뒤에 남아 있는 좀더 깨끗한 곳에도 깃들여 있었다. 왜냐하면 그것은 벽에다 윤곽을 남겼고, 그 흔적을 그려나가면서, 지금은 드러난 이 숨겨져 있던 곳에서도 거미와 먼지와 더불어 있었기 때문이다. 그것은 벗겨진 칠 어디에나 있었다. 벽지 아래 가장자리에서 축축하게 부풀어오른 자리에도 남아 있었고, 찢어진 걸레 조각 사이에서 비틀거리고 있었으며, 오래전에 생긴 보기 흉한 얼룩에서도 땀처럼 배어나오고 있었다. 헐린 칸막이벽의 잔해로 둘러싸인, 푸른색 녹색 또는 노란색이었던 벽들에서는 이 생활이 풍기는 공기가 솟아오르고 있었는데 그것은 아직 바람으로 흩날린 적 없는 칙칙하고 탁하고 눅눅한 공기였다. 그 공기 속에는 한낮의 생활에서 뿜어진 냄새가, 질병이, 내쉰 숨과 여러 해 동안 밴 연기 냄새, 겨드랑이에서 배어나와 옷을 무겁게 적셔주는 땀내, 입내, 발에서 나오는 고린내가 스며 있었다. 지독한 오줌 냄새, 눈을 찌르는 듯한 그을음, 거무스름한 감자를 삶을 때 나는 냄새, 오래된 돼지비계에서 나오는 무겁고도 맨들맨들한 냄새가 섞여 있었고, 엄마가 돌보지 않아 젖먹이 아이에게서 나는 오래된 새큼달큼한 냄새도 나고, 학교 가는 아이들의 두려움 섞인 냄새, 그리고 성년기 남자아이들의 침대에서 나오는 후눅한 냄새가 스며 있었다. 밑에서 올라오는, 골목길의 수채에서 무럭무럭 올라오는 온갖 냄새들이 여기에 섞여들었다. 다른 것은, 도시 상공에서 깨끗하지 못한 빗물과 함께 뚝뚝 떨어져 내렸다. 어떤 것은 늘 똑같은 거리에 남아 있어 연약해진 집 바람을 일게도 했다. 그 밖에도 출처가 분명치 않은 많은 냄새들이 거기에 있었다. 마지막 벽만 남기고 나머지 벽들은 몽땅 헐려버렸다는 말을 이미 했던가? 내가 줄곧 말하고 있는 것은 바로 이 마지막 벽에 대한 거다. 내가 오랜 세월 그 벽 앞에 서 있었거니 하고 말하는 사람이 있을 거다. 그러나 맹세컨대 나는 이 벽의 존재를 알아차리기가 무섭게 달아나기 시작했었다. 그건 이 벽의 존재를 알아차렸다는 사실이 끔찍하기 때문이다. 나는 여기 이 모든 것의 존재에 대해 눈치 채고 있다. 그렇기 때문에 그것들은 금방 자기 집처럼 내 마음속에 들어와 자리 잡는다.

이 모든 일이 있은 후 조금 기진맥진한 기분이 되었다. 어쩌면 쇠약해졌다고 말할 수 있을지 모르겠다. 그 때문에 그 남자가 아직도 나를 기다려야만 했던 일이 내게는 너무 부담스러웠다. 그는 내가 계란 프라이 두 개를 먹으려고 들어간 조그만 간이식당에서 나를 기다렸다. 하루 내내 식사할 겨를이 없어 배가 고팠다. 그런데 지금 나는 계란이 아직 익기도 전에 다시 거리로 뛰쳐나가야 했기 때문에 아무것도 먹을 수가 없었다. 혼잡한 인파가 나를 향해 걸어오는 거리로. 카니발인 데다가 저녁 시간까지 겹쳤기 때문에 사람들은 모두 시간이 있어서, 이리저리 쏘다니고 서로서로 몸을 밀치고 밀어내고 있었다. 그들의 얼굴은 야간의 작은 가게들에서 흘러나오는 빛을 받아 환했고, 곁에 생긴 상처에서 고름이 솟아나오듯 입에서는 웃음이 터져나왔다. 내가 초조히 앞으로 밀치고 나가려 애를 쓰면 쓸수록 그들은 더욱더 웃어대고 더욱더 밀쳐댔다. 한 여자의 스카프가 어쩌다 내게 콱 걸려 내가 그것을 끌고 가게 되자, 사람들은 나를 멈추게 하고는 웃어댔다. 나도 함께 웃어야 한다고 느꼈으나, 웃을 수가 없었다. 누군가가 내 눈에 잘게 자른 색종이 한 움큼을 던져, 매를 맞은 것처럼 눈이 따끔거렸다. 모퉁이에서는 사람들이 꼼짝 못하게 막혀 있어, 서로 밀려오지도 가지도 못하고 있었다. 마치 서서 성교라도 하는 것처럼, 다만 나직하고 부드럽게 오르락내리락할 뿐이었다.

사람들은 서 있었고 나는 밀집된 군중 속에 틈새가 생긴 차도의 가장자리를 찾아내고는 달음박질쳤지만, 아무것도 달라진 것이 없었기 때문에 실제로는 그들이 움직이고 있고 나는 꼼짝도 하지 않는 것 같았다. 눈을 치켜들어 보니, 한쪽에는 여전히 똑같은 집들이 있었고, 다른 쪽에는 야간 영업 중인 가게들이 있었다. 어쩌면 모든 것이 움직이지 않고 제자리에 그대로 있었는지 모르겠다. 다만 나와 사람들의 내부에 어지러움이 깃들여 있어서 모든 것이 빙글빙글 도는 것같이 느껴졌는지 모른다. 그것에 대해 생각할 겨를은 없었다. 나는 땀에 몹시 젖었고, 마치 피 속에 엄청나게 큰 뭔가가 밀치고 돌아다니며 가는 곳마다 혈관을 넓히기라도 하는 것처럼, 마비시키는 듯한 통증이 내 몸속에서 돌고 있었다. 그러면서 나는 공기가 벌써 다 바닥나고 내쉰 공기만을 자꾸 되들이마셔서 폐가 정지된 것처럼 느꼈다.

그러나 이제는 그것도 지나갔다. 내가 그것을 견뎌내고 말았으니. 그래서 이제 내 방에 있는 램프 옆에 앉아 있다. 약간 춥다. 난로를 켜볼 엄두가 나지 않았기 때문이다. 난

로를 켜서 연기가 나와, 다시 밖으로 나가야 한다면 어떻게
될까? 그리고 또 앉아서 생각한다. 만일 내가 가난하지 않
다면 그렇게 낡지 않고 이 방처럼 전에 세들었던 사람들의
냄새가 많이 밴 가구로 가득 차 있지 않은 다른 방을 빌릴
수 있을 텐데. 처음에는 정말 이 안락의자에 머리를 기댈
마음이 내키지 않았다. 그 녹색 천에는 어쩐지 끈적한 기름
이 낀 듯한 움푹 들어간 잿빛 부분이 있어서 어느 누구의
머리도 거기에는 맞을 것 같았기 때문이다. 한동안 나는 머
리 밑에 손수건을 깔아놓고 조심하였으나, 지금은 그러기에
도 너무 지쳐버렸다. 조심하지 않아도 된다는 것을, 그리고
움푹 들어간 부분이 맞춘 것처럼 내 뒤통수에 꼭 맞다는 것
도 알았다. 그런데 만일 내가 가난하지 않다면 무엇보다도
좋은 난로를 구입하리라. 그러고는 호흡을 아주 힘들게 하
고 머리를 혼란케 하는 질 나쁜 찌꺼기 석탄이 아니라, 산
에서 나온 질 좋고 화력이 센 장작을 때리라. 그렇게 되
면, 시끄러운 소리를 내는 일 없이 청소해 주고 내가 바라
는 대로 불을 때어줄 사람이 있어야 하리라. 난로 앞에 15분
간 무릎을 구부리고 앉아 이글거리는 불 가까이에서 이마에
불을 쪼여야 하고, 두 눈에 열기를 따갑게 받으면서 몸을
흔들어댈 때, 나는 하루에 필요한 힘을 모두 탕진해 버리게
된다. 그리고 나서 내가 사람들 틈에 끼게 되면 나를 다루
기란 누워서 떡 먹기다. 때때로 혼잡이 극심할 때면, 마차
를 한 대 잡아타고 빠져나갈 텐데. 그리고 매일 뒤발 같은
고급 식당에서 식사를 할 거고, 간이식당 따위에 기어들어

가는 일은 없을 거다. 혹시 그 남자도 뒤뜰에 간 것은 아닐까? 아니야. 거기서 나를 기다릴 수는 없었을 거야. 죽어가는 사람을 들여보내지는 않을 테니. 죽어가는 사람이라고? 나는 지금 내 방 안에 앉아 있는 게 아닌가. 낮에 겪은 일을 곰곰이 생각해 볼 수가 있다. 어떤 일이든지 미지의 상태로 놓아두는 것은 좋지 않다. 그래, 그 안에 들어서서 맨 먼저 본 것은 내가 자주 앉곤 하던 식탁에 누군가 다른 사람이 앉아 있다는 사실뿐이었다. 나는 작은 바가 있는 곳을 향해 인사를 하고 주문을 한 뒤에 그 사람 옆에 앉았다. 그러나 그가 움직이지 않는데도 나는 그가 거기 있다는 것을 느꼈다. 그가 꼼짝도 하지 않는 것을 느끼고, 그 이유를 단번에 알아차렸다. 우리들은 이제 연결되었다. 나는 그의 몸이 놀란 나머지 꼿꼿하게 굳어졌다는 걸 알았다. 그의 몸속에서 일어난 무엇인가에 대해 놀란 나머지 몸이 마비되어 버렸음을 알았다. 아마도 그의 몸속에서 혈관이 하나 터진 것인지도 모른다, 그가 오랫동안 두려워했듯 독이 방금 그의 심방으로 들어갔거나, 어쩌면 그의 머릿속에 커다란 종기가 하나 태양처럼 떠올라 그의 세계를 변화시켜 버렸는지도 모른다. 나는 이루 표현할 수 없는 의지력으로 그가 있는 쪽을 보려고 했다. 아직도 모든 것이 내 상상에 불과하기를 바랐기 때문이다. 그러다 곧 나는 벌떡 일어나서 뛰쳐나가고 말았다. 내 추측이 틀리지 않았기 때문이다. 그 남자는 잿빛의 긴장된 얼굴을 털 머플러 속에 푹 파묻은 채 두터운 검은 겨울 외투를 입고 거기 앉아 있었다. 입술은 무거운 중

압에 의해 닫힌 것처럼 다물어져 있었는데 눈을 뜨고 있었는지는 말할 수가 없다. 뿌옇게 김이 서린 듯 회색 안경알이 약간 떨리면서 그의 두 눈 앞을 가리고 있었다. 콧방울은 크게 벌어져 있었고, 푹 파인 관자놀이 위로 드리워진 긴 머리카락은 뜨거운 열기 속에 있는 듯 축 늘어져 있었다. 누렇고 긴 귀는 넓게 그림자를 드리웠다. 그렇다, 그는 지금 자신이 인간으로부터 멀어져 있는 것뿐만 아니라, 모든 것으로부터 멀어져 있음을 알고 있었다. 잠시만 지나면 모든 것이 의미를 상실하겠지. 탁자며, 찻잔이며, 그가 움켜잡고 있는 의자며, 매일의 일과, 다음에 일어날 일들이 이해할 수 없는, 또 낯설고 힘겨운 것이 되겠지. 이렇게 그 남자는 거기 앉아서 일이 일어날 때까지 기다리고 있었다, 더 이상 저항하는 일도 없이.

그런데 나는 아직도 저항하고 있다. 내 심장이 이미 밖으로 비어져 나와 처져 있고, 나를 책망하는 자들이 꾸짖지 않는다 하더라도, 이제 더 이상 살 수가 없음을 알면서도. 나는 스스로 아무 일도 일어나지 않았다고 타이르지만, 내가 그 남자를 이해할 수 있었던 것은 오직 나를 모든 것으로부터 멀어지게 하고 차단하는 무언가가 내 내부에서도 일어나고 있었기 때문이다. 나는 죽어가는 사람이 아무도 알아볼 수가 없었다고 말하는 것을 들을 때마다 정말 소름이 끼쳤다. 그런 말을 들으면, 베개에서 몸을 일으켜 무언가 과거에 알고 있었던 것을 찾고, 언젠가 한번 보았던 것을 찾지만 아무것도 거기 없음을 안, 고독한 얼굴이 상상된다.

두려움이 그렇게 크지 않다면, 나는 모든 것을 달리 보면서도 살 수 있다고 자기 위안을 할 수 있을 것이다. 하지만 나는 두렵다. 이런 변화에 대해 뭐라고 말할 수 없는 두려움을 느꼈다. 좋아 보이기는 하는데도 나는 아직 이 세상에 조금도 익숙해지진 못했다. 그런 내가 어떻게 다른 세상에서 살까? 정든 의미들 사이에 머물고 싶다. 무언가가 변화되지 않을 수 없다면, 최소한 개들과 더불어 살 수 있었으면 좋겠다. 개들은 나의 세계와 비슷한 세계를 가지고 있고, 똑같은 것들도 가지고 있으니까.

이제 이 모든 건 쓰고 말할 수 있는 시간은 얼마 남지 않았다. 그리고 손이 내게서 멀어져서 말하려고 하지도 않는 말을 쓰게 될 날이 올 거다. 지금과는 다르게 해석할 때가 올 것이고, 말과 말이 연관성을 잃고 모든 의미가 구름처럼 해체되어 빗물처럼 내릴 것이다. 그렇듯 공포감을 느끼면서도 결국은 어떤 위대한 것 앞에 서 있는 인간과 같다고 느낀다. 쓰는 일을 시작하기 전에도 흔히 지금과 비슷한 마음을 갖고 있었다고 기억한다. 그러나 이번에는 쓰는 것이 아니고 내가 씌어지게 되리라. 나는 하나의 인상이고 그것은 앞으로 변화하게 될 것이다. 오, 작은 한쪽만이 부족할 뿐이다. 그것만 있으면 나는 모든 것을 이해하고 인정할 수 있으리라. 다만 한 걸음만 더 나아가면 내 깊은 고난은 축복이 될 수 있으리라. 그러나 이젠 걸음을 뗄 수가 없다. 산산이 무너지고 넘어져 이젠 일어설 수도 없기 때문이다. 구원의 손길이 나타나리라 나는 늘 믿어왔다. 밤이면 밤마다 기도할 때 내 손으로 직접 쓴 기도문이 여기 내 앞에 놓여 있다. 그 기도가 아주 가까이에 있을 수 있도록 그리고 나 자신의 말을 내 손으로 써놓은 대로 하기 위해서 책에서 보고 베껴 썼는데, 지금 그것을 다시 한번 쓰고 싶다. 여기 내 책상 앞에 무릎을 꿇고 앉아 나는 그것을 쓰려고 한다. 그렇게 하면 읽는 것보다 더 오래 간직할 수 있고 한마디 한마디가 지속되며 사라져버리는 데도 시간이 걸리기 때문이다.

〈모든 것에 대해 불만족하고 자신에 대해 더욱더 불만족하며 지금 이 밤, 고독과 적막 속에서 나는 스스로 기력을 되찾고 자신을 조금 사랑하고 싶다. 내가 사랑하던 사람들의 영혼들이여, 내가 찬양하던 사람들의 영혼들이여, 나를 굳세게 해다오. 나를 지탱할 수 있게 해다오. 내가 이 세상의 허위와 부패로부터 멀리 있게 해다오. 당신, 나의 주인이신 신이시여, 제게 은총을 내려주시어 몇 줄의 아름다운 시를 쓰게 해주소서. 그리하여 내가 못난 자, 멸시해 마지않는 자들보다도 더 못난 인간이 아님을 스스로에게 증명할 수 있게 해주소서.〉[7]

〈이 땅에서 가장 비천하고 허랑방탕하고 멸시받는 자들의 자식들, 이제 나는 그들의 노랫감이 되었고, 그들의 조롱거리가 되었구나.

……그들은 나를 짓밟고 지나갔다…….

---

7) 보들레르의 산문시 『파리의 우울 Le Spleen de Paris』 속의 「새벽 1시 une heure du matin」의 끝 구절이다.

……나를 손상시키는 것은 어찌나 쉬운지 아무 도움도 요청할 필요가 없었다.

……그러나 이제는 내 영혼이 온몸에 넘쳐흐르고…… 곤경에 처했던 시대가 나를 사로잡았다.

밤이 되면 내 뼈에 온통 구멍이 뚫어진다. 나를 몰아붙이는 자들은 잠을 잘 줄도 모른다.

여러 힘들이 모여 나에게 다른 옷을 입히고 또 입힌다. 마치 윗도리의 단춧구멍으로 졸라매듯 그것으로 나를 죄어맨다…….

내 오장은 끓어오르고 그칠 줄을 모른다, 고난의 시기가 나를 덮친 것이다…….

내 하프 소리는 비탄이 되었고, 내 피리 소리는 울음이 되었구나.〉[8]

의사는 나를 이해하지 못했다. 아무것도 이해하지 못했다. 그건 정말 설명하기도 힘들었다. 전기 요법을 시도해 보기도 했다. 좋다. 나는 쪽지를 하나 받았다. 오후 1시에 살페트리에르 병원[9]으로 오라는 것이었다. 그곳으로 갔다. 여러 개의 바라크 건물들을 지나고 몇 군데 뜰을 건너갔다. 뜰 안 여기저기 낙엽이 진 나무 아래에 죄수처럼 하얀 모자를 쓴 사람들이 서 있었다. 드디어 나는 복도처럼 생긴 길고 어두컴컴한 방으로 들어갔다. 한쪽에는 녹색의 흐린 유리 창문이 네 개 있었다. 창문은 검은색의 널찍한 격벽으로

---

8) 구약 「욥기」 30장 참조.
9) 센 강변 식물원 가까이에 있는 큰 병원.

되어 있어 다른 창문과 분리되어 있었다. 그 모든 것을 지나 나무 벤치가 하나 놓여 있었다. 이 벤치에서 나를 알던 사람들이 앉아서 기다리고 있었다. 그래, 모두들 와 있었다. 내가 컴컴한 방에 익숙해지자, 빽빽하게 끝도 없이 줄지어 앉아 있는 사람들 속에 몇 명 다른 부류의 사람들이 있다는 것을 알았다. 하류층 사람들, 직공, 하녀들, 짐마차의 마부 등이었다. 저 아래 복도 좁은 쪽 특별한 의자에는 뚱뚱한 여자 둘이 퍼질러 앉아서 이야기를 나누고 있었다. 아마도 접수받는 일을 하는 여자들 같았다. 나는 시계를 쳐다보았다. 1시 5분 전이었다. 5분, 아니 넉넉히 잡아 10분이면 내 차례다. 그렇다면 큰 문제는 아니다. 실내 공기는 사람들의 옷 냄새와 숨쉬는 냄새로 인해 탁했다. 어딘가에서는 문틈으로 스며들어 위로 올라가는 에테르의 강한 냉기가 코를 찔렀다. 나는 왔다갔다하기 시작했다. 나를 이리로, 이런 사람들 속으로, 이 붐비는 일반 진찰 시간에 보냈구나 하는 생각이 문득 떠올랐다. 말하자면 내가 버림받은 사람들의 부류에 속한다는 최초의 공식적인 확인이었다고나 할까. 의사가 나를 보고 눈치 챘다는 말인가? 나는 상당히 괜찮은 옷을 차려입고 의사를 찾아가서 내 명함까지 들여보냈었다. 그런데도 의사는 어떻든 그렇게 느낀 것이 틀림없다. 어쩌면 나 스스로 그렇게 드러내 보였는지도 모르겠다. 그래 그것이 사실이었기에 나는 그리 기분 나쁘게 여기지 않았다. 사람들은 조용히 앉아서 나에게 관심조차 보이지 않았다. 몇몇은 통증이 있어 그것을 덜기 위해 한쪽 다리를 약간씩 움직이고 있었고, 두 손바닥에 머리를 파묻고 있는 남자들이 있는가 하면, 무겁고 맥없는 표정으로 깊이 잠들어 있는 남자들도 있었다. 벌겋게 목이 부어오른 한 뚱뚱한 남자는 앞으로 구부리고 앉아서 바닥을 뚫어져라 보면서 자기가 보기에 마땅한 장소라고 여겨지는 얼룩진 곳에 때때로 침을 탁 뱉곤 했다. 한쪽 구석에서는 아이가 한 명 훌쩍거리고 있었다. 깡마른 긴 두 다리를 의자 위에다 바싹 당기고는 마치 그것과 작별을 고해야 하기라도 하는 것처럼 두 다리를 잡아끌어 자기 몸에 눌러대고 있었다. 얼굴색이 창백한 자그만 여자가 검은 꽃으로 장식한 둥근 그레이프 모자를 비스듬히 쓰고, 얼굴을 찡그린 채 야윈 입가에 미소를 띠고 있었으나, 상처난 눈꺼풀에서는 계속 진물이 흘러나오고 있었다. 그녀에게서 멀지 않은 곳에 매끄럽고 둥근 얼굴을 한 소녀가 하나 앉아 있었다. 눈은 아무런 표정이라곤 없이 툭 튀어나와 있었다. 입을 벌리고 있어서 하얗고 끈적한 잇몸과 썩은 젖니가 보였다. 붕대를 감은 사람들이 많이 보였다. 머리를 온통 겹겹이 싸고 있어서 누구의 눈인지 알아볼 수 없는 한쪽 눈만을 보여주는 붕대, 안을 다 싸서 감추고 있는 붕대가 있는가 하면 안에 무엇이 있는지 보여주는 붕대도 있다. 풀어놓아서 더러운 침대 안에 있는 것처럼 그 안에 손이라고는 할 수 없는 손이 들어 있는 붕대, 붕대에 싸여 있는 한쪽 다리가 온전한 사람인 것처럼 사람들의 줄 가운데서 크게 두드러져 나와 있기도 했다. 나는 왔다갔다 거닐면서 침착해지려고 애썼다. 맞은편 벽에다 관심을 집중시켰다. 벽에는 외짝으로 된 문이 많이 달려 있었는데, 벽이 천장에까지 닿지 않는 것으로 보아 복도와 그 옆에 있을 방들이 서로 완전히 차단되어 있지는 않다는 것을 알 수 있었다. 시계를 쳐다보았다. 한 시간 동안이나 왔다 갔다했다. 잠시 후에 의사들이 왔다. 먼저 젊은 의사들 몇 명이 무표정한 얼굴로 지나가더니, 마침내 내가 찾아갔던 그 의사가 밝은 색 장갑을 끼고, 실크 모자를 쓰고 흠잡을 데 없는 가운을 입고 지나갔다. 그는 나를 보자 모자를 약간 들어올리고는 산만한 미소를 띠었다. 이제 곧 이름이 불리기를 바랐다. 그러나 다시 한 시간이 지나갔다. 어떻게 시간을 보냈는지 지금 기억해 낼 수가 없다. 어쨌든 시간이 지나갔다. 병원 수위인 듯한 노인 한 명이 얼룩 진 앞치마를 두르고 와서 내 어깨에 손을 댔다. 나는 어느 옆방에 들어갔다. 의사와 젊은 청년들이 탁자를 에워싸고 앉아 있다가 나를 보자 앉으라고 했다. 그래, 이제는 나보고 무슨 영문인지를 설명하라고 했다. 가급적 빨리 말해 달라는 것이었다. 시간이 충분치 않기 때문이라고 했다. 젊은이들은 앉아서 숙고하는 표정과 그들이 배운 전문가적인 호기심으로 나를 쳐다보았다. 내가 알고 있는 의사는 검고 뾰족한 수염을 만지면서 산만한 미소를 지었다. 울음이 터져나올 것 같았지만, 내 자신이 프랑스어로 말하는 것이 들렸다. 「선생님, 저는 벌써 알려드릴 수 있는 것은 모두 말씀드렸습니다. 다른 분들에게 그것을 알려야 할 필요가 있다고 생각되시면, 선생님께서는 저와 면담하신 후, 그 내용을 몇 마디로 줄여서 말씀하실 수 있으리라 여겨집니다. 저로서는 그분들에게 줄여서 설명해 드리기가 무척 힘듭니다」의사는 정중하게 미소를 지으며 일어나서는 조교들과 함께 창가로 가서 수평으로 손을 흔들며 몇 마디 말을 나누었다. 3분 후에 젊은 조교들 중에서 침착하지 못하고 근시인 듯한 의사 한 명이 탁자로 돌아와서 나를 엄숙한 눈길로 보려고 애쓰면서 말했다. 「선생님, 잠은 잘 주무십니까?」「아니, 잘 못 잡니다」그는 다시 동료에게로 급하게 뛰어 돌아갔다. 그리고 또 잠시 동안 의논을 하더니 그 의사가 나에게 몸을 돌리고는 나중에 부를 것이라고 알려주었다. 나는 그 의사에게 내가 1시에 진찰받도록 되어 있었다는 것을 상기시켰다. 그는 미소를 짓더니 자기가 엄청나게 바쁘다는 것을 알리려는 듯 갑자기 하얀 손을 빠르게 몇 번 움직였다. 다시 복도로 나왔다. 아까보다 훨씬 더 공기가 텁텁해져 있었다. 기진맥진했는데도 다시 왔다갔다하기 시작했다. 마침내 그 축축하게 쌓인 냄새가 나를 어지럽게 했다. 그래서 문 입구에 가 서서 문을 약간 열었다. 밖은 아직 오후이고 해가 좀 남아 있어, 그것이 말할 수 없이 기분을 좋게 해주었다.

그러나 그렇게 1분도 채 서 있지 않아서 누군가가 나를 부르는 소리가 들렸다. 두 걸음 정도 떨어진 작은 탁자 옆에 앉아 있는 여자 한 명이 나에게 무언가 소곤거렸다. 누가 문을 열라고 했느냐는 것이었다. 나는 텁텁한 공기를 견딜 수 없어서 그랬다고 했다. 그녀는 그것은 당신의 문제이고, 문은 닫혀 있어야 한다고 말했다. 창문 하나라도 열면 안 되겠느냐고 물었다. 안 돼요. 그것도 금지되어 있다고 그녀는 말했다. 나는 다시 왔다갔다하기 시작했다. 그것이 일종의 마취제가 되었고, 다른 사람들에게 방해가 되지도 않았기 때문이었다.

그러나 작은 탁자 옆에 앉은 그 여자에게는 지금 내가 왔다갔다하는 것조차도 거슬리는 듯했다. 내가 앉을 자리가 없느냐고 물었다. 자리가 없다고 대답했다. 하지만 왔다갔다하는 것은 금지되어 있다며 아직 자리가 하나 비어 있을 수도 있을 테니까 찾아서 앉으라고 했다. 그 여자 말이 맞았다. 눈이 튀어나온 소녀 옆에 정말로 금방 자리 하나를 발견했다. 거기에 앉아 있으니 이런 상태에서는 꼭 무슨 끔찍한 일이 일어날 것 같은 느낌이 들었다. 왼쪽에는 잇몸이 썩기 시작한 바로 그 소녀가 있었고, 오른쪽에 앉은 사람은 조금 지난 후에야 겨우 알아볼 수 있었다. 그 사람은 무겁고 까닥도 하지 않는 커다란 손과 얼굴이 붙어 있는, 조금도 움직이지 않는 엄청나게 큰 덩어리였다. 내게 보이는 얼굴의 옆면은 아무런 표정도 없이 텅 비어 있고 아무런 추억도 간직하고 있지 않았다. 그가 입고 있는 양복 윗도리는 관에다 넣기 위해 시체에 입힌 옷처럼 사람을 기분 나쁘게 했다. 마찬가지로 가느다란 검은색 넥타이는 시체에다 감아놓은 것처럼 옷깃 주위에 헐렁하게 감겨 있었다. 덧정이 뚝 떨어졌다. 윗도리는 다른 사람이 아무 의지도 없는 목에다가 끼워놓은 것처럼 보였다. 손은 원래 있는 그대로 바지 위에 올려놓았고, 머리조차도 염하는 여자들이 빗질한 것처럼 빗겨져 있었으며, 박제 동물의 털처럼 뻣뻣하게 정돈되어 있었다. 나는 그 모든 것을 주의 깊게 관찰했다. 그러다가 이것이 나를 위해 정해진 자리일 거라는 생각이 떠올랐다. 이제 나는 인생에 있어서 끝까지 머물게 될 그 자리에 왔다는 생각이 들었기 때문이다. 그래 운명이란 참으로 놀라운 길을 가는 것이구나.

갑자기 아주 가까이에서 급하게 잇달아, 질겁해 발버둥치는 아이의 울부짖는 소리가 들리더니 이어 억눌린 듯한 나지막한 울음소리가 뒤따랐다. 어디에서 들려오는 소리인지 알아내려고 애를 쓰는 동안, 다시 짓눌린 듯한 떨리는 작은 외침이 진동했다. 왜 그런지 묻는 목소리들이 들렸고, 한 사람이 제법 큰 소리로 명령하는 소리가 들리더니, 어떤 무심한 기계가 주위에 상관하지 않고 들들거리기 시작했다. 그때 나는 벽이 생각났다. 천장에 닿지 않고 트여 있다는 게 생각났다. 조금 전에 들린 모든 소리는 문의 저쪽 편에서 들려온 것이며, 거기서들 치료가 진행되고 있다는 것을 알아냈다. 정말 가끔씩 간호사가 얼룩진 앞치마를 두르고 나타나서는 손짓을 했다. 그 사람이 나에게 손짓을 했을 수 있다고는 조금도 생각하지 못했다. 내 차례였을까? 아니었다. 남자 두 명이 휠체어를 끌고 와서 옆에 있는 그 살덩어리를 들어올렸다. 그러자 보이는 건 반신불수의 노인이었다. 내가 보지 못했던 몸의 다른 쪽은 이쪽보다 한결 작았고 생활로 인해 닳아 있었다. 그는 흐리멍덩하게 슬픈 듯 눈을 뜨고 있었다. 이제 그를 데리고 들어갔다. 옆에 자리가 많이 비었다. 나는 앉아서 왼쪽 옆에 있던 멍청하게 보이는 그 소녀가 어떻게 진료받을 것인지, 이 소녀도 울부짖을 것인지 생각했다. 벽 뒤에 있는 기계는 공장의 기계처럼 쾌적하게 들들거리며 돌아갔다. 그것이 조금도 불안하게 느껴지지는 않았다.

그러다 갑자기 주변이 조용해지더니, 이 정적 속에서 귀에 익은 우월감에 찬 거만한 목소리가 들려왔다. 아는 목소리라고 생각되었다.

「웃어요!」 잠시의 공백. 「웃어요. 자, 웃어요, 웃어」 나는 참을 수 없어 웃었다. 무엇 때문에 벽 건너편에 있는 남자가 웃지 않으려고 하는지를 알 수가 없었다. 기계 한 대가 덜커덩거리기 시작하더니 다시 곧 잠잠해졌다. 서로 이야기를 주고받는 소리가 들리고는 다시 조금 전의 힘찬 목소리로 크게 명령하는 소리가 들렸다. 「앞으로avant라고 말해 봐요」 그리고 글자 하나하나씩 되풀이했다. 「아-ㅍ-으-로a-v-a-n-t……」 정적. 「하나도 들리지 않는군. 다시 한번 더……」

그러자 벽 뒤쪽에서 온화하고 해면처럼 부드러운 목소리가 들려왔다. 오랜 세월이 지난 이제 처음으로 다시 듣는 소리였다. 어렸을 때 열이 나서 침대에 누워 있었을 때, 처음으로 나를 걷잡을 수 없도록 놀라게 한 그 커다란 것. 그래, 식구들이 모두 내 침대 주위에 모여 서서 맥을 짚어보고는 왜 그렇게 놀랐는지 물을 때마다 나는 늘 〈그 커다란 것〉이라고 대답했었다. 의사를 불러 그가 나에게 무엇 때문에 그러느냐고 물을 때마다 나는 다른 것은 아무렇지도 않으니 그 커다란 것을 사라지게만 해달라고 의사에게 부탁했다. 그때 나는 어렸으므로 나를 도와주기는 쉬웠을 텐데도 의사 역시 다른 사람들과 마찬가지로 그것을 쫓아내 주지는 못했다. 그런데 지금 그 커다란 것이 다시 나타난 것이다. 그 이후 그것은 그냥 사라져버려서 내게 열이 있는 밤에도 나타나지 않았었는데, 지금 열이 없는데도 다시 나타난 것이다. 다시 지금 나타난 것이다. 너무 커서 내 몸의 일부가 될 수 없는데도 그것은 지금 내 속에서 종기처럼, 제2의 머리처럼 튀어나와 내 몸의 일부가 되었다. 아직 살아 있었을 때에는 내 손이고 팔이었던 짐승이, 마치 커다란 죽은 짐승처럼 나타났다. 내 피가 내 몸과 그 커다란 짐승의 몸을 흐르고 있었다. 마치 하나의 똑같은 몸속을 흘러 지나가는 것처럼. 내 심장은 그 커다란 것 속으로 피를 흘려 들여보내기 위해 무진 애를 써야만 했다. 피가 거의 충분하지 못했다. 피는 그 커다란 것 속으로 들어가지 않으려 했고 더러워지고 썩어서 돌아왔다. 그러나 그 커다란 것은 자꾸 부풀고 커져서 뜨겁고 푸르뎅뎅한 종기처럼 얼굴 앞으로, 입 앞으로 비어져 나와, 단 하나 남은 내 눈 위에 그 가장자리의 그늘이 지기 시작했다.

어떻게 그 많은 마당들을 빠져나왔는지 기억해 낼 수가 없다. 저녁이었다. 나는 낯선 시가지에서 길을 잃고, 끝없는 벽을 따라 한쪽 방향으로 대로를 걸어 올라갔다. 끝이 날 것 같지 않자 반대 방향으로 돌아서 걷다가 어떤 광장까지 왔다. 거기서 또 하나의 거리를 걷기 시작했다. 한번도 보지 못한 다른 거리들이 나타나는가 했더니 이어서 또 다른 거리들이 나타났다. 가끔씩 전차가 딱딱하고 두드리는 듯한 소리를 내며 눈부시고 환한 불빛으로 달려왔다가 지나갔다. 그런데 그 전차의 표지판에는 내가 알지 못하는 지명들이 적혀 있었다. 나는 내가 어느 도시에 와 있는지, 여기 어디쯤에 내 아파트가 있는지, 더 이상 걷지 않으려면 어떻게 해야 하는지를 알지 못했다.

그런데 이제 매번 내 기분을 아주 이상하게 해주던 병까지 앓고 있다. 사람들이 이 병을 대수롭지 않게 여기는 게 틀림없다. 다른 병의 의미를 과대평가하는 것과 똑같이 말이다. 이 병은 어떤 특별한 증상이 있는 것이 아니고, 병에 걸리는 사람의 특성에 따라 나타난다. 몽유병이 항상 틀림없이 또 찾아오듯이 이 병은 걸리는 사람 각자에게서 사라진 듯했던 가장 큰 위험성을 불러내고 다시 그의 앞에, 바로 닥치는 시간에 갖다 놓는다. 일찍이 학창 시절에 가엾은 단단한 소년의 손으로 나쁜 짓거리를 하는 데 익숙해져 있던 남자들은 어른이 되어서도 그 짓을 다시 하기도 하고, 어릴 때에 앓았다가 완치된 병이 재발하기도 하며 잊혀진 습관이 다시 나타나기도 한다. 예컨대 여러 해 전에 있었던 망설이면서 얼굴을 돌리던 버릇이 다시 나타나기도 한다. 마치 바다에 가라앉은 물건에 젖은 해초(海草)가 달라붙은 것처럼 얽히고설킨 지난날의 추억들이 장차 다가올 일들과 함께 떠오른다. 한번도 들어보지 못한 삶이 솟아올라 실제 겪었던 일들과 함께 뒤섞여, 알고 있다고 생각했던 지난 일들을 밀어내 버리기도 한다. 왜냐하면 지금 처음으로 떠오르는 생각들은 충분히 휴식한 후에 나타나는 신선한 힘이 있지만 늘 기억 속에 머물렀던 일들은 너무 자주 생각한 나머지 지쳐 있기 때문이다.

나는 내 침대에 누워 있다. 다섯 층계 위에. 아무런 변화가 없는 하루는 마치 시곗바늘 없는 시계판 같다. 잃어버린 물건이 어느 날 아침 그 자리에 누군가가 잘 간수한 것처럼, 잃어버렸을 때보다 더 잘 손질되어 새것처럼 놓여 있듯이 유년 시절로부터 잃어버렸던 것들이 새것처럼 여기저기지금 내 이불 위에 놓여 있다. 잃어버렸던 불안이 몽땅 되살아났다.

이불 가장자리에 비어져 나와 있는 작은 털실 하나가 강철로 된 바늘처럼 딱딱하고 뾰족하지는 않을까 하는 불안, 잠옷의 작은 단추가 내 머리보다 더 크지나 않을까, 크고 무겁지나 않을까 하는 불안, 지금 침대에서 떨어진 빵 부스러기가 바닥에 닿자 유리처럼 소리를 내며 산산조각나지는 않을까 하는 불안, 그렇게 되면 실제로 모든 것이 다 깨어져 영원히 돌이킬 나위 없이 되어버리는 것이 아닐까 하는 가슴을 짓누르는 듯한 걱정, 뜯겨진 편지의 가느다란 가장자리가 아무도 보아서는 안 되는 무언가 비밀스러운 것이 아닐까, 말할 수 없이 소중한 것이어서 방의 어느 곳에도 숨겨둘 수 없을 것 같은 불안, 내가 잠들면, 난로 앞에 있는 석탄 쪼가리를 잘못 삼키지는 않을까 하는 불안, 내 머릿속에서 어떤 숫자가 자라기 시작하여, 몸속에 있을 자리가 없어질 정도로 커지지나 않을까 하는 불안, 내가 누워 있는 침대가 화강암, 그것도 회색 화강암이 아닐까 하는 불안, 나도 모르게 고함을 질러 문앞에 사람들이 달려와 마침내 문을 부수고 열고 들어오지는 않을까 하는 불안, 내가 내 비밀을 털어놓지나 않을까 하는, 내가 두려워하는 것에 대해 모조리 말해 버리지는 않을까 하는 불안, 모든 것이 말로써는 표현될 수 없는 것이기 때문에 아무것도 말할 수 없게 되지나 않을까 하는 불안, 그리고 그 밖에 다른 여러 가지 불안들…… 불안들이 꼬리를 물고 놓아주지 않는다.

나는 어렸을 때의 추억이 다시 살아나기를 빌었고, 그것은 정말 되살아났다. 그 추억이 그때처럼 여전히 답답하며, 나이를 먹어도 아무 소용이 없다는 것을 느꼈다.

어제는 열이 내렸다. 오늘 아침은 봄처럼, 마치 그림 속의 봄처럼 시작되었다. 나는 오랫동안 읽지 못했던 좋아하는 시인의 책이 있는 국립도서관에 가보려고 한다. 그리고 아마도 나중에는 천천히 공원을 산책할 수도 있을 거다. 실제로 물이 들어 있는 큰 연못 위로 바람이 불고, 아이들이 놀러 와서 빨간 돛을 단 배를 띄우고는 구경하겠지.

오늘은 그런 일이 있으리라고는 생각하지 않고, 아주 당연하고 쉬운 일인 것처럼 용기를 내어 집을 나섰다. 그런데 무언가 나를 종이처럼 집어들어 구겨서 던져버리는 일이 벌어졌다. 전대미문의 사건이 일어났다.

생 미셸 거리는 텅 비어 있어 널찍했으며, 약간 비탈이 져서 걸어 내려가기가 쉬웠다. 위쪽 여닫이 창문들이 유리 같은 맑은 소리를 내며 열렸고, 그 반짝임이 마치 거리 위에 하얀 새가 날아가는 것 같았다. 연붉은색 바퀴를 단 마차 한 대가 지나갔고, 저 훨씬 아래쪽에서는 누군가 무언지 밝은 녹색의 짐을 들고 가고 있었다. 번쩍거리는 마구를 단 말들이 어둠이 뿌려진 깨끗한 차도를 달려가고 있었다. 바람은 흥분한 듯 신선하고 부드럽게 불어왔다. 모든 것이 위로 솟아올랐다. 냄새며 외치는 소리며 종소리며, 모두.

저녁에 빨간 옷을 입은 가짜 집시들이 음악을 연주하는 어느 카페를 지나갔다. 열린 창문에서는 밤을 지새운 공기가 양심의 가책을 받기라도 한 듯이 새어나오고 있었다. 머리를 번지르르하게 빗은 종업원들이 가게 문앞에서 청소를 하는 중이었다. 그중 한 명이 몸을 구부리고 서서 노란 모래를 한줌 한줌 테이블 밑으로 던지고 있었다. 그때 지나가는 어떤 사람이 그를 쿡 찌르고는 거리 아래쪽을 가리켰다. 그 '종업원은 얼굴이 아주 벌겋게 되어 잠깐 그쪽을 뚫어져라 바라보더니 수염이 없는 뺨에 웃음이 마치 뿌려진 듯 퍼져나갔다. 그는 다른 종업원들 모두를 불러내기 위해 손짓을 하고는, 자신도 무엇 하나 빼놓지 않고 보기 위해서 몇 번이나 재빨리 웃는 얼굴을 이리저리 돌렸다. 이제 모두들 모여 서서 아래쪽을 보거나 찾고 있었는데, 웃음거리가 무엇인지 아직 찾지 못한 이들은 약이 올라 있었다. 나는 조

금 불안해지기 시작했다. 어쩐지 거리의 건너편 쪽으로 가고
싶었다. 하지만 나는 좀더 빨리 걸을 뿐이었고, 내 앞에 있
는 두서너 사람을 무심코 살펴보았지만, 별 특별한 것을 찾
지는 못했다. 그런데 심부름꾼 아이 한 명이 푸른색 앞치마
를 걸치고, 어깨에는 손잡이가 달린 빈 바구니를 메고 누군
가의 뒷모습을 쳐다보고 있는 것을 보았다. 그는 실컷 보고
는 그 자리에 선 채로 집들이 있는 쪽으로 몸을 돌리고는
웃고 있는 다른 점원을 향해 이마 앞에서 누구나 다 알고
있는 손짓, 그 특유의 손 흔드는 동작을 해 보였다. 그러고
는 까만 눈동자를 깜빡이며 만족한 듯 몸을 흔들거리면서
내게로 다가왔다.

눈앞이 트이자 무언가 이상스러운 색다른 모습이 눈에 띄
기를 기대했다. 그러나 짧은 연한 블론드 색 머리에 부드러
운 검정색 모자를 쓰고 짙은 색 외투를 걸친 키가 훌쩍 크
고 마른 남자가 내 앞을 지나갔을 뿐 아무도 없었다. 이 남
자의 옷이나 행동에서 무언가 우스꽝스러운 점이라곤 없음
을 확인했다. 그래서 그 남자에게서 눈을 돌리고 길 저 아
래쪽을 보려 했다. 그 순간 그는 무언가에 걸려 넘어질 뻔
했다. 그의 뒤에 바짝 붙어 따라가며 주의를 기울여 관찰했으
나, 그가 넘어질 뻔한 자리에는 아무것도, 정말 아무것도
없었다. 그 남자와 나, 둘은 계속 걸어갔다. 둘 사이의 간
격은 계속 그대로 유지되었다. 이제 건널목이 나타났다. 그
때 앞에 가던 남자가 고르지 않은 두 다리로 아이들이 가다
가 즐거우면 가끔씩 껑충거리거나 뜀박질을 하는 것처럼, 보

도의 계단을 펄쩍 뛰어내려갔다. 건너편 보도를 오를 때에는 가랑이를 길게 벌린 채 뛰어올라갔다. 그는 다리 하나를 약간 끌어당겨 다른 쪽 다리로 높이 뛰고, 곧 다시 한번 뛰고는, 계속해서 뛰었다. 이런 갑작스러운 뜀박질은 무언가 과일의 씨나 미끄러운 껍데기 같은 작은 것이 발밑에 있다고 가정할 때, 비틀거리는 것으로 생각하기가 십상인 동작이었다. 그런데 이상한 것은 그 남자 스스로 어떤 장애물이 있다고 믿는 것 같았다. 매번 그럴 때마다 누구에게서나 볼 수 있는 그런 화가 난 것 같기도 하고 아니면 잔뜩 신경질이 난 것 같기도 한 눈초리로 귀찮다는 듯 그 자리를 둘러보았기 때문이다. 다시 거리의 다른 쪽으로 가라고 경고하는 소리가 내 마음속에서 들려왔지만, 그 말을 따르지 않고 계속해서 그의 다리에 온통 주의를 기울이며 그 남자의 뒤를 따라갔다. 솔직히 말해서 약 이십 보 정도 그 뜀박질이 중지되자 이상하게도 마음이 가벼워졌다. 그러나 눈을 들어 올리는 순간 그 남자에게 어떤 다른 귀찮은 일이 생겼다는 것을 알았다. 외투 깃이 세워져 올라가 있어서, 그것을 바로잡으려고 한 손으로 혹은 양손으로 애를 쓰고 있었으나 깃이 바로 되지가 않았다. 이런 일이 일어났지만 그런 행동이 나를 불안하게 하지는 않았다. 그러나 다음 순간에 이 남자가 손을 바쁘게 움직이는데, 두 가지 동작을 동시에 하고 있음을 깨닫고 끝없이 놀랐다. 한편으로는 눈에 띄지 않게 빨리 깃을 높이 세웠고, 다른 한편으로는 끊임없이 깃을 내리려 하는 주도면밀한 동작, 말하자면 지나칠 정도로 하나하나 꼼꼼히 깃을 내리려는 동작을 했기 때문이다. 이렇게 지켜보다 보니까 정신이 아주 혼란스러워졌다. 조금 전까지만 해도 두 다리로 절뚝거렸는데, 이제 그와 똑같은 놀라운 두 박자의 뜀박질이 그 남자의 목에 높이 세워진 외투 깃과 신경질적으로 움직이는 손 뒤에서 일어났다는 것을 2분이 지나서야 알게 되었다. 이 뜀박질이 몸속에서 빙빙 돌아다니다가 몸의 여기저기에서 밖으로 뛰쳐나오려고 시도하는 것으로 여겨졌다. 사람들 앞에서 그가 갖는 두려움이 이해되었다. 그래서 나는 지나가는 사람들이 무언가를 눈치채는 것이 아닌가 하고 조심스럽게 살펴보기 시작했다. 갑자기 그의 두 다리가 경련하는 듯 약간 뛰어오르는 것을 보고 등골이 오싹해졌다. 그러나 그것을 본 사람은 아무도 없었다. 누군가가 주의 깊게 보게 될 경우에는 나도 약간 걸려 넘어지는 척하려고 생각해 보았다. 우리를 이상하게 바라보는 사람들에게는 거리에 눈에 띄지 않는 작은 장애물이 있어서 우연히도 우리 둘 다 그것을 밟았다고 믿게 할 수 있는 구실이 될 수 있기 때문이다. 내가 그를 도와줄 길을 궁리하고 있을 동안 그는 스스로 기막히게 새로운 방법을 찾아내었다. 그가 지팡이를 갖고 있었다고 말하는 것을 잊었구나. 그러니까 짙은 색 나무로 된 평범한 지팡이였는데 손잡이가 둥글게 구부러져 있었다. 그 남자는 불안스레 찾다가 무언가를 생각해 낸 것이다. 그래 우선 지팡이를 한 손으로 (둘째 손은 무엇을 위해 필요한지 알 수 없었지만) 등에, 바로 척추 위에 가로로 눌러대기 위해 갖다 대고, 둥근 손잡이의 끝을 외투 깃 속으로 밀어넣었다. 그래서 그 지팡이가 목뼈와 첫번째 척추 뒤에서 딱딱하게 몸을 받쳐주는 것처럼 느꼈다. 멈추는 듯했다. 그것은 남들의 주목을 끌지 않는 자세였고, 기껏해야 약간 거만하게 보일 뿐이었다.

예기치 않은 봄날이 이런 자세를 이해하게 해주었다. 아무도 돌아볼 생각을 하지 않았다. 일은 순조롭게 기가 막히게 잘 되어갔다. 다음 횡단보도에서 두 번 뜀박질을 했다. 가볍게 두 번 뜀박질을 했기 때문에 전혀 남의 눈에 띄지는 않았다. 한번은 정말 눈에 띄는 뜀박질이었지만 기술적으로 잘 해냈다. (마침 도로에 물을 뿌리기 위한 호스가 가로 놓여 있었다.) 조금도 염려할 필요가 없었다. 그래 아직은 모든 것이 잘 되어나갔다. 가끔씩 다른 쪽 손으로도 지팡이를 잡고 그것을 더 꽉 눌러대어 위험이 곧 다시 지나가 버리곤 했다. 그런데도 불안이 커져갔고, 그에 맞서 나는 아무것도 할 수가 없었다. 그가 가면서 아무렇지도 않게 그저 산만하게 보이려고 무진장 애쓰는 가운데, 그의 몸속에서는 끔찍한 경련이 쌓이고 있다는 것을 알았다. 그 남자의 경련이 자라고 또 자라고 있음을 느끼면서 내 마음속에서도 그에 따르는 불안이 자리 잡았다. 심한 경련이 그 남자의 내부에서 몸을 흔들기 시작할 때, 그가 죽어라 지팡이를 움켜잡는 것을 보았다. 양손의 모양이 너무나도 가차없고 엄격해서 크고 굳셀 수밖에 없을 그의 의지에 내 모든 희망을 걸었다. 그러나 이럴 때 의지가 무엇이겠는가. 힘이 다하여 그가 더 나아가지 못하는 순간이 분명히 올 것이다. 나, 몹시 가슴을 두근거리며 그의 뒤를 따라갔던 나, 나는 남아 있는 힘을 돈처럼 모아 그의 손을 보면서 부탁했다. 필요하다면 나의 작은 의지나마 가져가 주기를.

그가 그것을 받아들였다고 믿는다.

생 미셸 광장에는 기차가 많이 있었고 바쁘게 왔다갔다 하는 사람들이 있었다. 우리는 종종 두 대의 마차 사이에 끼여 걸었는데, 그럴 때면 그는 숨을 들이쉬고, 쉬려는 듯 뛰지 않고 조금씩 앞으로 나가거나 살짝 뛰는가 하면 약간 고개를 끄덕이기도 했다. 그것은 어쩌면 그 남자의 몸속에 갇혀 있는 병이 그를 이겨내려는 책략이었는지도 모른다. 저항하려는 그의 의지가 두 군데에서 무너져버렸는데, 이렇게 무너짐으로써 경련하는 근육에는 은근하고도 유혹적인 자극과 어쩔 수 없이 일어나는 두 박자의 움직임이 남겨졌다. 그러나 지팡이가 아직 그 자리에 그대로 있었고, 두 손은 성이 나고 노여운 듯했다. 이렇게 해서 우리는 다리로 접어들었고 아무 일도 없었다. 그런데 그 남자의 걸음걸이가 약간 불안정해졌다. 그는 두 걸음 앞으로 걷다가 이제 멈추었다. 선 채로 있었다. 왼손이 슬그머니 지팡이를 놓더니 그것을 천천히 쳐들고 공중에서 덜덜 떠는 것을 나는 보았다. 그 남자는 모자를 약간 뒤로 젖히고 이마를 훔쳤다. 머리를 조금 돌린 후 그의 시선은 흔들리면서 멍하니 하늘과 건물들과 물을 건너가다가 그만 급강하했다. 지팡이는 손에서 떨어져 나가고, 그는 하늘을 날려는 듯 두 손을 펼쳤다. 자연의 힘처럼 그에게서 무엇인가 터져 나와, 그의 몸을 앞으로 구부리게 했다가 뒤로 젖히게 했다가, 목을 끄덕이다가 숙이게 했다. 그는 춤을 추려는 듯이 경련을 일으키며 무리 속으로 내동댕이쳐졌다. 많은 사람들이 그의 주위에 몰려들었기 때문에 더는 그를 보지 못했다.

마음이 텅 비어 있는데, 어딘가로 간다는 게 무슨 의미가 있겠는가. 나는 한 장의 빈 종이 같은 기분으로 건물들을 죽 따라 다시 대로를 걸어 올라갔다.

〈헤어지지 않으면 안 되었기 때문에 헤어진 후, 사실 아무 할 말이 없지만 나는 너에게 편지를 쓰려고 한다. 한번 시도해 보는 거야. 아니 써야만 한다고 생각해. 왜냐하면 팡테옹에서 성녀의 그림을 보았기 때문이야, 외로워 보이는 성녀와 지붕, 문짝, 희미하게 빛을 비추고 있는 램프와 저쪽에서 잠자고 있는 시가지, 강 그리고 달빛에 비치는 먼 곳을 보았기 때문이었어. 성녀가 잠자고 있는 시가지를 지키고 있었어. 울고 또 울었어. 그 모든 것이 갑자기 너무나 뜻밖에 나타났기 때문이었어. 나는 성녀 앞에서 울었지. 자신을 가눌 수 없었거든.

내가 파리에 있다는 이야기를 들으면 대부분의 사람들은 기뻐하고 부러워해. 일리가 있지. 파리는 대도시로서 크고 또한 온갖 야릇한 유혹들로 가득 차 있으니까. 나는 어떤 의미에서 그런 유혹들에 빠져버렸다고 말할 수 있어. 그렇다고밖에 달리 무슨 말을 할 수 있을까. 내가 파리의 그런 유혹에 빠져버려 내 성격이 달라지게 하지는 않았더라도 결과적으로 어떤 변화를 가져온 셈이야. 그러니까 내 세계관의 변화랄까, 어쨌든 내 생활에 변화를 가져오게 했어. 이로 인해 모든 사물을 보는 관점은 나의 내부에서 완전히 다르게 형성되었지. 어떤 차이가 있는가 하면 지금까지의 어떤 것보다 더 많이 인간으로부터 나를 격리시키게 되었다는 거지. 하나의 달라진 세계, 온통 새로운 의미를 지니는 하나의 새로운 삶. 모든 것이 너무나 달라져서, 지금 이 순간 모든 것이 너무나 새로워서 나를 다소 힘들게 하고 있어. 새로운 환경 속에서 나는 신출내기인 셈이지.

한번 바다를 볼 수는 없을까? 그래, 나는 다만 네가 올 수 있을 거라고 상상하고 있어. 너는 내게 의사가 있는지 물어볼 수도 있었을 텐데. 의사를 알아보는 것을 잊어버렸지. 그런데 이제는 그럴 필요가 없게 되었어.

「시체」라는 보들레르의 믿을 수 없는 시를 아직도 기억하고 있니? 나는 이제야 그 시를 이해할 수 있는지도 몰라. 마지막 연을 빼고는 그의 표현이 옳았어. 그런 일을 당했으니 그가 어떻게 해야 했을까? 이 끔찍한 것 속에서, 겉보기에 혐오스럽게만 보이는 것 속에서 존재하는 모든 것들에게 통용되는 존재성을 보는 게 보들레르에게 주어진 과제였어. 선택이나 거부는 없지. 너는 플로베르가 『성 쥘리엥 수도사의 전설』[10]을 쓴 것이 우연이라고 생각하니? 누군가가 밤에 나환자와 함께 자면서 사랑하는 사람의 따뜻한 마음으로 그

---

10) 플로베르의 작품 『*La légende de saint Julien l' hospitalier*』(1877)를 말한다.

를 포근하게 해줄 수 있을지 아닐지가 나에게는 몹시 중요하게 여겨져. 그렇게 된다면 좋은 결과가 안 나올 리가 없지.

내가 이곳에서 실망해서 괴로워하고 있다고는 생각하지 마, 그 반대거든. 비록 현실이 나쁘다 하더라도, 나는 그 현실을 위해 내가 기대했던 모든 것을 포기할 마음의 준비가 되어 있어. 때때로 스스로조차 놀라곤 하지.

아, 이런 것을 조금이라도 너와 나눌 수 있다면 좋을 텐데. 그러나 그렇게 될 수 있을까? 그렇게 될 수가? 아니야, 이것은 고독의 대가일 뿐이야.〉

이것이 편지의 초안이다.

공기의 성분 하나하나 속에 들어 있는 무서운 것의 존재. 너는 투명한 공기와 함께 그것을 들이마시게 되지. 그러면 네 속에서 그것이 비처럼 내려서는 딱딱해지고 몸의 기관들 사이에서 날카로운 기하학적 도형을 형성한다. 형장에서, 고문실에서, 정신병원에서, 수술실에서, 늦가을의 아치형 다리 아래에서 고통과 공포를 경험한 모든 것은, 이 모든 것은 끈질기게 사라지지 않는 영원성을 갖고 있으며, 자기 주장을 하고 존재하는 모든 것을 질투하면서 끔찍한 자신의 현실에 매달려 있다. 인간들은 그중에서 많은 것을 잊어버렸으면 한다. 잠을 자게 되면 뇌 속에 들어 있는 주름들을 부드럽게 다듬어주지만, 꿈은 수면을 밀어내고 다시 그림을 그린다. 그러면 인간은 깨어나 숨을 헐떡거리며, 어둠 속에서 촛불을 밝히고, 희미한 안도의 빛을 설탕물처럼 마신다. 그러나, 아, 이런 안도감은 어떤 모서리에서 유지되는가. 약간만 고개를 돌려보면 눈에 익숙하고 정다운 것들이 다시 나타나게 된다. 그리고 조금 전에 그렇게 위안을 주던 희미한 것들이 공포의 윤곽보다 더 분명해진다. 방을 텅 비게 하는 빛을 조심해라. 행여 네가 앉아 있는 뒤쪽에 생긴 그림자가 너의 주인처럼 일어서지나 않을까 하고 뒤를 돌아다보지 마라. 어쩌면 어둠 속에 그냥 남아 있어서 너의 무한정한 마음이 모든 구별할 수 없는 것들의 무거운 마음이 되려고 시도하는 것이 나았을지도 모르겠다. 그런데 너는 지금 정신을 가다듬고 네 두 손 안에 있기를 그만두는 너 자신을 네 앞에 본다. 그리고 가끔 막연한 동작으로 너의 얼굴을 되뇌어 그려본다. 그리하여 너의 내부에는 공간이 거의 없어지고 이런 좁은 데서는 네 안에 아주 커다란 것이 머무를 수 없게 된다는 게 너를 매우 안심시킨다. 어떤 엄청난 것도 네 속에 들어 있어야 한다는 것과 그런 환경에 맞추어 작아져야 한다는 것이 또한 너를 안심시킨다. 그러나 너의 밖은 끝이 없다. 만일 밖에서 두려움이 커지면, 네 속에도 들어오게 되고 채워진다. 부분적으로 너의 힘으로 조절할 수 있는 혈관이나, 너의 둔감한 기관에 들어 있는 점액 속에서는 두려움이 커지지 않지만, 수만 갈래로 갈라진 그네 존재의 아주 구석진 곳에까지 파이프를 통해 흡입되어 올라가, 모세혈관에서는 두려움이 커져간다. 거기에서는 두려움이 높이 솟아올라 너보다 높아지고 네가 마지막

피난처인 듯이 도망쳐 간 너의 호흡보다도 더 높아진다. 아, 그럼 어디로 가나, 어디로 가야 하나? 너의 심장은 너를 네 속에서 몰아내고는 네 뒤를 쫓고, 그러면 너는 거의 너의 밖에 나와 있어 너의 속으로 다시는 돌아갈 수 없게 된다. 너는 사람들이 풍뎅이 같은 곤충을 짓밟을 때 내장이 튀어나오듯 그렇게 네 속에서 튀어나오게 되니, 네 표피가 지닌 약간의 단단함과 적응력은 아무 의미가 없게 된다.

아, 공허한 밤이여. 아, 말없이 밖을 내다보는 창이여. 아, 굳게 닫힌 문이여. 오래전부터 무슨 뜻인지 하나도 모르면서 전해 내려오고 인정되어 온 시설물들. 아, 계단의 적막함, 옆방에서 오는 적막함, 천장 높은 곳의 적막함이여. 아, 어머니, 당신은 일찍이 어렸을 때 이 모든 적막함을 가로막아 주셨던 유일한 분이십니다. 당신께서 이 적막함을 도맡으시고 말씀하시기를, 「놀라지 마라. 엄마다」 당신은 무서움에 벌벌 떠는 어린이를 위해 밤새도록 적막함이 되어주신 강한 분입니다. 당신은 촛불을 밝히시고, 이미 그 불을 밝히는 소리 자체가 당신이셨습니다. 당신께서 불빛을 손에 들고 말씀하시기를, 「엄마다, 놀라지 마라」 당신은 천천히 촛불을 옆에 두셨습니다. 어머니께서 불빛이라는 것, 아무런 숨겨진 뜻 없이 단순하고 한결같이 잘 놓여 있는 눈에 익은 정다운 물건을 비추는 불빛이라는 것은 의심할 필요가 없었습니다. 벽 어딘가에서 소리가 나거나 복도에서 걷고 있는 발소리가 들리면, 당신은 미소만 지으시다가, 당신의 얼굴을 불안해하며 살피는 아이에게 마치 그 아이와 약속하여 서로 의견이 일치된 것처럼 환하게 미소를 지으십니다. 이 세상의 권세 중에 어떤 힘이 당신의 힘과 견줄 수 있겠습니까? 보십시오, 왕들은 누워서 허공을 응시하고 있는데, 이야기꾼도 그의 불안한 마음을 바꿀 수는 없습니다. 애첩의 젖가슴 옆에 누워 있는 그들을 공포가 덮쳐 그들로 하여금 무력하게 하고 욕정도 사라지게 합니다. 그러나 당신은 와서 괴물을 당신 뒤에 잡아두고 전신으로 그 앞에 서서 막아줍니다. 여기저기서 추켜올릴 수 있는 장막 같지는 않습니다. 아닙니다. 당신은 당신을 필요로 하는 부름을 듣고 앞장서서 달려온 것 같습니다. 당신께서는 나타날 수 있는 모든 무서운 것들보다 앞질러 오셔서 당신이 급히 내려오시는 발자국, 당신이 디디는 영원한 길, 당신 사랑이 날아오는 흔적만이 뒤에 남은 듯이 그렇게 감싸주십니다.

내가 매일 지나다니는 석고(石膏)를 파는 가게에는 문 옆에 마스크가 두 개 걸려 있다. 하나는 시체 안치소에서 뜬 익사한 젊은 여자의 마스크이다. 그 모습이 살아서 미소를 짓고 있는 듯 아름답기 때문에 본을 떴겠지. 그 밑에는 현자의 모습을 한 마스크가 걸려 있다. 감각을 꽉 응축시킴으로써 드러나는 심한 갈등이 어린 모습. 끊임없이 발산되려하는 자신을 음악으로 엄격하게 단련시킨 모습. 혼탁하고 헛된 소리로 혼돈되지 않도록, 그리고 그에게서 우러나오는 소리 외에는 어떤 소리도 듣지 못하도록 신이 청각을 막아버린 얼굴. 소리가 없는 감각만의 세계, 긴장하면서 기다리는 세계, 소리가 창조되기 전의 미완성인 세계가 조용히 전달되도록 맑고 영원한 소리가 깃들인 얼굴.

세계를 완성하시는 분. 비가 되어 땅 위에 또 강에 무심코 우연히 떨어져 내려 눈에 띄지 않게 자연의 법칙을 즐거이 따르다가, 다시 그 모든 것으로부터 일어나서 떠올라 하늘의 구름을 만드는 것처럼, 우리들 속에 침전된 것은 당신을 통해 상승하여 세계를 음악으로 뒤덮습니다.

당신의 음악. 그것은 우리들 주변에 머무를 음악이 아니라, 세계의 주변에 있어야 할 것을. 당신의 음악을 위해 사람들은 이집트의 테베 지역에다가 큰 피아노를 한 대 갖다놓았어야 할 것을. 천사가 왕들과 창부들과 은자(隱者)들이 잠든 사막 지대를 지나 당신을 외로운 분의 악기가 있는 곳으로 모시고 갔으면 좋았을 것을. 그러면 천사는 당신이 연주하는 것을 두려워하여 높이 날아 올라가 버렸을 텐데.

그리하여 당신은 흘러넘치는 분이 되었으리라. 흐르는 분이시여, 사람들이 듣지 못하였어도 우주만이 감당할 수 있는 것을 우주에다 돌려주었으리라. 사막에 사는 아라비아인들은 미신에 사로잡혀 멀리 달려 지나갔으리라. 그러나 대상(隊商)들은 당신이 폭풍인 것처럼 당신이 연주하는 음악의 가장자리에 몸을 던졌으리라. 사자들만이 놀라서 그들의 몸속에 움직이는 피를 두려워하여 밤중에 당신에게서 멀리 떨어져 배회하였으리라.

누가 당신의 음악을 더럽혀진 귀에서 찾아내 올 것인가? 누가 쓸모없는 귀를 가진 불임의 매춘부들을 당신의 음악당에서 몰아낼 것인가? 정액이 쏟아져 내린다. 그것들은 창녀처럼 즐겨하며 그것을 가지고 논다. 아니면 그것들이 자위 행위로 만족을 취하고서 누워 있는 동안, 정액은 그것들 모두 사이에 흘러내린다. 마치 오난의 정액[11]처럼.

하지만 아, 신이여 순결한 귀를 가진 정숙한 청년이 당신의 음악을 들으면서 누워 있다면 그는 지대한 복에 겨워 죽거나, 그가 무한한 것을 출산할 때 그의 잉태한 뇌는 큰 음향이 넘치는 탄생으로 파열하지 않을 수 없으리라.

나는 그것을 과소평가하지는 않는다. 그런 일에는 용기가 필요한 것이다. 그러나 잠시 가정해 보자. 누군가가 용기가 있어, 이 용기로 그들이 어디로 들어가는지, 많은 남은 날을 무엇을 시작하며 보내는지, 밤에는 잠을 자는지 언제나 알아내기 위해서 남의 뒤를 따라간다고 해보자. (한번 그렇게 하면 누가 다시 그것을 잊어버리거나 혼동할 수 있겠는가?) 특히 그들이 정말 잠을 자는지 확인해 보아야 할 것이다. 그러나 용기만으로는 되지 않는다. 왜냐하면 그들은 보통 사람처럼 뒤를 따라가는 것이 쉽지 않고 나타났다가 곧 사라지기 때문이다. 그들은 세워졌다가 치워져 버리는 납으로 만든 장난감 병정처럼 여기 나타났다가 다시 가버리기

---

11) 「창세기」 38장 8-9절 참조. 오난은 구약 「창세기」에 나오는 아브라함의 후손으로 유다의 둘째 아들. 첫째 아들이 죽자 오난이 아버지 유다의 명령으로 형 대신 후손을 남기기 위해 형수와 혼인을 한다. 하지만 자식을 낳아도 형의 자식이 될 것을 생각하여 땅에다 사정을 했는데, 이로 인해 하나님의 벌을 받아 죽임을 당한다.

때문이다. 사람들이 그들을 찾게 되면 그들은 좀 떨어진 장소에 있지만 아주 숨겨진 장소는 아니다. 숲들은 멀리 있고, 길은 잔디밭을 따라 꾸불꾸불 나 있다. 거기에 그들은 서 있어 그 주위는 마치 유리를 덮어쓰고 있는 것처럼 투명한 분위기가 감돈다. 너는 이 작은 체구의 눈에 띄지 않는 남자들을 사색에 잠겨 산책하는 사람들로 여길 수가 있다. 그러나 그것은 착각이다. 그의 왼손을 보게 되면, 그가 왼손을 낡은 외투의 늘어진 주머니에 넣고 무언가를 찾아 끄집어내어 그 작은 것을 서투르게 눈에 띄도록 공중에 들고 있는 게 보이지? 1분도 채 안 되어 참새 두세 마리가 호기심에 찬 듯이 포르릉 날아온다. 만약 그 남자가 움직이지 않는 것을 보고 안심하게 되면, 참새들이 날아오지 않을 이유가 없다. 마침내 한 마리가 나타나 아무렇지도 않게 아주 체념한 듯 손가락 끝에 오래된 달콤한 빵 조각을 들고 있는 왼손 주위를 잠시 바쁘게 날아다닌다. 그리하여 그 남자 주위에 구경꾼들이 점점 더 많이 모여들면, 물론 적당한 거리를 두지만, 그는 점점 더 그들과는 거리가 먼 딴사람이 된다. 그는 거기에 마치 타들어 가는 촛불처럼 서서 남은 심지로 불을 피워 그것으로 인해 온통 따뜻해져 꼼짝도 하지 않았다. 그가 어떻게 새들을 유인하고 끌어당겼는지 그 많은 어리석은 새들은 판단할 수가 없다. 만약 구경꾼들이 없어서 그 남자를 오랫동안 거기에 서 있게 했더라면, 틀림없이 천사가 갑자기 나타나 그 쪼글쪼글한 손에 있는 오래된 달콤한 빵 부스러기를 먹었을 텐데. 언제나처럼 사람들은 그에게 방해가 된다. 그들은 다만 새들이 올 것인지만을 궁금해하고 그 남자가 새들을 부르는 것 외에는 아무것도 기다리지 않는다고 떠들어대면서 참새만으로 만족해한다. 고향의 작은 뜨락에는 뱃머리의 조각처럼 비바람에 젖은 낡은 인형이 땅에 약간 비스듬히 꽂혀 있다. 이런 자세는 그들이 언제 어디선가 풍랑이 가장 컸던 그들의 삶에서 비롯된 것인가? 언젠가 화려한 시절이 있었기 때문에 이제 이렇게 퇴색해 버린 것인가? 네가 그것을 물어보겠니?

너는 여자가 새에게 모이를 주고 있을 때에는 그들에게 아무것도 물어보지 마라. 그런 여자들은 심지어 뒤따라 갈 수 있다. 그들은 지나가면서 쉬운 일인 듯이 모이를 준다. 그러나 방해하지 마라. 그들은 어떻게 해서 그렇게 되었는지 모른다. 어느새 그들의 손가방에 빵 조각이 많이 들어 있다. 얇은 숄에서 커다란 빵 조각을 조금 꺼내어 입으로 씹어서 촉촉하게 해서 내밀고 있다. 여자들은 자신의 침이 조금이라도 세상으로 나간다는 사실과, 작은 새들이 그 맛을 금방 다시 그 맛을 잊어버릴지라도 주둥이에 묻혀 날아다니는 것을 기쁘게 생각한다.

완고한 작가여,[12] 다른 사람들이 당신의 작품을 일일이 분석하여 자신이 취할 바를 차지하고 만족하는 것처럼, 나도 당신의 작품을 읽으면서 그렇게 해보려고 했습니다. 나는

12) 노르웨이의 극작가 입센(1828-1906)을 말한다.

아직도 명성이라는 것을 몰랐기 때문입니다. 명성이라는 것은 발전해 나가는 인간에 대한 공식적인 파괴이며, 군중이 그 사람의 공사장에 몰려들어 쌓아올린 돌들을 밀어내 버리는 그런 것입니다.

그 어딘가에 있는 젊은 작가여, 당신의 마음을 전율케 하는 무언가가 솟아오르면, 아무도 당신을 모른다는 사실을 마음껏 누리세요. 당신을 아무것도 아니라고 여기는 사람들이 당신의 말에 반박하고, 당신이 사귀고 있는 사람들이 당신을 버리고, 당신의 멋진 생각 때문에 당신을 매장시키려 해도, 나중에 오게 될 명성의 교활한 적대감, 그대를 사방에 뿌려 흩어버림으로써 그대를 허물없는 존재로 만드는 적대감에 대항하기 위해 당신의 내면에서 당신을 지탱시켜 주는 이 분명한 위험은 무엇인가. 이 적대감은 당신에 대해 나쁜 소문을 퍼뜨림으로써 당신을 무너뜨리고 맙니다. 그것이 무슨 소용이 있겠어요.

비록 당신을 경멸하지 않는 소문일지라도 그 소문을 내달라고 어느 누구에게도 부탁하지 마세요. 시간이 가고 당신의 이름이 사람들 사이에서 오르내리게 되면, 그런 것을 당신이 그들의 입을 통해 찾아낸 온갖 소문보다 더 진지하게 여기지는 마세요. 당신의 이름이 더럽혀졌다고 생각하고 버리세요. 신이 밤중에 당신의 이름을 부를 수 있도록 어떤 다른 이름을 선택하고 그것을 모두들 앞에서 숨겨버리세요.

가장 고독한 시인이여, 소외당한 이여, 세상 사람들은 당신의 명성에 대해 당신을 어떻게 맞이하였는가. 그들이 당신을 철저하게 적대한 지 얼마나 되었던가. 그런데 지금 그들은 마치 당신의 친구인 양 당신과 사귀고 있습니다. 그리고 그들은 당신의 말을 망상의 철장에다 끌어넣고 다니며 곳곳에서 보여주고 조금 자극해 봅니다. 자기들은 안전하다고 생각하고 끔찍한 맹수 같은 그대의 모든 것을.

그 맹수가 내 안에서 튀어나와 사막에 서 있는 나를 공격했을 때 그제서야 비로소 나는 당신의 작품을 읽었습니다. 절망한 당신이 가야 할 길이 모든 지도에 잘못 표시되어 있었습니다. 그대 자신이 결국 그랬듯이 절망하여 나를 기습했기 때문입니다. 독약처럼 그대의 궤도가 하늘을 뚫고 지나갑니다. 당신이 가는 길의 희망 없는 쌍곡선이 무엇이 중요하겠습니까. 딱 한번 우리에게 굽어져 다가왔다가 놀라움에 가득 차서 멀어져 가는 그 쌍곡선이.

한 여인이 머무르든 가버리든, 현기증이 일어나는 사람이나 미친 사람이 있든 말든, 죽은 사람이 살아 있고 산 사람이 죽은 듯하든 그것이 당신과 무슨 상관 있단 말입니까? 이 모든 것은 당신에게는 아주 자연스러운 일이었습니다. 그러니 당신은 사람들이 현관을 통과하고 머무르지 않듯이 그런 것들을 지나쳐 버렸습니다. 그러나 사건들이 일어나고 가라앉고 변색하는 곳에서 잠시 멈추고는 몸을 굽히고 있었습니다. 일찍이 그 누구든 가보았던 곳보다 더 내면적인 곳에서 문 하나가 당신을 위해 활짝 열려 있었습니다. 당신은 불빛 속에서 증류기 옆에 있었습니다. 불신하는 이여, 당신은 어느 누구든 한번도 데리고 가지 않았던 그곳에 앉아서 여러 과정을 구별하고 있습니다. 거기서 당신의 피 속에 무엇을 만들거나 말하는 성질이 아니라, 무언가를 나타내 보이는 기질이 들어 있어서 어마어마한 결심을 내렸습니다. 당신 자신도 처음엔 확대경을 통해서 볼 수 있는 이 미세한 현상을 정말 혼자서 바로 확대시켜 수많은 사람들, 아니 모든 사람들 앞에 거대하게 나타내 보이려 했습니다. 당신의 무대가 만들어졌습니다. 당신은 몇 세기 동안 거의 물방울로 압축된 우리들의 삶이 다른 예술에 의해 발견되고 서서히 드러나게 되는 것을 기다릴 수는 없습니다. 그리고 그런 우리들의 삶 속에서 개개인들이 점차적으로 의견 일치를 보아 결국은 기가 찬 소문들을 마치 그들 앞에 펼쳐지는 장면처럼 함께 사실인지 확인하자고 하는 것을 기다리고 있을 수는 없습니다. 당신은 거기에 가서 거의 측정할 수 없는 것을 측정하지 않으면 안 되었습니다. 당신은 감정의 각도계가 반 눈금 정도 올라가는 것과 아주 가까이에서 읽어야 하는 거의 조금도 구속받지 않는 의지의 기울어진 각도, 한 방울의 동경 속에서 약간의 침전물과 믿을 만한 원자 속에서 일어나는 눈에 보이지 않는 색깔의 변화 등의 것을 철저하게 관찰하여 마음속에 간직해 두어야 했습니다. 왜냐하면 우리들의 삶이 그런 과정 속에 있었기 때문입니다. 우리들의 삶은 우리에게로 미끄러져 내면 깊숙한 곳으로 들어와 거의 측정할 수 없기 때문입니다.

무언가를 나타내 보이려는 기질을 가진 당신은 영원히 비극적인 시인이었습니다. 당신은 이 모세관 같은 미세한 현상들을 단번에 가장 확고한 몸짓으로, 가장 존재가 뚜렷한 사물로 바꾸어놓지 않으면 안 되었습니다. 그러면 당신은 비할 데 없는 맹렬한 작업에 임했고, 보이는 현상들 가운데 마음의 눈을 통해 본 것에 상응하는 것을 찾느라, 더욱 초조해지고 회의에 차게 됩니다. 토끼 한 마리, 다락방, 누군가가 왔다갔다하는 커다란 방, 옆방에서 들리는 유리 깨지는 소리, 창문 앞의 화재와 태양이 선택되었습니다. 교회와 그런 교회를 연상시키는 바위가 늘어선 협곡이 나타났습니다. 그러나 그것으로 충분하지는 않아서 마침내 탑과 산맥이 삽입되었습니다. 파악할 수 없는 세계를 표현하기 위해서 구체적으로 파악할 수 있는 물건으로 쫙 늘어놓은 무대가 풍경을 덮어버리는 눈사태에 의해 파묻혀 버렸습니다. 그러면 당신은 더 어떻게 할 수가 없습니다. 당신이 잡아당긴 양쪽 줄의 끝은 재빨리 제자리로 돌아가 버렸습니다. 당신의 엄청난 힘은 유연한 지팡이로부터 달아나 버렸고 당신의 작업은 허사가 되었습니다.

달리 누가 이해하겠는가. 당신이 결국은 원래의 기질대로 집요하게 창으로부터 떠나려 하지 않았던 일을. 당신은 창밖에 지나가는 사람들을 살펴보려고 했습니다. 사람들이 언젠가 무언가를 시작하려고 마음만 먹는다면, 그들로부터 무언가를 만들어볼 수가 없을까 하는 생각이 떠올랐기 때문입니다.

그 당시에 처음으로 눈에 띄었다. 내게는 아무도 여자에 관해서는 제대로 표현할 수 없다는 것이. 사람들이 여자에 관해서 설명할 때는 되도록 말을 적게 하거나 다른 사람의 이름이나 환경이나 사는 장소, 물건들을 들먹이면서 이야기하다가 막다른 지경에 이르면 부드럽고 조심스럽게 한번도 그려본 적이 없는 여자 주변 윤곽을 희미하게 말하다가 끝맺는다는 것을 알았다. 그러면 나는 그 여자가 어떤 사람이지 하고 물었다. 그들은 「금발이었어. 거의 너와 비슷하지」라고 말하면서 그 밖에 알고 있는 다른 것들을 열거했다. 그러나 그것으로 인하여 그 여자는 또다시 완전히 불투명한 모습이 되어버려 더 이상 아무것도 상상할 수가 없었다. 사실 여자의 모습이 보이는 것은 어릴 적 어머니를 자꾸 졸라서 들려달라고 했던 이야기를 들을 때뿐이었다.

그때 어머니는 개와 함께 있는 장면을 설명하실 때마다 눈을 감으시고 아주 조용한, 그러면서도 환한 표정을 지으면서 두 손으로 얼굴을 꼬옥 감싸곤 하셨다. 두 손은 차갑게 관자놀이에 닿아 있었다. 어머니는 「말테야, 나는 그것을 보았단다」라고 힘을 주어 말씀하셨다. 「나는 그것을 보았단 말이다」 내가 이 말씀을 어머니에게 들은 것은 이미 여러 해 전이었다. 어머니는 아무도 만나보고 싶어하지 않으셨고, 여행 중에도 촘촘하고 자그만 은으로 된 채를 들고 다니시면서 어떤 음료수라도 걸러서 마시던 때였다. 딱딱한 음식은 드시지 않고 겨우 비스킷이나 빵을 드셨으며, 혼자 계실 때에는 어린아이가 빵 부스러기를 먹는 것처럼, 하나씩 하나씩 부수어 드시곤 하셨다. 그 당시 어머니는 바늘을 너무나도 무서워하셨는데 다른 사람들에게는 변명을 하셨다. 「나는 아무것도 소화시키지를 못해요. 하지만 걱정 마시고 드세요. 나는 지금 기분이 아주 좋거든요」 그러다가 불현듯 나에게 몸을 돌리고 (나도 그 무렵에는 조금 컸었다) 억지로 미소를 지으면서 말씀하셨다. 「말테야, 온 천지에 바늘이 놓여 있어. 그리고 바늘이 얼마나 쉽게 떨어지는지를 생각하면……」 어머니는 제법 농담조로 말씀하셨지만, 잘못 꽂힌 바늘이 언제 어디에서 떨어질지 모른다는 두려운 생각으로 벌벌 떨었다.

그러나 어머니가 잉게보르크에 대해 말씀하실 때에는 아무런 불안을 느끼지 않았으며, 몸 걱정도 하지 않을 정도였다. 그럴 때면 더욱 크게 말씀하셨고, 잉게보르크의 웃음을 생각하면서 웃으셨다. 잉게보르크가 얼마나 아름다웠는지 알아야만 한다고 말씀하셨다. 「그애는 우리 모두를 기쁘게 해주었어」라고 하시면서 「말테야, 너의 아버지까지도 정말로 즐거워하셨어. 그런데 그애가 약간 아픈 것 같았는데 의사로부터 죽을 것 같다는 이야기를 들었을 때 우리는 모두 모른 척하고 그 사실을 숨겨버렸던 거야. 잉게보르크는 어느 날 침대에서 일어나더니 뭔가가 어떻게 들리는지 들어보려는 사람처럼 중얼거렸단다. 〈그렇게 조심하실 필요가 없어요. 모두 다 아는 사실인데요. 걱정 마세요. 이렇게 돼서 좋아요. 나는 더 살 수가 없어요.〉 생각해 봐라. 우리 모두를 기쁘게 해주던 그녀가 더 살 수 없다고 하니 말이다. 말테야, 네가 크게 되면 언젠가 그것을 이해할 수 있을까. 나중에 생각해 보렴. 그런 일을 이해하는 누군가가 있다는 것이 정말 좋은 일이라는 생각이 떠오를지 모르니까」

어머니는 혼자 계실 때에는 〈그런 일〉에 몰두하셨다. 만년에 어머니는 늘 혼자 계셨다.

「말테야, 나는 정말 이해를 못하겠어」라고 말씀하시면서 어머니는 특유의 대담한 미소를 띠었다. 그 누구도 보기를 바라지 않는, 미소를 띠는 것 그 자체가 목적일 뿐인 그런 미소였다. 「그것을 알아내려고 하는 사람이 하나도 없다니. 내가 남자라면, 그래 남자라면, 나는 제대로 순서에 따라 처음부터 그것에 대해 생각해 볼 텐데 말이야. 어쨌든 시작은 있어야 되니까. 그 출발점을 찾아내기만 하면, 언제나 무언가가 들어 있을 수 있을 테니까. 아, 말테야, 우리 모두는 그렇게 없어지게 되겠지. 나는 우리 모두가 뿔뿔이 흩어져 살면서 각자 자기 일에 몰두하고 있어서 설령 우리가 없어진다 해도 거기에 제대로 관심을 기울이지 못한다는 생각이 드는구나. 유성이 떨어져도 그것을 보거나 소원을 비는 사람이 없는 것처럼 말이다. 말테야, 너는 소원을 비는 것을 잊지 마라. 소원을 비는 것을 포기해서는 안 돼. 이루어지는 것은 없더라도 소원을 품고 있어야 해. 평생 동안 소원을 계속 품다 보니, 그것이 이루어지길 기대할 수 없는 그런 소원도 있어」

어머니는 잉게보르크의 작은 책상을 어머니 방에다 가져다 놓으셨다. 나는 그 책상 앞에 어머니가 계시는 것을 종종 보았다. 왜냐하면 아무 허락을 받지 않고도 그냥 그녀의 방에 들어갈 수 있었기 때문이었다. 내 발소리는 카펫에 완전히 가라앉아서 들리지 않았다. 어머니는 내가 오는 것을 느끼고 한 손을 들어 그 손의 반대쪽에 있는 내 어깨 너머로 내밀었다. 어머니의 손은 무게를 느끼지 못할 정도로 아주 가벼웠다. 그리고 어머니는 저녁에 잠들기 전에 내게 주었던 상아로 된 십자가상 같은, 거의 그런 감촉으로 입맞추어 주었다. 뚜껑이 열려 있는 나지막한 책상 가까이에 앉아 있는 어머니는 마치 피아노 옆에 앉아 있는 것 같았다. 「이 안에 햇빛이 가득 들어 있어」라고 말씀하셨다. 그런데 그 안에는 낡고 노란 래커칠이 되어 있고, 그 위에 꽃이 그려져 있다. 하나는 빨간 꽃이고, 하나는 파란 꽃이며, 이 두 꽃을 갈라놓는 짙은 보랏빛 꽃이 그 사이에 나란히 놓여 있어, 이상하게도 밝아 보였다. 이 꽃들의 색깔과 수평으로 가느다란 넝쿨들의 초록빛이 사실 투명하지는 않으나, 바탕이 빛을 발하는 만큼 그 자체에 짙은 빛이 감돌았다. 이런 느낌은, 드러나지 않고 그 안에서 서로 관계가 있는 색조들이 맺는 이상하리만치 부드러운 관계에서 비롯된 것이다. 어머니는 텅 비어 있는 작은 서랍들을 빼내어 보셨다. 「아, 장미구나」 하고 말씀하시고는 희미한 향기가 나는 서랍 안으로 몸을 약간 구부렸다. 어머니는 늘 아무도 몰랐던 어느 비밀 서랍 안에서 뜻밖의 무언가를 발견할 수 있을 거라고 생각하셨다. 「언젠가 그것이 튀어나올 거야. 그럼 너는 봐야 해」 하고 불안해하시며 심각하게 말씀하시고는 급하게 서랍을 모두 빼내 보셨다. 서랍 안에 들어 있었던 서류와 편지들을 어머니는 조심스럽게 모았다가 읽지도 않고 넣어두셨다. 「말테야, 아마 나는 그 내용들을 이해할 수 없을 거야. 틀림없어 너무 어려울 거야」 어머니는 모든 것이 어머니에게 너무 복잡하다고 확신하고 계셨다. 「인생에는 초보자를 위한 학급은 없고, 언제나 마찬가지로 처리해야 할 지극히 힘든 일이 있을 뿐이란다」 사람들은 어머니가 월레고르 스켈 백작 부인이었던 여동생이 불에 타 죽은 이후부터 그렇게 되셨다고 했다. 그 여동생은 무도회에 가기 전에 촛불이 있는 거울 앞에서 머리에 있는 꽃을 다른 곳에 꽂으려다가 불에 타 죽었다. 그러나 만년의 어머니에게는 잉게보르크가 가장 이해할 수 없는 존재였던 것 같다.

그래서 나는 어머니를 졸라서 어머니가 이야기해 주신 대로 그녀에 관한 얘기를 적어보려 한다.

더위가 한창인 여름 무렵, 잉게보르크의 장례식을 마친 목요일이었지. 차를 마시던 장소인 테라스에서 높다란 느릅나무 사이로 조상 대대로 내려오는 묘지의 지붕을 볼 수가 있었어. 테이블은 한 사람도 더 앉을 수 없는 것처럼 그렇게 배치되어 있었지만 우리는 모두 그런대로 널찍하게 둘러앉아 있었지. 각자 책을 가져오거나 일할 것을 바구니에 담아가지고 왔기 때문에 오히려 약간 비좁은 편이었지. 아벨로네(어머니의 막내 여동생)가 차를 가져와서 모두들 찻잔이나 찻숟가락 같은 것을 돌리느라 정신이 없었다. 너의 할아버지만은 안락의자에 앉아서 집 쪽을 바라보고 계셨어. 그

때가 마침 우체부가 올 시간이었어. 그전에는 잉게보르크가 식사 준비로 집 안에 좀 늦게 남아 있었으므로 대체로 그애가 우편물을 가져왔었지. 잉게보르크가 아픈 주일에는 당연히 그애가 오지 않는 것에 익숙했어. 왜냐하면 우리는 그애가 올 수 없다는 것을 알았기 때문이지. 그러나 말테야, 그날 오후에 그애가 정말 올 수 없던 그날에 말이야, 잉게보르크가 온 거야. 어쩌면 우리들의 잘못이었는지 몰라. 우리가 그애를 불러들였는지 몰라. 기억하건대 나는 앉아서 무엇이 실제 다른가를 골똘히 생각하고 있었지. 그런데 나는 갑자기 무엇이라고 하는 말을 할 수가 없게 되었단다. 그것을 완전히 잊어버리고 말았지. 고개를 들자 모두들 집 쪽을 보고 있었어. 식구들은 특별히 눈에 띄는 모습으로 보고 있는 것이 아니라, 그냥 조용히 평소와 다름없이 기다리는 듯 보고 있었어. (말테야, 그 생각을 하면 엄마는 으스스해진단다.) 신이여 보호해 주소서, 그런데 말이야, 나는 〈어디에 있지, 그 아이는—〉 하고 말하려고 했어. 그때 우리 집 개 카발리에가 평소에 하던 대로 테이블 밑에서 뛰어나와 그 아이를 마중하러 달려나간 거야. 말테야, 나는 그것을 보았단다. 정말 두 눈으로 보았단다. 개는 그 아이가 오지 않았는데도 그 아이를 마중하러 달려갔던 거야. 개의 눈에는 그 아이가 오는 것이 보였던 거야. 우리는 개가 그 아이를 마중하러 달려나간 줄 알았어. 개는 마치 우리에게 물어보려는 것처럼 우리 쪽을 두 번이나 돌아다보았지. 그러고는 평소처럼 재빠르게 그 아이에게로 달려간 거야. 말테야, 그 아이가 살아 있을 때와 똑같이 말이야. 개는 그 아이에게 갔던 것 같아. 왜냐하면 개가 거기 있지도 않은 무언가의 주위를 빙글빙글 돌면서 뛰기 시작했거든. 그러고는 그 아이를 핥기 위해서 그 아이 곁으로 똑바로 뛰어오르는 거야. 우리는 개가 즐거워서 끙끙대는 소리를 들었어. 개가 그렇게 높이 여러 번 연달아 뛰어오르는 것을 보니 개가 뛰는 통에 그 아이가 가려서 우리에게 보이지 않는 것처럼 생각되었단다. 그런데 개가 갑자기 짖어대더니 공중에서 몸을 한번 뒤집고는 이상하게도 서투르게 바닥으로 떨어졌는데, 아주 신기하게 바닥에 납작 드러누워 꼼짝도 하지 않았지. 그때 반대편에서 하인이 편지를 들고 집 안에서 나왔어. 그는 잠시 망설이다가 우리의 얼굴을 바라보며 걸어오는데 좀 주춤거렸단다. 너희 아버지는 하인에게 거기에 있으라고 눈짓을 해보였던 거야. 말테야, 너는 아버지가 동물을 좋아하지 않는 걸 알지. 그런데 아버지가 개가 있는 쪽으로 천천히——내게는 그렇게 여겨졌어——걸어가서 개 위로 몸을 구부렸어, 너희 아버지는 하인에게 무언가 짤막하게 한마디 하셨어. 나는 하인이 개를 들어올리기 위해서 개가 있는 쪽으로 뛰어가는 것을 보았어. 그런데 너희 아버지 자신이 그 개를 안고 어디로 가야 할지 모르는 듯 우물쭈물하더니 집 안으로 들어갔단다.

이 이야기를 듣다가 보니 거의 어둑해졌는데 나는 그때 어머니에게 〈손〉에 관한 이야기를 들려달라고 할 참이었다.

그때 나는 그것을 이야기할 수 있으리라 생각했다. 나는 이야기를 하려고 숨을 내쉬었으나, 불현듯 그 하인이 사람들의 얼굴을 똑바로 바라보며 제대로 걸어올 수 없었던 기분을 이해할 수 있을 것 같았다. 그리고 어둡기는 했으나 내가 무엇을 보았는지 어머니가 아셨을 때 어머니의 얼굴을 생각하니 무서워졌다. 나는 아무것도 바라는 것이 없는 것처럼 보이기 위해 다시 한번 재빨리 숨을 들이마셨다. 몇 년 후에 우르네클로스터의 화랑에서 기이한 밤을 보낸 후, 나는 어린 에리크에게 〈손〉에 관한 이상한 이야기를 털어놓으려고 며칠간 그와 함께 지낸 일이 있었다. 그러나 그애는 나로부터 그런 이야기를 들은 밤 이후로는 다시 나를 아주 본체만체했고 나를 피해 다녔다. 나는 그 아이가 나를 경멸했을 거라는 생각이 든다. 바로 그렇게 느꼈기 때문에 나는 에리크에게 〈그 손〉에 대해서 이야기해 주고 싶었다. 내가 실제 경험한 것을 그애가 이해할 수 있게 설명해 주면 그애가 생각을 고치리라 상상해 보았다. 그러나 에리크는 아주 교묘하게 나를 피했으므로 그런 기회를 가지지 못했다. 그러자 우리는 곧 정말 떠나왔다. 이렇게 해서 나는 내 머나먼 어린 시절 어느 사건을 이야기하게 되는 것이 놀랍게도 처음이다. (결국은 그것도 나 자신에게 이야기하는 셈이지만.)

그때 나는 얼마나 작았는지 그림을 그리면서 책상에 편안히 닿기 위해서 팔걸이 의자에 무릎을 꿇고 앉아 있던 것을 보니 알 수 있겠다. 틀림없이 겨울 저녁 무렵 도시에 있는 집에서 있었던 일이다. 내 방에는 창과 창 사이에 책상이 있었다. 방에서 쓰이는 램프는 없고, 여가정교사의 책과 내 도화지를 비추는 램프가 책상에 있었다. 그녀는 내 옆에서 약간 뒤로 물러나 앉아서 책을 읽고 있었다. 그녀가 책을 읽을 때에는 마음이 멀리 다른 데에 가 있는 것 같았다. 그녀가 책을 읽고 있었는지 모르겠다. 그녀는 책을 오랜 시간 읽고 있었지만 좀처럼 책장을 넘기지 않았다. 그래서 나는 책 속에는 들어 있지 않지만 그녀가 필요로 하는 단어들을 거기에다 보태어서 책을 들여다보고 있는 듯이 여겨져, 책의 쪽수가 불어나는 것 같은 인상을 받았다. 나는 그림을 그리면서 그런 생각을 했다. 나는 어떤 특별한 생각도 하지 않고 천천히 그림을 그렸다. 무엇을 그려야 할지 떠오르지 않을 때에는 오른쪽으로 머리를 약간 갸우뚱하면서 지금껏 그린 그림을 모두 보았다. 그렇게 하면 무엇이 그림에 빠져 있는지 가장 빨리 머리에 떠올랐다. 싸움터에 말을 타고 나간 장교나 아니면 한창 싸우고 있는 장면을 그렸다. 이런 그림은 모든 것을 덮어버리는 연기만 그려넣으면 되니까 훨씬 쉬웠다. 어머니는 내가 섬을 그렸다고 늘 주장하신다. 큰 나무들과 성이 하나, 계단이 하나 그리고 가장자리에는 물에 비치는 꽃들이 있는 섬을 그렸다고 하신다. 그러나 나는 어머니가 그런 것을 생각해 내셨거나 아니면 나중에 그렇게 했으리라 믿는다.

그날 저녁에는 내가 한 명의 기사를, 이상스럽게 장비를 갖춘 말을 탄 단 한 명의 아주 뚜렷한 기사를 그리기로 약속되어 있었다. 그 기사의 옷차림을 색색깔로 칠해야 했기 때문에 나는 자주 색연필을 바꾸어야 했다. 그런데 특히 빨간 색연필에 마음이 끌려 계속 그 연필만 쥐었다. 그러다가 다시 그것이 필요해졌을 때였다. 그 빨간 색연필이 불빛을 받은 도화지 위를 가로질러 가장자리로 구르더니 (그런데 나는 여전히 연필을 보고 있었지만) 그것을 막기도 전에 나를 지나쳐서 밑으로 떨어져 내려 사라져버렸다. 나는 빨간색이 정말로 꼭 필요해서 이제 연필의 뒤를 따라 기어 내려가야 하는 것은 정말 약이 올랐다. 원래 나는 서투른 사람이라 내려가기 위해 많은 준비가 필요했다. 다리가 너무 긴 것처럼 느껴져 내 몸 밑에서 끌어낼 수가 없었다. 너무 오랫동안 무릎을 꿇고 있었기 때문에 사지는 무감각해져 버려 어디까지가 내 몸이고 어디까지가 의자인지 몰랐다. 마침내 나는 책상 밑으로 내려왔지만 약간 머리가 혼란스러웠다. 나는 책상 밑에서 벽 있는 데까지 깔린 털 카펫 위에 있었다. 그런데 거기에서 또 새로운 어려운 일이 나타났다. 지금껏 밝은 책상 위의 공간에 익숙해져 하얀 도화지 위의 색깔들에 쏙 도취되어 있던 내 눈이 책상 밑에서는 어떤 작은 것도 분간할 수가 없었다. 내게는 마치 검은 것으로 막아놓은 듯 느껴져 거기에 부딪힐까 봐 불안해졌다. 나는 내 감각을 믿고 무릎을 꿇고 왼손으로는 몸을 지탱하고 다른 손으로는 털이 길게 난 카펫을 빗질하듯이 더듬어 나갔다. 카펫은 그런대로 촉감이 좋게 느껴졌지만 색연필을 찾지는 못했다. 엄청난 시간을 허비한다는 생각이 들어 금방이라도 가정교사를 불러 램프를 비춰달라고 부탁하고 싶었으나, 나도 모르게 크게 뜬 두 눈에 어두컴컴함이 서서히 사라지고 밝아지는 것을 느꼈다. 나는 밝고 가느다란 막대로 막아둔 벽 뒤쪽을 분간할 수 있었으며, 책상 다리가 어디쯤 있는지도 알았다. 무엇보다도 나는 쫙 펴진 내 손을 알아보았다. 그 손은 정말 혼자서 약간은 물속에 사는 동물처럼 책상 밑에서 움직이면서 카펫 바닥을 더듬고 있었다. 책상 밑에서 내 손이 지금껏 보지 못한 움직임으로 아주 자유롭게 돌아다니는 것을 보자, 내가 가르치지 않은 동작도 할 수 있는 물건으로 여겨져 호기심에 찬 눈빛으로 그 손을 쳐다보고 있던 것이 아직도 기억난다. 손이 앞으로 나아가는 대로 쫓아다녔더니 아주 재미있었다. 나는 여러 가지에 대비해 두고 있었다. 그런데 뜻밖에 벽 쪽에서 지금까지 본 적이 없는 내 손보다 크고 지독히도 마른 손이 나온 것을 내가 어떻게 미리 짐작할 수 있었겠는가. 그 손은 반대편에서 나와 비슷한 방법으로 양손을 쫙 펴서 아무것도 보이지 않는지 이리저리 무언가를 찾으며 가까이 다가왔다. 내 호기심은 약간은 더 계속되었으나 갑자기 사라져버렸고, 단지 두려운 생각만이 들었다. 나는 두 손 중 하나는 내 손인데, 그것이 만회할 수 없는 무언가에 관련되었다는 것을 느꼈다. 나는 무언가를 계속 찾고 있는 다른 손에서 눈을 떼지 않으면서 힘을 다해 내 손을 붙잡아 납작하게 누르면서 천천히 몸 쪽으로 끌어들였다. 나는 그 손이 찾는 일을 그만두지는 않을 거라고 믿었다. 어떻게 내가 위로 올라왔는지 말을 할 수가 없었다. 무서움에 질린 나는 팔걸이의자에 아주 쑥 들어가 앉아서 이빨을 딱딱거리고 있었다. 얼굴에는 핏기가 거의 없어지고 내 눈 속에는 푸른 기운이 아예 없어진 것 같았다. 「선생님」하고 부르고 싶었으나 그렇게 할 수도 없었다. 그러나 그때 선생님 자신도 스스로 놀라서 읽던 책을 던지고 의자 옆에 무릎을 꿇고 앉아 내 이름을 불러댔다. 그녀가 나를 흔들었던 것으로 기억된다. 그러나 내 의식은 뚜렷했고 그 일을 이야기하려고 몇 번 침을 들이 삼켰다.

그러나 어떻게 말을 해야 할 것인가? 나는 몹시도 진지했으나 누군가가 알아듣도록 표현할 수는 없었다. 이런 일에 맞는 표현들이 있다 하더라도 적합한 단어를 찾기에는 너무 어렸다. 불현듯 내 나이를 넘어선 단어들로는 표현될 수도 있다는 두려움이 나를 엄습하여, 그 말을 해야 한다는 사실이 무엇보다도 더 나를 두렵게 한 것 같았다. 책상 밑에서 일어난 일을 다시 한번 처음부터 다르게 바꾸어서 경험하는 것, 그것을 인정할 힘이 내게는 없었다.

그 당시 내가 혼자서 계속 전전긍긍해야 할 무언가가 내 삶 안으로, 바로 나의 삶 안으로 들어오는 것을 느꼈다고 주장한다면 사람들은 당연히 망상이라고 할 것이다. 나는 칸살이 붙은 내 작은 침대에 누워서 잠을 이루지 못하고 막연히 인생은 이런 것일 거라고 어쩐지 막연하게 앞을 내다보는 나 자신을 보았다. 인생은 어느 한 사람을 위해 생각된, 말로써 표현할 수 없는 순전히 특별한 일들로 가득 채워지는 그런 것이라고 상상했다. 그러자 서서히 내 마음속에 슬프면서도 묵직한 자부심이 분명히 솟아올랐다. 어떻게 내면적인 경험들과 말 못할 경험들로 가득 채워진 인생을 엮어나가야 할지 상상해 보았다. 그러자 어른들에 대해 열렬한 연민의 정이 생겨나 그들에 대해 탄복했다. 나는 내가 어른들에 대해 탄복하고 있다는 것을 말하려고 마음먹었기에, 다음 기회에 선생님에게 그것을 말하리라 생각했다.

그렇게 해서 나에게는 이런 병들 중 하나가 생겨났다. 위에서 이야기한 손 때문에 겪은 일은 내가 처음으로 겪은 일이 아니고, 그전에도 여러 일을 겪었음을 나에게 믿게 하려는 병이었다. 열이 내 몸속에 파고들어 아주 깊숙한 곳에서 내가 의식하지 못했던 체험들, 장면들, 여러 가지 사실들을 들추어냈다. 나는 이런 것들에 파묻힌 채 누워서 이 모든 것들을 다시 내 몸속으로 질서정연하게 순서대로 쌓아 넣으라고 명령이 떨어지는 그 순간을 기다리고 있었다. 나는 시도했다. 그러나 손 밑의 무언가가 부풀어오르고 저항을 하고 있어 너무 많아져 버렸다. 그러니까 화가 치밀어 올라 몽땅 한 무더기로 만들어서 내 안으로 집어 던져넣고는 꾹 누르고 있었다. 그런데 다시 덮어지지가 않아서 고함을 질러댔고, 거의 반쯤 열린 상태로 계속 고함을 질렀다. 그리고 정신이 들기 시작하자, 사람들이 오래전부터 내 침대 주위에 서서 내 손을 붙들고 있다는 것을 알았다. 촛불이 하나 켜져 있어서 사람들의 큰 그림자가 움직이는 게 보였다. 아버지가 무슨 일이 있었는지 말해 보라고 나지막하고 부드럽게 말씀하셨지만, 어쨌든 그것은 명령이었다. 내가 대답하지 않자, 아버지는 초조해지셨다. 어머니는 밤에는 한번도 오신 일이 없지만, 아니 딱 한번 오신 적이 있었다. 내가 계속 고함을 질러대자 가정교사가 달려왔고, 하인들의 책임자인 지베르젠, 마부인 게오르크도 달려왔다. 그렇지만 소용없었다. 그러자 그들은 결국 황태자의 대무도회에 참석하고 있는 부모님을 모시러 마차를 보냈다. 그러다가 갑자기 나는 마당 안으로 달려 들어오는 마차 소리를 듣고는 잠잠해져 일어나 앉아 문 쪽을 바라보았다. 여러 방을 지나가는 소리가 조금씩 들렸다. 어머니는 야회복을 입으신 것도 잊으시고 달리다시피 들어와 하얀 털외투를 뒤에다 떨어뜨린 채, 맨살이 드러난 팔로 나를 끌어안았다. 나는 놀라기도 하고 난생처음인 것처럼 기뻐하면서 어머니의 머리, 자그맣고 매끈한 얼굴, 귀에 달려 있는 차가운 보석과 꽃 향기 나는 어깨 끝을 덮은 비단의 촉감을 느꼈다. 어머니와 나는 그렇게 껴안고 있다가 나지막이 울면서 입맞춤을 했다. 그러다가 아버지가 계신 것을 깨닫고는 어머니와 나는 떨어져야 한다고 느꼈다. 나는 어머니가 「열이 높아요」라고 주저하는 듯 말씀하시는 것을 들었다. 아버지가 내 손을 잡고 맥박을 짚어보셨다. 아버지는 폭이 넓고 물결무늬를 넣은 푸른 천에 코끼리가 들어 있는 멋진 띠를 두른 수석 수렵관 제복을 입고 계셨다. 아버지는 「우리를 부르러 보내다니, 무슨 쓸데없는 짓이야」 하고 나를 쳐다보지 않고 방을 들여다보며 말씀하셨다. 부모님은 특별한 일이 아니면 돌아가겠다고 약속하시고 오셨다. 정말 특별한 일도 아니었다.

나는 침대 위에서 어머니가 두고 간 무도회 카드와 하얀 동백꽃을 보았는데, 지금까지 한번도 본 적이 없는 것이었다. 그것들이 얼마나 차가운 것인지를 느끼고는 내 눈 위에다 올려놓았다.

그런데 무엇이 지루했는가 하면 그런 병에 걸렸을 때의 오후였다. 밤에 잠을 제대로 자지 못하고 난 후 아침이 오면 늘 잠이 왔고, 깨어나서 다시 아침인가 하고 보면 오후였으며, 오후 내내 그 상태로 머물렀다. 정리 정돈된 침대에 누워 있으면, 어쩐지 뼈 마디마디가 조금씩 자라나는 것 같아서 아주 지쳐버려 아무것도 상상할 수 없었다. 사과를 갈아서 조린 맛이 오랫동안 입에 남아 있어 그 맛을 무의식중에 어떤 다른 것으로 바꾸고, 그 신맛을 생각하는 대신에 자기 몸속으로 흘러 들어가게 하는 것이 최대한 할 수 있는 일이었다. 나중에 몸이 다시 회복되어 쿠션을 차례로 쌓아놓고 거기에 앉아서 병사 모양을 한 인형들을 가지고 놀았다. 그러나 비스듬한 침대용 테이블 위에서는 그 인형들이 금방 넘어져 버렸고, 하나가 넘어지면 언제나 나머지도 주욱 줄지어 넘어졌다. 처음부터 다시 세우려고 했으나 역시 아직 그럴 수가 없었다. 갑자기 힘이 들어서 몽땅 빨리 치워달라고 부탁했다. 아무것도 없는 침대 위에서 약간 떨어져서 다시 두 손만을 보는 게 기분 좋았다.

어머니는 오셔서 30분간 동화를 읽어주셨는데(제대로 천천히 동화를 읽어줄 때에는 하녀 지베르젠이 왔다), 동화 때

110

문에 오시지는 않았다. 어머니와 나는 동화를 좋아하지 않는다는 점에 있어서는 일치했기 때문이다. 우리는 놀라운 일에 대해서는 남다른 생각을 갖고 있었다. 우리는 모든 것이 자연스러운 일들이 될 때 그것이 가장 놀라운 일이라고 생각하고 있었다. 우리 둘은 공중을 날아보고 싶다고 생각하지 않았으며, 요정들에 대해서는 실망하였고, 무언가 다른 것으로 변하는 것에 대해서도 그저 가벼운 즐거움 정도로 느꼈다. 그러나 우리 둘은 무언가를 하고 있는 것처럼 보이기 위해서 동화를 약간은 읽었다. 그것은 누군가가 방에 들어왔을 때, 우리가 무엇을 했는지 설명하는 것이 싫어서였다. 특히 아버지에 대해서 우리는 지나칠 정도로 명료하게 설명했다.

그러나 방해받지 않는다는 확신이 서고, 바깥이 어둑해지면 어머니와 나는 지난 추억들을 얘기했다. 우리 둘에게 먼 옛일 같은, 함께 겪은 추억들에 대해 얘기를 나누면서 미소를 지을 수 있었다. 왜냐하면 우리 둘은 그런 이야기를 하면 커진다는 느낌이 들었기 때문이었다. 어느 땐가 어머니는 내가 사내아이가 아니고 계집애였으면 하고 바란 적이 있었다고 말씀하셨다. 나는 어떻게 하든 어머니의 그런 마음을 알아차리고, 가끔씩 오후에 어머니의 방문을 두드릴 생각이 들었다. 어머니가 「거기 누구냐」하고 물으시면, 나는 밖에서 「소피예요」하고 대답하는 게 즐거웠다. 나의 작은 목소리를 계집애처럼 아주 부드럽게 내느라, 목 안이 간지러웠다. (그때 나는 집에서 계집애들이 입는 짧은 옷을 입고, 소매를 아주 어깨 쪽으로 걷어올리고 있었다.) 어머니의 방에 들어가면 나는 그냥 어머니의 어린 소피가 되었다. 소피는 집안일을 하는 계집애로서 장난꾸러기 말테가 들어오면 말테와 혼동되지 않도록 어머니가 머리를 땋아주셨다. 어머니는 말테가 방 안에 들어오는 것을 결코 바라지 않으셨다. 말테가 떠나 있는 것이 어머니나 소피에게 편안했고, 어머니와 소피는 (소피는 언제나 같은 어조의 높은 목소리로 이야기했다) 대개 말테의 엉터리 짓거리를 늘어놓고 흉을 보는 것이었다. 그러면 어머니는 「아, 정말 말테는」 하고 한숨을 내쉬었다. 그래서 소피는 일반적으로 사내아이들의 장난이나 엉터리 행동들을 엄청나게 많이 알고 있는 것처럼 수없이 지껄였다.

어머니는 갑자기 그런 추억을 떠올리면서 「소피가 어떻게 되었는지 알고 싶구나」 하고 말씀하셨다. 그것에 관해 말테는 물론 아무 대답도 할 수 없었다. 그러나 어머니가 소피는 죽었을 거라고 말씀하시면 말테는 완강하게 반박하고 죽지 않았음을 증명할 수는 없더라도 그렇게 믿지 않도록 간절히 말씀드렸다.

지금 곰곰이 생각해 보면 열 때문에 고생했던 세계에서 빠져나와 다시 함께 생활하는 세계로 돌아와 있는 나 자신을 보고 놀라게 된다. 세상 사람들은 누구나 아는 사이로 지내려 하고, 서로 친숙한 가운데 아주 조심하면서 잘 지내려고 애쓰고 있었다. 거기에 무언가가 기대되고, 그 기대된

것이 이루어지거나 이루어지지 않거나 하지 제3의 경우는
없었다. 세상에는 틀림없이 슬픈 일도 있고 기쁜 일도 있으
며, 쓸데없는 일도 엄청나게 많이 있었다. 어느 누군가에게
기쁜 일이 생기면 그것이 기쁨이었고 그에 따라 처신해야
했다. 본래 이 모든 것은 그냥 단순한 일로서 사람들이 겨
우 이해하기만 하면 자연히 그렇게 되었다. 모든 것이 약속
된 경계선 안으로 들어와 있었다. 바깥은 여름인데 교실 안
에는 길고 똑같이 반복되는 수업 시간들, 프랑스어로 설명
해야 하는 산책, 방문객으로 인해 밖에 있는데 불려 들어가
야 되는 일, 막 슬퍼하고 있는데 그런 사람을 우스꽝스럽
게 여기는 일, 어떤 새의 슬픈 표정을 우습게 여기는 것처
럼, 내 얼굴을 우습게 여겼다. 물론 생일도 마찬가지였다.
본 일도 없는데 초대를 받고 와서는 나를 당황하게 만드는
질 나쁜 아이, 아니면 얼굴을 할퀴고 이제 막 생일 선물로
받은 물건들을 망가뜨려 버리는 뻔뻔스러운 아이, 그리고
상자나 서랍에서 선물을 몽땅 끄집어내어 놀다가 무더기로
쌓아놓고 갑자기 가버리는 아이도 있었다. 언제나처럼 사람
이 혼자서 놀면 이 약속된 세계, 아주 순수한 세계를 의외
로 지나쳐버려 전혀 다른, 결코 예측할 수 없는 그런 세계
로 빠져들어 갈 때가 있었다.

가정교사는 가끔씩 지독하게 심한 편두통을 앓았는데 그
런 날에는 나는 찾아내기가 어려운 곳에 있었다. 아버지가
내가 있는 곳을 알고 싶어하시면 마부를 뜰로 보냈는데 나
는 거기에 없었던 것 같다. 나는 위층에 있는 어느 객실에

서 마부가 집에서 뛰어나와 긴 가로수길이 시작되는 곳에서 나를 찾아 부르고 있는 것을 볼 수 있었다. 이런 객실들은 울스가르드 집의 맨 꼭대기에 나란히 있었는데 그 무렵에는 찾아오는 손님이 아주 드물었기 때문에 거의 늘 비어 있었다. 객실 옆에는 커다란 구석방이 있었는데 내게 아주 흥미롭게 여겨졌다. 그 방에는 낡은 흉상 외에는 아무것도 없었으며, 나는 그것이 주엘 원수[13]의 흉상이라고 생각한다. 그런데 벽의 사방에는 회색으로 된 깊은 붙박이 벽장들이 죽 있었다. 창은 장롱 위 말끔한 하얀 벽에 나 있었다. 나는 어느 한 벽에 붙은 옷장 문에 열쇠가 끼워져 있는 것을 발견했는데 그 열쇠로 다른 모든 옷장 문들을 잠글 수 있었다. 그래서 나는 잠시 동안 모든 장롱들을 들여다보았다. 그 속에는 은색실로 짜여진 감촉이 아주 차가운 18세기의 시종복이 들어 있었고, 멋지게 수놓인 조끼가 걸려 있었다. 다네보르크 훈장과 코끼리 훈장을 달 때 입는 정복도 있었는데 호화롭고 거추장스러워 보였으며 안감이 아주 부드러워서 부인들이 입는 옷으로 여겨질 것 같았다. 그다음에는 진짜 부인용 야회복이 그 안감들을 따로 떼어낸 채 딱딱하게 굳은 상태로 걸려 있었는데, 너무 커서 유행에 완전히 뒤떨어져 머리 부분만을 다른 용도로 사용했으면 좋을 것 같은 마리오네트 인형과 같았다. 그 옆에는 장롱들이 있었는데 문을 열어보니 깃을 세운 제복들이 걸려 있어 어두컴컴했으며

---

13) 덴마크에서 전쟁 영웅으로 알려진 인물(1629-1697).

그 제복들은 다른 어떤 것보다도 훨씬 더 오래 입은 것같이 보여 사실 보관하지 않는 게 낫겠다는 느낌이 들었다. 내가 거기에 있는 모든 물건들을 다 끄집어내어 불빛에 비추어보는 것에 대해 아무도 놀라지는 않을 것이다. 나는 이것저것 입어보기도 하고 걸쳐보기도 하다가 좀 맞을 것 같은 의상은 서둘러 입어보고, 그것을 입은 채로 가슴을 두근거리며 호기심에 가득 차 다음 객실로 달려가서 각각 다르게 보이는 조그만 초록빛 유리 조각으로 만들어진 좁고 긴 벽걸이 거울 앞에 서보았다. 아, 거울에 비치는 것은 얼마나 떨리며 감격스러운 일인가. 흐릿한 거울에 비친 모습이 거울에 다가가는 나보다 더 천천히 다가오는 것이었다. 거울은 그것을 금방 믿지도 않았고, 졸음이 오기도 했기 때문에 미리 대기하고 있는 것일지라도 바로 비추려고는 하지 않았다. 그러나 결국은 비추고야 말았다. 그리하여 비춰진 것은 생각했던 것보다도 아주 놀라운 것, 이상한 것, 아주 다른 것이었다. 다음 순간에 곧 살펴보면 갑작스러운 것, 당연한 것으로서 묘한 기분이 들어 자칫하면 지금까지의 즐거운 기분을 온통 망칠 수 있었다. 그러나 거울 앞에서 즉시 이야기를 하고 인사를 하고 눈짓을 하기도 하며 뒤돌아보고는 멀어졌다가 다시 마음먹고 흥분하여 가까이 가면 마음에 싫증이 나지 않는 한 공상을 마음껏 즐길 수 있었다.

그 무렵 나는 어떤 특정한 의상으로부터 직접 영향을 받을 수 있음을 알게 되었다. 내가 그런 의상을 하나 겨우 걸치게 되면 그 힘에 압도당한다는 사실을 시인하지 않을 수 없었다. 동작도 얼굴 표정도 심지어 상상조차도 영향을 받았다. 레이스로 된 옷소매에 여러 겹으로 싸여 있는 내 손은 완전히 보통 때의 내 손이 아니었다. 내 손은 배우처럼 움직였고――그래. 나는 그렇게 말하고 싶다――그 손은 스스로에게 빠져 있는 것같이 보였는데 지나치게 표현한 것인가? 그런데도 이런 가장(假裝)은 내 자신이 이상하게 느낄 정도로 그렇게 오래 계속되지는 않았다. 그 반대로 내가 여러 가지 모습으로 바뀌면 바뀔수록 나는 나 자신을 더 확실하게 의식하였다. 더욱 냉담해지고 더욱 나를 가장했다. 내가 교묘하게 가장하는 것에 대해 의심을 하지 못하기 때문이었다. 나는 점점 대담해졌다. 나 자신을 점점 더 높이 던져올렸다. 내려올 때 다시 잡을 수 있는 솜씨에 대해 믿어 의심치 않았다. 이렇게 커져가는 안도감 가운데 유혹이 도사리고 있음을 알아채지는 못했다. 불행하게도 남아 있는 것은 단 하나 마지막 장뿐이었고, 나는 그것을 열기란 불가능하다고 이제까지 생각했었다. 어느 날 그것은 내 앞에서 항복을 했는데 특정한 의상 대신에 온갖 이상한 가면들이 그 안에서 나왔다. 이 기막힌 우연이 나의 볼에 피가 솟구쳐 오르게 했다. 거기에 있는 것이 무지하게 많아 일일이 열거할 수는 없었다. 바우타 가면[14] 외에 여러 가지 색깔 도미노가 있었고, 동전과 같은 것들을 꿰매어 달아서 소리를 맑게 내는 부인용 치마도 있었다. 피에로의 의상도 있었는

---

14) 베네치아풍의 가면으로 세 곳이 뾰족한 삼각모자와 외투가 달린 것으로 18세기에 쓴 것이다.

데 바보스럽게 느껴졌다. 좀약을 넣은 작은 주머니가 비어
져 나온 주름 잡힌 터키 바지와 페르시아 모자, 무디고 아
무 모양 없는 보석으로 꾸며진 왕관이 있었다. 나는 이런
모든 것을 약간 경멸했다. 이런 것들은 아주 하찮은 공상으
로 만들어졌으며 속이 드러나 보이고 초라하게 걸려 있어
밝은 빛으로 끄집어내면 그냥 짜부라져 버렸다. 그러나 나
를 황홀하게 만든 것은 큼직한 외투, 옷감, 목도리, 베일
등이었고, 부드럽고 아직 쓰지도 않은 커다란 이 천들은 모
두 감촉이 보들보들하거나 매끄러워서 거의 붙잡을 수 없을
정도이고, 아주 가벼워서 바람처럼 스쳐 지나가는 것 같은
느낌이 들고, 묵직한 무게가 느껴질 정도로 무겁기도 했다.
나는 이런 옷감들 속에서 실제로 자유롭게 무한히 움직일
수 있는 가능성을 느꼈다. 팔려가는 여자 노예가 되고, 잔
다르크가 되고, 늙은 임금이거나 마술사 등 어느것이든 될
수 있었다. 어떤 것이든 마음대로 될 수 있었다. 특히 가면
도 거기에 있었기 때문에 더욱 그러했다. 진짜 수염을 단
가면, 아니면 몹시 위협을 주는 가면, 눈썹이 아주 많거나
추켜올라 간 가면도 있었다. 그전에는 한번도 가면을 본 적
이 없었지만 즉각 가면이 있어야 한다고 느꼈다. 집에 개가
한 마리 있었는데 가면을 쓴 듯한 개를 생각해 내고는 웃지
않을 수 없었다. 나는 그 개가 털이 많은 가면을 쓰고 언제
나 뒤에서 충직한 눈으로 쳐다보는 모습을 상상해 보았다.
가장을 하면서 계속 웃다 보니 내가 무엇으로 변해 보려고
했는지 까맣게 잊고 있었다. 그것을 거울 앞에 서서 결정하

는 일이 새로움과 긴장감을 불러일으켰다. 내가 쓴 가면은 구멍이 뻥 뚫려 있고 전체적으로 얼굴에 꽉 끼었는데도 편하게 볼 수 있었다. 가면을 쓴 후에 여러 가지 천 중에서 겨우 하나를 골라내어 머리 위에다 터번 식으로 감았다. 가면의 가장자리는 노란색 커다란 외투 속으로 가려졌고, 윗면과 옆면도 거의 다 터번으로 덮였다. 마침내 더 이상 붙이고 달고 할 수 없게 되어 나는 충분히 변장했다고 생각했다. 긴 지팡이를 쥐고 팔을 쭈욱 뻗쳐 지팡이를 옆으로 짚고서 힘들게 질질 끌긴 했지만 근엄한 모습을 갖추고 객실의 거울 앞으로 다가갔다.

거울에 비친 모습은 정말로 생각했던 것보다 아주 훌륭했다. 그 모습이 거울에 다시 비춰졌는데 너무나도 실감이 나서 여러 가지 동작을 취할 필요가 없었다. 가만히 있는다 하더라도 지금 거울에 비친 모습은 완벽했다. 그러나 실제 내가 어떤 모습으로 변했는지 제대로 알 필요가 있어서 나는 몸을 약간 돌리고 마지막에는 두 팔을 들어올렸다. 이미 깨닫고 있었던 것처럼 나는 기도를 하는 엄숙한 동작이 아주 잘 어울릴 것 같았다. 그런데 바로 이 격식을 차린 순간에 가면으로 인해 숨이 막힐 것 같았는데 아주 가까이에서 여러 가지 소리가 섞여서 들렸다. 깜짝 놀라서 몸을 움츠리는 바람에 위의 거울 속에 비친 모습이 눈에 들어오지 않게 되었다. 무언가 아주 깨어지기 쉬운 물건이 놓여 있는 작고 둥근 테이블을 내가 넘어뜨렸다는 것을 깨닫고 기분이 나빠졌다. 거추장스러운 몸을 애써 구부리고 보니 내가 가장 염려했던 대로였다. 모든 것이 두 개로 쪼개어진 듯이 보였다. 화려하게 녹색과 보라색이 섞인 도자기로 된 두 마리의 앵무새는 각각 보기 흉한 모양으로 깨져 있었다. 사탕이 담긴 통은 굴러서 그 속의 사탕들은 마치 비단실을 뽑아내고 난 뒤의 누에고치처럼 보였고, 그 뚜껑은 멀리 날아가 버려, 그 절반은 보이는데 나머지 반은 흔적도 없었다. 가장 기분이 나빴던 것은 향수병이 산산조각난 데다가 그 안에 들어 있던 쓰다 남은 오래된 향수가 튀어나와 깨끗한 마룻바닥에 보기 흉한 얼룩이 졌다는 것이다. 몸에 걸치고 있던 천으로 재빨리 얼룩을 닦아내었으나 얼룩이 더 시커멓고 더 러워졌다. 어찌할 바를 몰랐다. 나는 일어나서 깨끗이 닦아낼 수 있는 것을 찾았으나 아무것도 찾지 못했다. 게다가 보는 것도 움직이는 것도 아주 불편하였으므로 이런 바보스러운 상황에 대한 분노가 치밀어올라 지금까지 했던 내 행동을 이해할 수가 없게 되었다. 몸에 걸친 것을 모조리 잡아당겼으나, 점점 더 죄어들 뿐이었다. 외투의 끈이 죄어들고 머리에 감은 천은 점점 더 늘어지는 것처럼 무겁게 짓눌렀다. 아울러 공기는 탁해져 엎질러진 향수에서 풍기는 변질된 냄새가 섞여 있었다.

덥기도 하고 화도 나서 거울 앞으로 달려가 가면을 통해 내 손이 어떻게 움직거리는지 간신히 보았다. 거울은 그때를 기다리고 있었다. 복수의 순간이 온 것이었다. 말할 수 없이 심하게 숨이 막힐 것 같아 어떻게 해서든지 가면으로부터 벗어나려고 발버둥치고 있을 때 도대체 무슨 영문인지 모르겠지만 거울은 나의 얼굴을 들게 하여 하나의 그림을, 아니 실제로 살아 있는 이상하고 알 수 없는 괴물을 보여주었다. 거기에 나는 어쩔 수 없이 압도당하고 말았다. 지금은 거울이 강자였고 내가 거울이었기 때문이다. 내 앞에 있는 이 크고 끔찍한 이상한 물체를 뚫어져라 쳐다보았다. 그런데 그 순간에 내가 이 괴물 같은 사람과 단둘이 있는 게 무서워진 것 같았다. 이런 생각을 하는 순간에 아주 무서운 일이 일어났다. 감각을 모두 잃어버리고 나 자신은 그냥 떨어져 나가 버렸다. 1초 동안 나는 자신에 대해 말할 수 없는 고통과 쓸데없는 애착을 가졌다가 이제 그 괴물 같은 사람만 남아 있고 그 외에는 아무것도 없게 되었다.

나는 거기에서 도망쳤다. 그러나 달리는 것은 그 괴물 같은 사람이었다. 그는 이곳저곳 다 부딪혔고, 집의 내부에 대해 알지 못해서 어디로 가야 할지를 몰랐다. 그는 계단 밑으로 내려가다가 복도에서 누군가와 부딪혀서 그 위로 넘어졌다. 누군가가 고함을 지르면서 달아났다. 문이 열렸고 여러 사람들이 나왔다. 아, 아, 아는 사람들의 얼굴을 본다는 것이 얼마나 좋았는지. 친절한 지베르젠이 있었고, 하녀도, 은그릇 담당 하인도 있었다. 이제 일이 해결될 것이 틀림없었다. 그런데 그들은 나에게로 달려와서 나를 도와주지 않았다. 그들이 얼마나 잔인한지 이루 말할 수 없었다. 그들은 거기 서서 웃고 있었다. 아, 하느님, 그들이 서서 웃고 있을 수 있습니까! 나는 울었는데 가면으로 가려져 눈물이 밖으로 흘러나오지를 않았다. 눈물은 안에서 내 얼굴 위로 흘러내리다가 곧 마르고, 다시 흘러내리다가 말랐다. 마침내 나는 그들 앞에서 아무도 그런 적이 없는 것처럼 무릎을 꿇고 손을 들어올리고 애원을 했다. 「아직 가능하다면 벗겨주세요. 그리고 그것을 붙들어놓으세요」 그러나 그들은 내 목소리를 듣지 못했다. 내 목소리가 나오지 않았던 것이다.

지베르젠은 내가 어떻게 넘어졌는지와, 그것도 가장의 연속이라고 생각하고 그들이 계속 웃던 일을 만년에 그녀가 죽기 전까지 되풀이해서 이야기하곤 했다. 그들은 나의 그런 행동에 익숙해져 있었기 때문이다. 그러나 나는 그 길로 언제까지나 넘어진 채, 아무 대답도 하지 않았던 것 같았다. 그래서 내가 의식을 잃고 마치 온갖 천에 싸인 하나의 덩어리처럼, 정말 덩어리처럼 누워 있었음을 비로소 알았을 때 그들이 얼마나 놀랐는지 지베르젠은 이야기해 주었다.

시간은 눈 깜짝할 사이에 흘러가, 어느 날 목사이신 에스페르젠 박사님이 우리 집에 오시기로 되어 있었다. 그날의 아침 식사는 우리들 모두에게 힘들고 지루했다. 목사님은 언제든지 자신의 몸을 돌보지 않고 아주 경건하게 신앙 생활을 하는 이웃에게 익숙해져 있어서 우리 집에서는 완전히 안절부절못하셨다. 말하자면, 물고기가 육지에서 아가미로 숨을 쉬는 격이었다. 목사님이 하는 아가미 호흡은 힘들게 이어져 입가에 거품이 북적거렸으며 그 모든 것이 불안하였다. 대화의 화제는 정확히 말하면, 전혀 없었다. 먹다 남은 찌꺼기 같은 화제가 비싼 값이 매겨져 팔렸고, 그것은 하나의 재고품 정리장 같았다. 에스페르젠 박사는 우리 집에서는 목사의 신분이 아니라, 개인으로서 대우받는 것을 감수하지 않으면 안 되셨는데, 그는 결코 그런 개인으로서 행사한 적이 없었다. 그가 생각하는 한 자신은 영혼의 구제에 종사했으며, 영혼은 그에게 하나의 시설이었고, 그는 그 영혼을 대표하였다. 그는 한번도 그런 임무에서 벗어난 적이 없었으며 이와는 다른 경우에, 라바터[15]의 표현을 빌리면, 겸허하고 성실한 분만을 통해 은총을 받은 레베카 같은 그의 아내와의 관계에 있어서도 그는 그렇게 행동했다.

이 외에 나의 아버지에 관해서 말하자면, 하나님에 대한 아버지의 자세는 매우 엄격했으며, 말할 수 없이 공손하셨다. 교회에서 나는 아버지가 서 있거나 기다리거나 몸을 수그리고 있으면 때때로 하나님을 지키는 수렵관처럼 느껴졌다. 그와는 반대로 어머니는 누군가가 하나님에 대해 공손한 태도로 임하면 거의 모욕감을 느꼈다. 만약 어머니가 분명하고 세세한 관습을 가진 종교에 빠져들어 갔더라면 오랜 시간 동안 무릎을 꿇고 엎드려 가슴과 양어깨 주위에 커다랗게 성호를 긋는 것이 그녀에게는 하나의 축복이었겠지. 어머니는 나에게 기도하는 법을 가르쳐주지는 않으셨지만, 내

---

15) 스위스의 작가이자 개신교 목사(1741-1801). 반합리적·종교적 문예 운동인 인상학(人相學)의 창시자. 이 인용은 그가 덴마크 여행 중에 쓴 일기에서 나온 것으로, 시인 마티아스 클라우디우스(1740-1815)의 아내를 두고 한 말이다.

가 즐거이 무릎을 꿇고 표정이 풍부한 것처럼 양손을 구부리기도 했다가 똑바로 펴기도 했다가 하는 게 어머니에게는 하나의 위안이 되었다. 나는 대체로 혼자 지냈기 때문에 일찍부터 여러 가지 발전적인 성장을 했다. 이런 발전은 내가 절망적인 것을 체험한 어느 무렵이 훨씬 지난 후에 하나님에게로 연결되었기 때문이다. 그런데 사실은 강렬하게 하나님과 연결되었기 때문에 하나님은 형성되었다가 거의 같은 순간에 부서져버렸다. 그래서 나는 그 이후로 처음부터 다시 시작해야만 했다. 이렇게 시작하면서 물론 혼자서 이런 것을 실행해야 하는 것이 바른 길이지만, 때때로 어머니의 도움이 필요하다고 생각했는데, 그때 어머니는 이미 돌아가신 지 오래였다.

에스페르젠 박사에 대해 어머니는 거의 아무렇게나 대했다. 어머니는 그가 대화를 나누고 있는데 끼어들었다가 그가 그것을 진지하게 받아들여 말을 하기 시작하면 그만 됐다고 생각하고 마치 그가 가버린 것처럼 그의 존재를 잊어버리시고는 「그 사람은 어째서 돌아다니다가 사람이 막 죽으려 할 때만 찾아다닐 수 있을까」 하고 때때로 말씀하셨다.

에스페르젠 목사는 어머니가 임종하실 때에도 오셨지만 어머니는 그를 알아보지 못한 것이 틀림없다. 어머니의 오관은 서서히 죽어갔고, 맨 처음 얼굴에서 시작해 눈이 보이지 않게 되었다. 가을에 시내로 이사를 갔어야 했는데, 어머니는 아프기 시작했고, 아니 차라리 곧 죽기 시작했다. 피부 표면 전체가 절망적으로 서서히 죽어가기 시작했다.

의사들이 왔는데, 어느 날은 의사들이 모조리 와서 온 집을 자기 집인 양 여기며 행동했다. 두서너 시간 동안은 마치 중요 기밀을 다루는 고문관과 그의 조수들이 온 것처럼 굴었으며, 우리는 아무 말도 할 수가 없는 것처럼 되어 있었다. 그러나 이윽고 그들은 모든 흥미를 잃고는 순전히 형식적으로 따로따로 왔다가 담배를 피우거나 포도주를 한 잔 마시고는 돌아갔다. 그러고 나서 어머니는 돌아가셨다.

사람들은 어머니의 유일한 남동생인 크리스티안 백작이 오기를 기다렸다. 아직도 기억하고 있겠지만 그는 잠시 터키의 궁전에서 근무했는데 들리는 바에 의하면 아주 출세하였다고 했다. 어느 날 아침 백작은 이국풍의 하인들을 거느리고 왔는데 그가 아버지보다 키가 더 크고 나이가 더 들어 보여서 나는 놀랐다. 아버지와 백작은 즉시 몇 마디 말을 주고받으셨는데 짐작건대 어머니에 관한 이야기였으리라. 잠시 침묵이 흘렀다. 그러다가 아버지가 말씀하셨다. 「얼굴이 아주 일그러졌어요」 나는 그 말의 의미를 이해하지는 못했지만 그 말을 들었을 때 덜덜 떨렸다. 나는 아버지가 그 말을 하기 전에 억지로 무언가를 이겨내려 하는 것 같은 인상을 받았다. 그러나 그것은 무엇보다도 아버지의 자존심에 관한 일이어서, 그 말을 인정함으로써 그 자신도 괴로웠기 때문이었다.

여러 해가 지나서 나는 겨우 크리스티안 백작에 관한 소문을 다시 들었다. 그것은 내가 우르네클로스터에 있을 때였다. 마틸데 브라에는 백작에 관한 소문을 이야기하는 것을 좋아하였는데, 그럭저럭하는 사이에 나는 그녀가 백작에 관한 소문을 자기 마음대로 하나씩 에피소드로 만들어내었다는 확신이 섰다. 왜냐하면 외삼촌의 생활은 늘 소문으로 세상에 전해졌고, 가족에게도 마찬가지였다. 그 소문을 외삼촌은 한번도 부인하지 않으셨고 또 원래 소문이라는 것이 무한정 마음대로 해석할 수 있기 때문이다. 지금은 우르네클로스터가 외삼촌의 소유이지만 그가 거기에 사는지 안 사는지는 아무도 몰랐다. 아마도 그는 습관대로 여전히 여행하고 있을지도 모르고, 이국의 하인이 서투른 영어나 모르는 언어로 쓴 사망 통지서가 지구의 어느 끝에서 오고 있는지도 모르겠다. 또 이 하인은 어느 날 혼자 남게 되어도 아무런 소식도 전하지 않을지도 모르고, 혹은 이 두 사람 다 이미 이 세상 사람이 아니고, 행방불명된 배의 선객 명부에 다른 이름으로 적혀 있을지도 모른다.

그 당시 우르네클로스터로 마차가 달려 들어오면, 나는 크리스티안 백작이 들어오기를 기대하여 가슴이 이상하게도 두근거렸다. 마틸데 브라에는 만약 그가 온다면 우리가 〈설마〉 하고 있을 때 갑작스럽게 오는 습관이 있다고 주장했다. 그는 내가 그곳에 있는 동안은 한번도 오지 않았지만, 나는 주말 내내 그에 대한 공상에 몰두했다. 그러면 그와 내가 어떤 관계가 있는 것처럼 느껴졌고, 그에 대해서 소문이 아닌 무언가 사실을 알았으면 하는 마음이 생겼다.

그럭저럭하는 사이에 나의 관심은 바뀌었고 어떤 사건들

의 결과로 크리스티네 브라에에게로 관심이 옮아갔다. 그런데 이상하게도 그녀의 생활에 관해서는 전혀 관심을 기울이지 않고, 오히려 계속해서 그녀의 초상화가 화랑에 걸려 있지나 않나 하는 생각을 했다. 그것을 확인하고 싶은 마음이 쌓여 고통스러울 정도였으므로 며칠 밤을 잠을 이루지 못했다. 그러다가 어느 날 밤 나는 자리에서 일어나 촛불을 들고 계단을 올라갔다. 촛불은 무서운 듯 떠는 것 같았다. 나는 그렇게 무섭다고 생각하지 않았고 아무것도 생각하지 않고 갔다. 높은 문들이 내 앞과 위에서 장난치는 듯 스르르 열렸다. 내가 지나온 방들은 조용했다. 마침내 나는 깊숙한 곳에 있다는 느낌으로 화랑에 들어왔다는 것을 알았다. 오른쪽에 어둠에 싸인 창이 있음이 느껴졌으니 왼쪽에는 틀림없이 초상화가 있으리라 느껴졌다. 촛불을 될 수 있는 대로 높이 들었더니 정말 거기에 초상화가 있었다.

먼저 나는 여자들의 초상화를 보려고 마음먹었으나, 울스고르에 있는 초상화들과 비슷한 그림들을 두서너 개 발견했다. 그 그림들을 밑에서 위로 비추자, 그것들이 움직이면서 환한 곳으로 나오려는 것 같아서 그것을 조금이라도 기다려주지 않는 게 무정한 것 같았다. 이 화랑에도 역시 크리스티안 4세[16]의 초상화가 있었는데 완만한 곡선을 이룬 넓은 뺨 옆으로 멋지게 땋은 머리가 드리워져 있었다. 거기에는 아마도 그와 관계가 있는 여자들의 초상화가 있었는데, 나는

---

16) 이 이하는 덴마크 귀족 가문들의 인물들이다.

그중에서 크리스티네 뭉크만을 알고 있을 뿐이었다. 갑자기 엘렌 마스린 부인이 미망인의 검은 옷을 입고 챙이 높은 모자에는 진주로 만든 끈을 달고 의심하는 눈빛으로 나를 보고 있었다. 거기에는 크리스티안 4세의 자제들의 그림들도 있었다. 절세 미인이었던 엘레오노레 왕비[17]가 시련이 닥치기 전, 인생의 절정기에 백마를 타고 있는 모습도 보였다. 길덴레베 집안의 사람으로는, 스페인의 여자들이 얼굴에다 볼연지를 바르고 다닌다고 할 정도로 혈색이 좋았던 한스 울리크라는 사람이 있었으며 다시는 잊을 수 없는 울리크 크리스티안이라는 사람도 있었다. 그리고 울펠트 집안 사람들은 거의 모두 있었다. 여기 한쪽 눈을 검게 분장하고 있는 사람은 헨리크 홀크임에 틀림없었다. 그는 서른세 살에 제국의 백작이 되고 원수가 되었는데 거기에는 다음과 같은 사정이 있었다. 그가 처녀 힐케보르크 크랍제에게 구혼을 하러 가는 도중, 신부 대신에 칼을 얻는 꿈을 꾸었다. 그는 그것이 마음에 걸려 집으로 돌아와 대담한 생활을 시작했으나 젊은 나이에 페스트로 일생을 마쳤다. 이 사람들은 모두 내가 아는 사람들이었다. 님베겐 회의에 참석하러 가는 사신들의 초상화도 울스고르에 있었다. 모두가 한꺼번에, 같은 시기에 그려졌기 때문에 서로 조금씩 비슷해 보였고, 거의 쳐다보는 듯한 육감적인 입술 위에 눈썹처럼 수염이 가

---

17) 크리스티안 4세의 딸인 Leonora Christina Ulfeldt(1621-1698)를 말한다. 그녀의 20년이 넘는 옥중 생활을 그린 자전적 글을 릴케가 읽은 적이 있다.

느다랗게 그려져 있었다. 내가 울리히 공작과 오토 브라에, 클라우스 마아 그리고 그 가문의 마지막 사람인 슈텐로젠스파레를 알고 있는 것은 당연한 일이었다. 왜냐하면 그들 모두의 초상화를 울스고르의 큰방에서 보았거나 오래된 화집에서 그들을 표현한 동판화를 보았기 때문이다.

그러나 거기에는 내가 한번도 본 일이 없는 사람들도 많았다. 여자들은 적었으나, 아이들은 여럿 있었다. 내 팔이 이미 피로해져서 덜덜 떨고 있었으나 그런데도 나는 이들을 보려고 촛불을 다시 높이 들어올렸다. 거기에 그려진 작은 소녀가 손에 새를 한 마리 들고 있으면서 그것을 잊어먹고 있는 기분을 나는 이해했다. 몇 개의 그림에서는 작은 개 한 마리가 소녀들 옆에 앉아 있고 공이 하나 놓여 있으며 그 가까이에 있는 테이블에는 과일과 꽃들이 놓여 있었다. 그 뒤의 기둥에는 그룹베 빌레 로젠크란츠 가문의 문장(紋章)이 조그맣게 임시로 걸려 있었다. 그토록 많은 물건들이 어려서 죽은 소녀 주위에 마치 엄청난 보상을 하려는 것처럼 늘어져 있었다. 그러나 소녀들은 그냥 자기의 옷을 입은 채 기다리고 있는 것 같았다. 그들이 무언가 기다리고 있다는 것이 느껴졌다. 그때 나는 다시 여자들에 대해, 그러니까 크리스티네 브라에의 일을 생각하고 그녀를 알아볼 수 있을까 궁금해했다.

나는 빨리 화랑 끝까지 달려갔다가 되돌아 나오면서 찾아보려고 했으나 그때 무언가에 부딪혔다. 깜짝 놀라 돌아다보니 어린 에리크 소년이 뒤로 물러서며 「불빛 조심해」 하고 속삭였다.

「너였구나?」 하고 나는 기쁘게 말했다. 에리크가 있는 것이 좋은 일인지 나쁜 일인지 모르겠다. 그는 다만 웃을 뿐이었다. 나는 어떻게 해야 좋을지 몰랐다. 촛불이 흔들려 그의 표정을 제대로 알 수가 없었다. 그러나 그가 여기에 있는 것은 정말 좋지 않은 일인 것 같았다. 그는 내게로 다가오며 말했다. 「그 여자 초상화는 여기 없어. 우리도 아까부터 위에서 그것을 찾고 있었어」 그는 한쪽 눈을 깜빡이며 낮은 목소리로 어딘가 위쪽을 가리켰다. 나는 그가 다락을 가리키고 있다는 것을 알았다. 그런데 불현듯 이상한 마음이 들었다.

「우리라고?」 하고 나는 물었다. 「그 여자가 위에 있니?」

「그래」 그는 고개를 끄덕이며 내 옆에 바싹 붙어 섰다.

「그 여자도 함께 찾고 있다는 거지?」

「그래, 우리들과 함께 찾고 있는 거야」

「그 초상화를 사람들이 어디로 치워버린 것이로군」

「그래, 그렇게 생각할 수밖에 없어」 하고 그는 화가 난 듯이 말했다. 그러나 나는 그녀가 자기 초상을 어떻게 하겠다는 것인지 제대로 알 수가 없었다.

「그녀는 자신을 보고 싶은 거야」 하고 에리크는 바로 가까이에서 속삭였다.

「그렇구나」 하며 나는 이해한 듯한 표정을 지었다. 그때 에리크는 내 촛불을 불어서 꺼버렸다. 나는 그가 눈썹을 높이 추켜올리고 밝은 쪽으로 얼굴을 내미는 것을 보았다. 그리고 캄캄해졌다. 나도 모르는 사이에 뒷걸음질쳤다.

「그럼 너는 도대체 어떻게 하겠다는 거니?」 하고 짓눌린 듯이 소리를 질렀다. 목이 완전히 말라 말이 나오지 않았다. 에리크는 내게로 뛰어와서 내 팔을 잡고 킬킬거리며 웃었다.

「무슨 짓이니?」 하고 그에게 대들듯이 말하면서 그를 떨쳐버리려고 했지만 그는 딱 달라붙었다. 내 목을 껴안는 것도 막을 수 없었다.

「그걸 말해 줄까?」 하고 에리크는 날카롭게 말했다. 그의 침이 내 귀에 튀었다.

「그래, 그래, 빨리 말해 봐」

나는 내가 무슨 말을 하고 있는지 몰랐다. 그는 나를 꽉 껴안고 내 귀에 다가가려 발돋움했다.

「나는 그 여자에게 거울을 하나 갖다주었어」 하고 그는 말하면서 다시 킬킬거렸다.

「거울을?」

「그래, 거기에 그녀의 초상이 없으니까 말이야」

「아니, 그런 짓을」 하고 나는 말했다.

그는 갑자기 나를 창문 쪽으로 끌고 가서 내 팔의 위쪽을 아주 아프게 꼬집었으므로 나는 고함을 질렀다.

「하지만 그녀는 거울에는 비치지 않아」 하며 그는 내 귀에다가 속삭였다.

나도 모르는 사이에 에리크를 밀어냈다. 그의 몸의 어느 부분이 딱 하고 부러지는 소리가 났다. 내가 그의 몸을 부러뜨린 것 같았다.

「가, 가란 말이야」 하고 나는 말했으나 웃지 않을 수 없었다. 「비치지 않는다고, 왜 비치지 않는단 말이니?」

「넌 바보야」 하며 그는 기분 나쁜 듯이 되받아 말하고는 더 이상 속삭이지 않았다. 그의 목도리는 갑자기 바뀌어 있었다. 마치 아직 사용하지 않은 새로운 무언가를 시작하기라도 하는 것처럼. 「만약에 거울에 비칠 것 같으면 여기 없을 것이고, 여기에 있을 것 같으면 거울에 비치지 않을 거야」 하며 조숙하고 엄격한 말투로 명령하듯이 말했다

「물론이겠지」 하며 곰곰이 생각하지도 않고 얼른 말했다. 그가 가버리고 나 혼자만 남을 것 같아 두려워졌다. 나는 에리크를 붙잡기까지 했다. 「우리 친구 할까?」 하고 나는 제안했다. 그는 「나야 상관없어」 하며 뻔뻔스럽게 말했다.

나는 친구로 지내보려고 해보았으나 감히 그를 끌어안지는 못했다. 다만 「에리크」 하고 말했을 뿐이었고, 그것이 그의 마음을 약간 자극했다. 갑자기 몹시 피로해졌다. 주위를 둘러보니 내가 어떻게 여기까지 왔는지, 조금도 무서워하지 않았는지 알 수 없었다. 창이 어디에 있고 초상화들이 어디에 있는지 제대로 알 수 없었다. 에리크와 내가 돌아갈 때 나는 그의 손에 끌려나가야만 했다.

「너한테는 뭐라고 하지 않을 거야」 하고 에리크는 나를 너그럽게 안심시키고는 다시 킬킬거리며 웃었다.

그리운 에리크, 어쩌면 네가 정말 나의 유일한 친구였는

지도 모르겠다. 그것은 내가 지금껏 단 한 명의 친구도 없었기 때문이었지. 네가 우정이라는 것에 아무런 의미를 두지 않는 것이 유감스럽구나. 너에게 몇 가지 이야기하고 싶은 것이 있었을 텐데. 우리는 서로 친하게 지낼 수 있었을 텐데. 알 수가 없어. 그때 누군가가 너의 초상화를 그렸다고 기억해. 할아버지께서 누군가를 불러서 너를 그리게 했지. 매일 아침 한 시간씩 말이야. 나는 그 화가가 어떻게 생겼는지 생각나지 않아. 마틸데 브라에가 매번 그의 이름을 되풀이했는데도 이름이 떠오르지 않아.

그 화가가 지금 내가 너를 보는 것처럼 너를 보았을까? 너는 헬리오트롭[18] 같은 연한 보랏빛 비로드 양복 윗도리를 입고 있었지. 마틸데 브라에는 그 옷에 정신이 빠질 정도였지. 그러나 그런 것은 아무래도 괜찮아. 나는 그 화가가 너를 제대로 보았는지 알고 싶을 뿐이야. 그가 훌륭한 화가였다고 생각해 보자. 그가 그림을 다 그리기 전에 네가 죽을 수 있다는 것을 생각하지 않았다고 가정해 보자. 그리고 그가 그런 문제를 조금도 감상적으로 받아들이지 않고 그저 단순히 너의 그림을 그렸다고 가정해 보자. 너의 다갈색의 두 눈이 같지 않다는 것이 그를 황홀하게 했다고 가정해 보자. 움직이지 않는 한쪽 눈에서 한순간도 눈을 떼지 않았다고도. 테이블에 약간 기댄 듯이 있는 너의 한쪽 손 주위에 아무것도 그려넣지 않았다고 가정해 보자── 그리고 그 밖

---

18) 〈태양의 회귀〉라는 뜻으로 보랏빛 꽃이 피는 식물이다.

의 모든 필요한 것을 다 가정해 보고 옳다고 해보자. 그렇게 하여 네 그림이 완성되어 우르네클로스터 화랑에 마지막 그림으로 걸려 있다고 생각해 보자.

사람들이 그곳에 가서 그림들을 모두 보고 나서 마지막에 소년의 초상화가 걸려 있는 것을 볼 것이다. 순간적으로 저 아이가 누구일까? 브라에 가문의 아이겠지. 검은 바탕에 은빛으로 된 문장(紋章)과 투구 꼭대기에 있는 공작 깃 모양의 장식이 보이겠지? 거기에는 에리크 브라에라는 이름도 적혀 있어. 그 그림은 처형된 에리크 브라에의 초상화가 아니었을까? 물론 그것은 잘 알려진 이야기이다. 그러나 그 그림이 에리크 브라에의 그림에 대한 것이라고 할 수는 없다. 이 소년은 소년이었을 때 죽었어. 언제인지는 문제가 안 돼. 네가 그것을 알 수 없을까?

손님이 와서 에리크가 불려 나가면, 마틸데 브라에 양은 에리크가 나의 외할머니 브라에 백작 부인과 너무나 닮았다면서 그때마다 확인해 주곤 했다. 외할머니는 아주 훌륭한 여성이셨는데 나는 그분을 뵙지 못했다. 그 대신 나는 아버지의 어머니이신 친할머니를 지금도 아주 잘 기억하고 있다. 친할머니는 그때까지 울스고르에서 사실상 살림을 쥐고 있었다. 할머니는 내 어머니가 수석 수렵관의 아내가 된 것을 늘 아주 불쾌하게 여겼으며, 어머니가 결혼한 이후로 집안일을 넘겨주는 듯하더니 계속해서 쥐고 있었다. 할머니는 어떤 사소한 일이라도 하인을 시켜 어머니에게 물어보는

데, 중요한 일을 결정하는 데 있어서는 아무에게도 상의하지 않고 조용히 혼자서 결정하셨다. 어머니도 속으로는 그렇게 하기를 바랐던 것 같다. 어머니는 큰 살림을 꾸려나갈 능력이 거의 없었으며, 중요한 일과 하찮은 일을 구분할 능력이 완전히 결핍되어 있었다. 사람들이 당신에게 이야기하는 어떤 것이라도 어머니는 항상 그것이 전부라고 여기는 것 같았으며, 그 일과 관련하여 거기에 다른 점도 들어 있다는 것을 잊어버리는 것이었다. 어머니는 시어머니에 대해 한번도 불평한 적이 없었다. 있다 하더라도 누구에게 불평을 말해야 했을까? 아버지는 지극한 효자였으며, 할아버지는 발언권이 거의 없으셨다.

내 기억으로는 할머니 마르가레트 브리게는 키가 크고 접근하기가 아주 어려운 노부인이었다. 나는 할머니가 시종관인 할아버지보다도 훨씬 연상이었다고밖에 생각되지 않는다. 할머니는 우리들과 같은 지붕 밑에서 생활하면서도 그 어느 누구의 입장도 고려하지 않고 행동하셨다. 할머니는 우리들 중 어느 누구에게도 의존하지 않고 일종의 말상대라고 할 수 있는 백작의 딸인 옥세에게 시중을 들게 했다. 이 백작의 딸은 이미 노쇠한 여인인데 할머니로부터 어떤 은혜를 입은 관계로 의무감을 느끼고 아주 헌신적으로 모셨다. 남에게 은혜를 베푸는 성품이 아니었기 때문에 백작의 딸에게 베푼 일은 할머니의 유일한 예외적인 행동이었음이 틀림없다. 할머니는 아이들도 좋아하지 않았으며 동물도 가까이 두지 못하게 했다. 나는 할머니가 그 밖에 무엇을 좋아하셨는지는 모르겠다. 젊은 처녀 시절, 프랑크푸르트에서 아주 무참하게 죽은 미남 펠릭스 리히놉스키[19]와 약혼한 적이 있다는 이야기를 들었다. 할머니가 돌아가신 후 실제로 그 제후의 초상화 하나가 발견되었는데, 내가 잘못 알고 있는 게 아니라면 그 초상화는 그 집안 가족에게 되돌려주었다. 지금 생각해 보면, 할머니가 울스고르에서 해를 거듭할수록 점점 틀어박힌 시골 생활을 하게 되어 할머니 본래의 화려한 삶은 소홀히 하셨는지도 모르겠다. 할머니가 그런 생활을 슬퍼하셨는지 아닌지는 말하기 어렵다. 어쩌면 할머니는 재주와 재능을 발휘하면서 살 기회를 놓쳐버려, 그런 사교 생활을 하지 못하게 되었다는 이유로 그런 삶을 경멸했을지도 모른다. 할머니는 그런 모든 것을 속으로 깊이 감추고 그 위에다 여러 겹으로 껍질을 입히셨던 것이다. 그 껍질은 단단했고 금속처럼 약간 반짝거렸다. 그때그때 그중 맨 위의 껍질은 새롭고 서늘한 느낌을 주었다. 가끔 할머니는 사람들이 충분히 관심을 가져주지 않는다며 어린애처럼 참지 못하고 그 상처를 드러내기도 했다.

내가 어렸을 때 할머니는 식탁에서 무언가를 잘못 삼킨 듯한 태도를 취했는데, 그 모습은 눈에 띌 정도로 너무 갑작스러워 이해하기 힘들었다. 그것으로 인해 모두의 관심을 끌었고, 최소한 잠시나마 그녀가 마치 여러 사람이 있는 곳에 있는 것처럼 센세이션하고 긴장되게 보여서 남의 주목을

19) 독일 통일을 논의한 프랑크푸르트 국민총회의 보수파 의원(1814-1848). 1848년 9월 봉기 중에 살해당했다.

끌었다. 그럼에도 불구하고 이런 짓이 우연히도 너무 자주 나타나므로 아버지는 진심으로 그것을 걱정하였는데, 아버지가 아마도 유일하게 걱정한 사람이었을 것이다. 아버지는 공손하게 몸을 앞으로 굽히면서 미리 관심을 가지고 할머니 쪽을 보았는데 할머니를 위해서 자기의 건강한 식도를 제공하여 마음대로 써주기를 바라는 그의 마음을 알아차릴 수 있었다. 시종관이신 할아버지도 곧 식사를 중단하시고 포도주를 아주 조금 마시며 어떤 의견도 말씀하시지 않았다.

할아버지는 딱 한번 식사 때에 할머니에게 자신의 의견을 고집하신 적이 있었다. 그것은 오래전 일이었다. 그러나 이 이야기는 여전히 짓궂게 몰래 전해지다 보니 아직 그것을 듣지 못한 사람들이 도처에 있었다. 시종관의 부인이신 할머니는 어느 날 식탁보에 실수로 엎지른 포도주 얼룩에 대해 심하게 잔소리를 해대셨다고 한다. 그런 얼룩은 어떤 이유에서건 생길 수 있는데 할머니의 눈에 띄어 심한 잔소리를 듣게 되었고 말하자면 폭로되었다. 게다가 이름 있는 손님들이 많이 초대되었던 날, 그런 일이 일어났다고 한다. 몇 군데 보기 싫지 않은 얼룩을 트집 잡아 할머니는 침소봉대해서 꾸짖고 비꼬는 잔소리를 해댔다. 할아버지가 살짝 눈치를 주고 농담 섞인 소리로 그만하도록 주의를 주려고 애썼는데도 할머니는 고집스럽게도 계속 잔소리를 했다. 할머니는 한참 잔소리를 하다가 중단하지 않으면 안 되었다. 말하자면 여태껏 없었던 일, 결코 이해할 수 없는 일이 일어났다. 시종관이신 할아버지는 돌아가면서 따르고 있던 포도주를 받아서 잔에다 따르기 시작하셨다. 모든 사람의 주목을 받으며 자신의 잔에 포도주를 채우기 시작하셨다. 그런데 할아버지는 잔이 이미 완전히 채워졌는데도 그만두지 않고, 조용한 가운데 천천히 조심스럽게 점점 더 계속해서 따르고 계셨다. 마침내 참을성이 없던 어머니가 웃음을 터뜨렸고, 어머니가 웃고 난 뒤 그것으로 모든 일이 수습되었다. 그리고 모두들 살았다는 듯이 마음을 가라앉혔다. 그제야 시종관이신 할아버지는 눈을 들고 하인에게 포도주 병을 건네주었다.

그런 일이 있은 후 할머니는 또 다른 버릇이 심해졌다. 집 안에 있는 누군가가 아프면 그것을 견딜 수 없어 했다. 한번은 요리사가 손에 상처를 입었는데 할머니는 우연히 붕대로 감은 손을 보고는 온 집 안에 요오드 냄새가 난다고 법석이었다. 그리고 사람들은 그런 일로 사람을 해고시킬 수는 없다는 것을 설득하느라 무척 힘을 들였다. 할머니는 아프다는 것에 대해 기억하고 싶어하지 않았다. 할머니 앞에서 몸이 조금이라도 좋지 않다는 것을 이야기하는 사람이 있게 되면 그것이 할머니에게는 개인적인 고통을 가져다주었고 할머니는 그 일을 오랫동안 마음속에 품고 있었다.

어머니가 돌아가시던 그해 가을에 할머니는 소피 옥세와 같이 할머니의 방에 틀어박혀 우리들과의 접촉을 모조리 끊어버렸다. 당신 아들도 받아들이지 않았다. 어머니가 집안 사정에 맞지 않은 때에 돌아가신 것은 사실이었다. 방이 다 춥고 오븐에서는 연기가 나고 쥐들이 집 안으로 들어왔으므로 사람들은 어디에 있어도 안심이 되지 않았다. 그러나 그것만이 할머니가 그렇게 된 이유는 아니었다. 할머니 마가레트 브리게 부인은 어머니가 돌아가신 것에 대해 몹시 속이 상하였으며, 입에 담기도 싫은 어머니의 죽음 같은 일들이 입에 오르내리고, 그리고 젊은 여자가 할머니보다 앞서 죽은 것 때문에 몹시 마음 아파하였다. 할머니는 언젠가 전혀 정해져 있지 않은 때에 죽을 거라고 생각하셨다. 또 죽어야만 한다고 종종 생각하였으나, 재촉받는 것을 원치 않으셨다. 할머니는 돌아가실 것이다. 틀림없이, 할머니의 마음에 드는 때에. 그때가 되면 할머니도 아주 조용히 돌아가실 수 있을 것이다. 나중에 당신께서 정말 급하시면.

어머니의 죽음으로 인하여 할머니는 한번도 우리들에게 마음을 풀지 않았다. 할머니는 그해 겨울에 갑자기 늙어버려서 걸을 때에는 키가 크신 몸으로 바로 걸었으나, 의자에 앉으시면 꼬부라졌다. 그리고 귀도 점점 멀어갔고, 사람들이 할머니 앞에 앉아서 오랫동안 쳐다보아도 그것을 느끼지 못하였다. 할머니의 오관은 텅 비어 그 어딘가 들어 있다가 잠깐 살아나고는 거의 나타나지를 않을 뿐이었다. 그러다가 할머니는 어깨에 걸친 숄을 바로해 주는 소피 옥세 양에게 무언가 말씀하셨다. 그러다가 바닥에 물이 쏟아졌거나 우리들이 불결하거나 한 것처럼 살피며 방금 씻은 큰 손으로 옷을 끌어당기곤 하셨다.

할머니는 봄 무렵 돌아가셨다. 어느 날 밤 도시에서. 소피 옥세 양은 문을 열어놓은 채 잤는데도 그것을 몰랐다.

아침에 사람들이 할머니가 돌아가신 것을 발견하였을 때에는 이미 유리처럼 차가워져 있었다.

곧 이어서 시종관이신 할아버지에게도 끔찍한 중병이 시작되었다. 아무 생각 없이 죽을 수 있도록 할머니의 죽음을 기다리기라도 한 듯 그것은 오고야 말았다.

내가 아벨로네를 처음으로 인식하기 시작한 것은 어머니가 돌아가시고 난 그다음 해였다. 아벨로네는 언제나 가까이에 있었다. 이것은 그녀에게 커다란 해를 끼쳤다. 그런데다가 아벨로네는 호감이 가지도 않는 얼굴이었다. 나는 아주 일찍부터 어떤 동기로 인해 그렇게 믿어버렸으며 결코 한번도 이런 믿음에 대해 진지하게 생각해 보지 않았다. 아벨로네가 어떤 처지에 있는 여자인지 물어본다는 것은 그때까지는 우스운 일처럼 여겨졌다. 아벨로네는 늘 우리와 같이 있었는데, 사람들은 그녀를 마음대로 부려먹었다. 그러나 어느 날 나는 갑자기 궁금해졌다. 아벨로네는 왜 있는 것일까? 우리 집에서는 예를 들어 옥세 양만큼 확실하게 일을 맡고 있지는 않다 하더라도 누구나 집에 있을 만한 일정한 소임을 가지고 있었다. 그런데 아벨로네는 왜 있는 것일까? 한때 아벨로네가 정신이 살짝 갔다는 것이 거론된 적이 있었으나 잊혀지고 말았다. 어느 누구도 아벨로네의 그런 상태에 대해 신경을 쓰지 않았다. 그녀는 정신이 나갔다는 인상을 전혀 주지 않았다.

그 외에도 아벨로네는 좋은 면을 지니고 있었다. 그녀가 노래를 부르던 때도 있었다고 한다. 그녀에게는 강렬하면서도 확고한 음악성이 깃들여 있었다. 천사가 남자라면 아벨로네의 목소리에는 어딘지 남성적인 면이 있다고 할 수 있으리라. 그것은 멋진 하늘에서 내려온 듯한 강한 목소리였다. 어린 시절 음악을 그다지 좋아하지 않았던 나는(음악이 그 어떤 것보다도 나를 강렬하게 내면으로부터 끄집어내기 때문이 아니라, 그것이 나를 발견하여 밀쳐내지 않고 어딘가 더 깊숙이 온전히 미완성의 세계로 끌고 가버리기 때문이었다) 아벨로네의 음악은 참고 들을 수 있었다. 그녀의 노래는 나를 똑바로 위로 고양시켜 잠시 후면 천국에 있다고 생각할 정도로 높이높이 올라가게 했다. 나는 아벨로네가 나에게 다른 천국도 열어주리라는 것을 예감하지 못했다.

우선 우리의 관계는 아벨로네가 어머니의 소녀 시절에 대해 이야기해 줌으로써 시작되었다. 그녀는 어머니가 얼마나 활달하고 젊었는지 내게 믿게 하느라 상당한 시간을 들여 이야기했다. 그 당시 춤을 추거나 말을 타는 데 있어서 어머니와 견줄 만한 사람이 아무도 없었다고 한다. 「어머니는 아주 용감했고 지칠 줄 모르는 성품이셨는데, 어느 날 갑자기 결혼을 하셨어」 하고 말했다. 아벨로네는 여러 해가 지난 후에도 놀랍다는 듯이 말했다. 「너무나 예상 밖의 일이어서 아무도 그것을 제대로 이해할 수가 없었단다」

나는 아벨로네가 무엇 때문에 결혼을 하지 않았는지 궁금했다. 내가 보기에 아벨로네는 꽤 나이가 들어 보였고 그녀가 이제라도 결혼을 하리라고는 생각되지 않았다.

「상대가 없었어」 하고 그녀는 간단히 대답했는데 그때 그녀의 얼굴이 아주 아름답게 보였다. 아벨로네가 예쁜가? 나는 놀라서 자문해 보았다. 그러다가 나는 집을 떠나 귀족 학교에 입학했다. 그곳에서 역겹고 기분 나쁜 시기가 시작되었다. 그러나 소뢰의 그 학교에서 내가 다른 학생들과 따로 떨어져 창가에 서 있으면, 다른 아이들은 나를 조용히 내버려두었다. 그럴 때면 나는 뜰에 있는 나무들을 바라보았다. 그런 순간일 때나 밤에는 아벨로네가 아름답다는 확신이 커졌다. 그래서 나는 긴 편지든 짧은 편지든 모든 내용을 그녀에게 쓰기 시작했다. 울스고르의 추억과 소뢰에 있는 생활이 불행하다는 것을 썼던 것 같다. 그러나 지금 생각해 보면 연애편지였던 것 같다. 결코 오지 않을 것 같았던 여름 방학이 드디어 다가왔을 때 우리는 마치 약속이나 한 것처럼 사람이 보이지 않는 곳에서 만났다. 우리 둘은 전혀 아무런 약속도 하지 않았지만 마차가 뜰 안으로 들어서자 나는 내리지 않을 수 없었다. 아마도 손님처럼 자기 집에 마차를 타고 들어가고 싶지 않았기 때문이었으리라. 때는 한여름이었다. 나는 길 중의 하나를 선택하여 달려 들어가서 금작화 나무를 향해 갔다. 거기에 있었다. 아름답고 아름다운 아벨로네가.

그대가 나를 쳐다보았을 때 그 모습이 어떠했는지 언제까지라도 잊지 않으리라. 그대는 얼굴을 약간 들고 마치 무언가 부드러운 것을 떠받치고 있는 것처럼 나를 쳐다보고 있었다.

아, 울스고르의 날씨는 조금도 바뀌지 않았던가? 울스고르 주변이 우리 둘의 따사로운 기운으로 온화해지지는 않았던가? 뜨락의 장미 송이는 늦도록 피어 12월까지 피어 있지는 않을런가?

아벨로네, 나는 당신에 대해 더 쓰지는 않을 거예요. 우리가 서로를 속이고 있었기 때문이 아니에요. 사랑하는 여인이여, 당신이 결코 잊은 적이 없었던 한 사람을 그 당시에도 사랑했고, 그리고 내가 모든 여인을 사랑하고 있었기 때문이 아니라, 사랑을 말한다는 것 자체가 잘못될 수 있기 때문이오.

아벨로네, 여기에 카펫이 있어요. 벽걸이용 카펫이에요.[20] 나는 당신이 여기에 있다고 상상해요. 벽에 여섯 폭의 카펫이 걸려 있는데 이곳으로 와 우리 천천히 보며 지나갑시다. 그러나 처음에는 뒤로 물러나서 여섯 장을 한꺼번에 봐요. 얼마나 조용한 느낌이 드는가요? 그렇지 않아요? 거의 변화가 없어요. 거기에는 언제나 타원 모양의 푸른 섬들이 붉은색 바탕 위에 다소곳하게 떠 있어요. 그곳에는 꽃이 피어 있고, 작은 동물들이 열심히 나름대로 살고 있어요. 다만 여섯번째의 카펫에만 섬이 더 가벼운 듯이 약간 떠올라 있어요. 그런데 그 섬에는 늘 사람 하나가, 여인이 한 명 있는데 다양한 옷차림을 하지만 항상 같은 사람이지요. 때때로 그 여인 옆에 더 작은 사람, 하녀가 보이고, 그리고

---

20) 16세기 초에 제작된 융단으로서 파리의 클뤼니 박물관에 보관되어 있다.

어디서나 문장(紋章)을 지고 있는 동물들이 있어요. 커다랗게, 함께 섬 위에 있고 줄거리 안에 있지요. 왼쪽에는 사자 한 마리가, 오른쪽에는 환한 모습의 일각수(一角獸)[21]가 있어요. 그들은 같은 깃발을 들고 있으며, 머리 위 높은 곳에 있는 그 깃발에는 붉은 들판 위에 푸른 끈으로 묶인 은빛 달이 세 개 떠올라 있어요. 보았어요? 그러면 첫번째 카펫부터 볼까요?

여인은 매에게 모이를 주고 있어요. 그녀의 의상이 얼마나 눈부신지. 매는 장갑을 낀 여인의 손에 앉아서 파닥거리고 있어요. 그녀는 매를 지켜보며 하녀가 가져다주는 접시에 손을 뻗어서 모이를 주고 있어요. 오른쪽 밑 여인의 옷자락에는 비단 같은 털을 가진 작은 개가 한 마리 앉아서 눈을 들고는 자기도 기억해 주기를 바라고 있는 것 같아요. 그런데 섬 뒤쪽에 나지막한 장미 울타리로 경계가 지어져 있는 것을 보았는지. 문장을 든 동물은 뽐내며 올라가려고 하는 것 같아요. 문장이 동물에게 외투처럼 에워싸여 있어요. 아름다운 브로치가 문장을 채우고 있어요. 바람이 부는군요.

의도적으로 두번째 카펫이 있는 곳으로 살며시 가보면 생각에 잠겨 있는 여인의 모습을 보게 돼요. 여인은 작고 동그란 화관을 엮고 있어요. 여인은 앞의 꽃을 엮으면서 하녀가 받쳐들고 있는 납작한 통에서 다음에 엮을 카네이션의

---

21) 이마 한가운데에 뿔이 하나 나 있다는 전설의 동물 유니콘.

색을 깊이 생각하며 고르고 있어요. 뒤에 있는 벤치에는 장미꽃이 가득 담긴 바구니가 손대지 않은 채 놓여 있어, 원숭이 한 마리가 그것을 찾아냈지요. 이번에는 카네이션을 끼워넣을 차례예요. 사자는 이미 흥미를 가지고 있지 않지만, 오른쪽에 있는 일각수는 화관을 짜는 이유를 알고 있는 것 같아요.

이 정적 속에 음악이 울리지 않았다면, 여인은 벌써 참지 못하고 거기에 있지 않았을까요? 여인은 장중하면서도 조용하게 의상을 차려 입고 휴대용 오르간 앞으로 가서(얼마나 서서히 걸어가는가, 그렇지 않은가요?) 선 채로 건반을 치고 있어요. 하녀는 파이프를 사이에 두고 마주 보며 오르간의 송풍기를 움직이고 있어요. 여인은 지금까지 그토록 아름다운 적이 없었어요. 신비롭게 두 갈래로 땋은 머리는 앞으로 넘겨져 있고, 머리 장식을 하여 위쪽으로 한데 묶였고, 그 끝은 투구의 짧은 장식처럼 튀어나와 있어요. 사자는 울음소리를 참아내며 기분 나쁜 듯이 오르간에서 울려나오는 음악을 듣고 있으나 일각수는 율동을 하고 있는 것처럼 아름다워요.

섬에는 넓고 파란색으로 직조된, 황금빛 불꽃 무늬가 그려진 천막이 하나 쳐져 있어요. 동물들이 일제히 일어서고 화려한 의상을 걸친 여인이 살며시 걸어나가는 듯 보여요. 그녀가 걸친 진주는 그녀 자신에 비하면 아무것도 아니에요. 하녀가 작은 궤를 열어보이자 여인은 지금 늘 거기에 담겨 있던 묵직하고 눈부신 보석 목걸이를 하나 끄집어내고 있어요. 작은 개가 여인의 옆에 마련된 높은 자리에 앉아서 그것을 지켜보고 있어요. 당신은 천막의 위쪽 가장자리에 적혀 있는 문구를 찾아내었는지요? 거기에는 〈오직 내 하나의 소원을 위해서〉라고 적혀 있어요.

어찌된 일인가요, 왜 저 밑에 있는 조그만 토끼가 뛰고 있는 것일까요. 사람들은 토끼가 뛰고 있는 것을 왜 즉각 알 수 있을까요? 모든 것이 어찌할 바를 모르고 있기 때문이에요. 사자는 할 일이 없고 여인은 기를 들고 있는 걸까요? 아니면 거기에 기대고 있는 것일까요? 그녀는 다른 한 손으로는 일각수의 뿔을 잡고 있어요. 그것이 슬픔의 표현이라면 그렇게 곧게 있을 수 있을까요? 그리고 상복(喪服)이 군데군데 축 늘어진 녹빛이 감도는 검은 비로드처럼 그렇게 묵직할 수 있을까요?

그러나 또 하나의 축제가 열리는데 아무도 거기에 초대받지 못했어요. 따라서 기대라는 것은 아무런 의미도 없어요. 모든 것은 거기에 있으며 영원히 존재하는 거예요. 사자는 거의 위협하듯 주위를 둘러보는군요. 아무도 와서는 안 돼요. 우리는 여인이 지친 모습을 지금까지 한번도 보지 못했어요. 그녀가 피로해 보이나요? 아니면 그녀는 무언가 무거운 것을 들고 있기 때문에 주저앉아 있을 뿐인가요? 사람들은 성체 현시대(聖體顯示臺)를 들고 있다고 생각할 수 있어요. 그런데 여인은 다른 한 손을 일각수에게 내밀고 있으며 일각수는 신나는 듯이 뒷다리를 들고 일어나서 여인의 무릎에다 앞발을 걸친 채로 있어요. 여인은 거울을 하나 가지고 있어요. 당신을 보고 있어요. 여인은 일각수에게 거울에 비친 모습을 보여주고 있어요.

아벨로네여, 나는 당신이 이곳에 있다고 상상하고 있어요. 아벨로네, 당신은 이런 심정을 이해하겠어요? 나는 당신이 분명 이해하리라고 생각해요.

제2부

이제 부삭의 옛 성[22]에는 벽걸이용 카펫 「일각수 곁의 여인」은 없다. 모두가 집을 나가고 어떤 물건도 간직해 둘 수 없는 시대가 왔다. 안전 자체보다 위험이 더 확실하게 되었다.

델르 비스트 가문의 사람들은 한 사람도 이 세상에 남아 있지 않아 혈통이 끊어졌다. 그들은 모조리 사라져버렸다. 유서 깊은 집안의 위대한 기사단 단장 피에르 도뷔송[23]의 이름을 부르는 사람은 아무도 없다. 이 벽걸이용 카펫에는 무엇이든 찬양할 뿐 아무 비밀도 보여주지 않는 그림들이 들어

22) 델르 비스트 일가 소유의 성으로 벽걸이용 카펫 「일각수 곁의 여인」이 1882년 박물관으로 옮겨지기 전까지 그곳에 걸려 있었다.
23) 요하네스 기사단의 단장(1423-1503). 그의 주문으로 이 카펫이 직조된 것으로 알려져 왔다.

있는데 피에르 도뷔송의 뜻에 따라 짜여진 것 같다. (아, 시인들이 여자에 관해서 이 그림들이 나타내는 것과 다르게 쓴 일이 있었던가, 그들이 생각하는 바를 많은 말로 써가면서. 분명한 것은 우리들이 이것 이외의 아무것도 알아서는 안 된다는 것이다.) 이제 사람들은 서로 잘 모르는 사람들 사이에서 우연히 그 벽걸이 앞에 서게 된다. 그러고는 자기들이 초대받지 않은 데 대해 거의 놀라움을 금치 못한다. 그러나 거기에는 많지는 않더라도 벽걸이 앞을 그냥 지나쳐 버리는 사람들도 있다. 특히 젊은이들은 그 앞에 머무르는 사람이 거의 없다. 이 물건의 이런저런 특별한 점을 찾아 한번 보아두는 게 전공에 필요한 일이 아니라면.

물론 젊은 처녀들이 그 앞에 서 있는 걸 보게 될 때가 가끔 있다. 왜냐하면 아무것도 간직하지 못한 채 집을 떠나온 젊은 처녀들이 박물관을 찾아오는 경우가 많기 때문이다. 이들은 벽걸이 앞에 서서 잠시 넋을 잃고 있다. 이 벽걸이에 나타나 있는 것과 같은 조용한 생활, 즉 한번도 그 이유를 설명한 일이 없는 완만한 동작으로 표현되는 그런 생활이 있었다는 느낌은 언제나 갖고 있었다. 그것이 자신의 생활일 수도 있다고 생각한 적이 한동안 있었음을 떠올린다. 그러다가 처녀들은 빨리 노트를 하나 끄집어내어 꽃이건, 흥겨워하는 작은 동물이건 여하간 무엇인가를 스케치하기 시작한다. 지금 그리는 것이 무엇인가 하는 게 문제가 되지 않는다는 걸 배웠었다. 정말 그게 문제가 되지 않는다. 스케치한다는 것, 그 자체만이 중요하다. 그 때문에 그들은 어느 날 상당한 억지를 부리면서 집을 나온 것이 아니었던가. 그들은 좋은 가문의 처녀들이었다. 그러나 지금은 스케치하는 중에 팔을 들면 옷 뒤쪽의 단추가 몇 개 잠겨 있지 않거나 아니면 하나도 잠겨 있지 않은 게 드러나는 처지가 된다.

손이 닿지 않아 채울 수 없는 몇몇 단추들도 있다. 이 옷이 만들어졌을 때만 해도 그들이 혼자서 집을 나간다는 말은 아직 없었다. 가족과 함께 있으면 단추를 채워주는 사람이 언제나 있었는데. 아, 사랑하는 신이여, 그런데 이런 대도시에서 누가 그 일을 해줄까요. 여자 친구 한 사람이라도 있으면 될 텐데. 여자 친구가 여러 명 있으면 그들도 같은 처지이므로 결국 서로 옷의 단추를 채워주게 된다. 우스운 일이지만 이런 생각을 하면 자연히 기억해서는 안 될 가족을 생각하게 된다.

스케치를 하는 동안 가끔씩은 정말 집에 머무를 수는 없었을까 하는 생각이 자연히 떠오른다. 겸허하게 생활할 수 있었더라면, 진심으로 겸허하게 가족들과 보조를 맞추어 살 수도 있었을 텐데. 하지만 당시에는 그런 생활을 함께 시도해 본다는 것이 아주 무의미하게 보였었다. 어쨌든 길은 더 좁아졌다. 이제 가족들이 함께 신에게로 나아갈 수는 없게 되었다. 마지못해 나누어 가질 수밖에 없는 이런저런 일들만이 남아 있을 뿐이었다. 그러나 정직하게 나누려 하면 개개인에게는 너무도 조금밖에 돌아오지 않아 창피하기 짝이 없는 결과가 되었다. 나눌 때 속이게 되면 서로 다투게 되었다. 아니다, 차라리 이렇게 무엇이든지 스케치하는 것이 낫다. 시간이 지남에 따라 원본과 비슷하게 닮아갈 것이다. 서서히 배우게 되면, 예술은 아주 바람직한 것이 된다.

그들은 열심히 스케치하는 동안 자기들이 하는 일이, 그들 앞에 이루 말할 수 없이 눈부시게 펼쳐진, 벽걸이 양탄자에 짜넣어진 무늬에서 나타나는, 변경할 수 없는 생을 스스로의 내면에서 억누르는 일 이외에 아무것도 아니라는 것을 알아채지는 못한다. 그것을 믿으려고도 하지 않는다. 많은 것이 바뀌고 있는 지금 이들도 따라서 변하려고 한다. 그들은 거의 자신을 상실할 지경까지 와 있다. 그리고 남자들이 그들이 없는 자리에서 행여 그들에 대해서 말하는 것처럼 자신도 스스로에 대해서 생각할 지경에 이르렀다. 그런 것이 그들에게는 자신의 진보처럼 여겨진다. 이 젊은 처녀들은 벌써 확신하고 있다. 사람들은 향락을 찾고 또 다른 향락을, 자꾸만 더 강렬한 향락을 찾는다는 것을. 인생이란, 그것을 멍청하게 잃어버리지 않으려는 데에 그 본질이 있다는 것을. 그들은 벌써 자신을 둘러보고, 찾기 시작했다. 그 강점이 언제나 남에 의해서 발견되는 데 있다고 생각했던 그들이 말이다.

그렇게 되는 것은 그들이 지쳐 있기 때문이라고 생각한다. 여자들은 수백 년 동안 사랑이라는 사랑은 모조리 맡아해왔다. 그리고 사랑의 대화에 있어서도 언제나 1인 2역을 해왔다. 남자들은 다만 여자들이 하는 말을 그대로 따라 할 뿐이었는데 그것도 서투르기 짝이 없었다. 그리고 남자는 정신의 산만함을 통해 소녀들이 배우기 어렵게 했다. 소홀함을 통해, 소홀함의 일종인 질투를 통해 소녀들로 하여금 (진정한 사랑을) 배우기 힘들게 해주었다. 그런데도 이들은 낮이나 밤이나 참고 견디어 사랑도 키우고 고통도 키웠다. 끝없는 고난의 압박 속에서도 이들 중에서 가버린 남자를 부르면서 그 남자를 이겨낸 엄청난 사랑의 연인들이 생겨났다. 고통이 더 이상 지탱할 수 없는 장엄함, 혹독하고 얼음장 같은 장엄함으로 탈바꿈하기까지 사랑하기를 그만두지 않았던 가스파라 슈탐파[24]나 어느 포르투갈 여인[25]의 경우처럼 이들은 사랑하는 남자가 다시 돌아오지 않으면 그를 능가하여 더 커진 여인들이다. 우리는 그런 여인들의 여러 예를 알고 있다. 기적처럼 보존되어 있는 편지들이 있거나 원망하는 또는 슬픔을 호소하는 시들이 들어 있는 시집들이 있는가 하면, 어느 화랑에서 눈물을 흘리며 우리를 응시하는 그림들이 있기 때문이다. 화가가 성공적으로 이 울고 있는 그림들을 그릴 수 있었던 건 그것이 무엇인지도 모르고 그렸기 때문이었다. 그 밖에도 그런 여인은 헤아릴 수 없이 많았는데, 이들 가운데는 편지를 태워버린 여인도 있었고, 편지를 쓸 기력조차 없었던 이도 있었다. 가슴속에 감미로운 열매의 알맹이를 남몰래 간직한 채, 딱딱하게 굳어져 버린

---

24) 이탈리아 여류 시인(1523-1554). 자신을 버린 콜랄토 백작에게 바치는 소네트로 유명하다.
25) 마리나 알코포라도(1640-1723)를 말한다. 1669년 익명으로 출간된 『어느 포르투갈 여인의 편지』를 쓴 것으로 알려진, 포르투갈의 프란시스코회 수녀.

늙은 여인도 있었다. 몸매도 잃고 몹시 억세져 버린 여인들도 있었는데, 이들은 지칠 대로 지쳐버려 남자들과 비슷하게 되었으나, 사랑이 이루어졌던 어둡고도 깊은 그들의 내부는 그들의 겉모습과 전혀 달랐다. 아이 낳기를 원치 않았지만 여덟번째 분만을 하다가 결국은 죽어버린 여인들도 있었다. 이들은 죽을 때 앞으로 올 사랑을 기뻐하며 기다리는 소녀 같은 자태와 어딘지 가벼운 모습을 지니고 있었다. 포악한 남자, 술주정꾼과 함께 산 여인들은 어느 외부에서보다도 자신의 내부에서 그들로부터 가장 멀리 떨어져 살 수 있는 방법을 터득한 경우이다. 사람들 사이에 오게 되면 그것을 감출 수 없어 언제나 성자들과 사귀고 있는 것처럼 은은하게 빛났다. 그런 여인들이 얼마나 많이 있었는지 그들이 누구였는지는 아무도 말할 수 없다. 이 여인들을 표현할 수 있는 말들을 미리미리 없애버리기라도 한 것 같다.

그러나 지금은 많은 것이 변해 가고 있기 때문에 우리 남자들이 변해야 할 차례가 아닐까? 우리가 조금이라도 발전하도록 시도해 볼 수는 없을까, 그리고 사랑에서 우리가 해야 할 몫을 서서히 그리고 차츰차츰 담당할 수는 없을까? 여인들이 겪는 모든 노고가 우리에게는 면제되었다. 그래서 그녀들의 노고는 우리의 오락으로 전락하였다. 마치 아이들의 장난감 서랍 속에 가끔씩 진짜 레이스 한 조각이 떨어져 있어서 처음에는 기쁘게 하다가 나중에는 그것이 사라져 결국은 망가진 것들, 떨어져 나간 것들 가운데에서 그 어떤 것보다도 더 못한 것이 되어 거기 놓여 있게 되듯이. 우리는 모든 얼치기 예술가처럼 가벼운 향락에 물들어 대가인 척한다. 그러지 말고 우리가 얻은 성과들을 경멸한다면 어떨까? 우리들을 위해서 언제나 남이 해준 사랑의 일을 아주 처음부터 배우기 시작한다면 어떨까? 많은 것이 변해 가는 지금 우리가 자진해서 초보자가 되면 어떨까?

지금도 나는 어머니가 레이스로 된 천들을 펼칠 때마다 마음이 어떠했던가를 기억하고 있다. 엄마는 잉게보르크의 장식용 책상 서랍 중 딱 하나만을 사용했었다.

「말테야, 우리 레이스를 보자」 하고 어머니는 말씀하시고 노랗게 칠이 된 조그만 서랍에 든 모든 것을 금방 선물로 받기라도 한 것처럼 기뻐하셨다. 그러고 나서 어머니는 기대에 부푼 나머지 비단 같은 포장지를 제대로 풀 수가 없었다. 그럴 때마다 내가 대신해서 그것을 풀었다. 하지만 나도 레이스가 모습을 드러낼 때마다 정말 흥분되었다. 레이스는 나무 막대기에 돌돌 감겨 있었는데, 어찌나 많이 감겨 있는지 막대기를 볼 수 없을 정도였다. 어머니와 나는 레이스를 천천히 풀면서 펼쳐지는 레이스의 무늬를 쳐다보며, 무늬가 하나 끝날 때마다 약간 놀라곤 했다. 왜냐하면 그 무늬들이 갑자기 끝나곤 했기 때문이었다.

맨 처음에 이탈리아에서 뜬 레이스의 가장자리가 나타났는데, 실을 뽑아 만든 질긴 그 레이스는 무늬가 계속해서 반복되고 있어, 꼭 농부집 정원처럼 보였다. 그러다가 갑자기 베네치아의 뾰족한 뜨개바늘 끝으로 섬세하게 짠 격자 (格子) 무늬 레이스가 죽 나타나 우리의 눈길이 거기에 사로 잡혀 수도원이나 감옥에 있는 것 같은 착각이 들었다. 그러나 다시 눈길이 격자무늬에서 헤어나 널찍하게 정원을 바라보게 되었는데, 그것이 점점 정교해져서 어느 온실 속에 들어간 것처럼 눈에 바싹 다가와 후끈하게 해주었다. 우리가 알지 못하는 화려한 식물들이 커다란 잎사귀들을 펼치고 있고, 덩굴은 현기증이라도 나는 듯 뒤엉켜 있으며, 프앙 달랭송 레이스[26]의 큼직하게 만발한 꽃이 꽃가루를 뿌려 모든 것을 몽롱하게 했다. 눈이 몹시 피로하고 정신이 혼란스러웠는데 우리는 갑자기 긴 발랑시엔 레이스[27] 폭 안으로 눈을 돌리게 되었다. 그때는 서리가 내린 겨울 이른 아침이었다. 우리는 뱅쉬 레이스[28]의 눈 쌓인 숲을 헤치며 아무도 걸어간 적이 없는 광장에 다다랐다. 나뭇가지들이 아주 기이하게 아래로 축 처져 있었고, 그 밑에는 무덤이 하나 있을지도 몰랐으나, 우리는 그것에 대해 서로 말하지 않았다. 냉기가 점점 더 우리에게 스며들어, 아주 섬세하고 작은 뜨개바늘로 뜬 레이스가 나타나자 마침내 어머니는 「아유, 눈 안에 성에가 끼는구나」 하고 말씀하셨는데 그건 정말 그대로였다. 우리의 마음이 아주 따뜻해져 있었기 때문이었다.

---

26) 산지인 알랭송의 도시명을 따른 바늘로 수놓고 감친 레이스이다.
27) 같은 이름의 도시명을 따른 작은 북으로 뜨는 레이스이다.
28) 산지인 남부 벨기에 도시명을 따른 특별히 섬세하고 촘촘한 레이스이다.

우리 둘은 레이스를 다시 감으면서 한숨을 쉬었다. 너무도 오래 걸리는 일이었지만 다른 누구에게도 맡기고 싶지는 않았다.

「우리가 이것들을 만들어야 한다면 어떨지 생각해 봐라」하고 어머니는 말씀하셨는데 정말로 놀라는 것처럼 보였다. 얼마나 힘든 일일지 조금도 상상할 수 없었다. 낮이나 밤이나 뜨개질을 해서 그것으로 목숨을 부지하는 작은 벌레들을 생각하고 있는 나를 깨달았다. 그럴 리가 없다. 이것을 짠 것은 물론 여자들이었으니까.

「이것을 짠 사람들은 틀림없이 천국에 가 있겠지요」하고 나는 감탄하며 말했다. 나는 오랫동안 천국에 대해서는 물어보지 않았던 것으로 기억한다. 어머니는 숨을 돌리셨고 레이스는 다시 다 감겨 있었다.

　잠시 후, 내가 그 질문을 한 것을 잊어버리고 있을 때 어머니는 아주 천천히 말씀하셨다. 「천국에 가 있겠다고? 그 사람들은 이 레이스가 그대로 천국이라고 생각한다. 그렇게 생각하고 보면 이것은 영원한 축복일 수 있어. 그런 일에 대해서는 정말 아는 게 거의 없지」

　집에 손님이 오면 슐린 가의 식구들이 절약하며 살았다는 말이 자주 들렸다. 유서 깊은 큰 저택은 몇 년 전엔가 불에 타버려, 좁은 두 개의 별채에서 검소하게 살았다. 그러나 그 집 사람들은 손님을 좋아하는 혈통이 있어 그런 기질을 바꿀 수는 없었다. 우리 집에 누군가가 뜻밖에 찾아오면 그 사람은 슐린 가에서 오는 길인 것 같았다. 아니면 손님은 느닷없이 시계를 보고 깜짝 놀란 듯이 일어나 길을 떠났는데, 그러면 그 손님이 뤼스타거의 슐린 가 저택에 초대받아 가는 것이 분명했다.

어머니는 사실 이제 어디에도 나가실 수 없게 되었는데, 슐린 가 사람들은 그걸 이해하지 못했다. 그러나 별 도리 없이 한번 거기로 건너가실 수밖에 없었다. 눈이 벌써 두서너 번이나 내린 12월의 어느 날이었다. 썰매는 3시에 오도록 했고, 나도 따라가기로 되어 있었다. 그런데도 불구하고 우리 집에서는 한번도 시간에 딱 맞추어서 떠난 일이 없었다. 마차가 왔다는 전갈을 듣기 싫어했던 어머니는 대개 너무 일찍 아래로 내려가 계시다가 마차가 와 있지 않은 것을 보면, 미리 처리해야 했을 일을 언제나 새삼 생각해 내고 위층 어딘가에서 무언가를 찾거나 정리하기 시작하므로 어머니를 찾아내기가 어려웠다. 결국은 모두들 서서 어머니를 기다렸다. 떠날 준비가 다 되었는데 무언가 잊었다는 걸 깨닫고는 지베르젠을 부르지 않을 수 없었다. 왜냐하면 지베르젠만이 잊고 온 물건이 어디에 있는지 알고 있었기 때문이다. 그러고는 지베르젠이 미처 돌아오기도 전에 갑자기 마차가 출발해 버리는 것이었다.

그날은 끝내 제대로 날이 밝지 않았다. 나무들은 안개 속에서 어찌할 바를 모르는 듯 서 있었다. 그런데도 그곳에 썰매를 타고 간다는 것이 좀 건방진 일인 듯 여겨졌다. 간간이 눈이 다시 조용히 내리기 시작하여 마지막 남은 것까지도 완전히 지워져 버린 듯 하얀 종이 안으로 달려들어 가는 것 같았다. 썰매의 방울 소리 외에는 아무것도 들리지 않았고, 도대체 우리가 어디쯤을 가고 있는지 알 수가 없었다. 마지막 방울 소리까지 다 울려버린 것처럼 방울 소리가 멈추는 순간이 있었다. 그러나 그러고 나서는 방울 소리가 다시 모여지고 합쳐져서 힘차게 울려퍼졌다. 왼쪽에 있는 교회의 탑은 그것이라고 상상할 수가 있었다. 그러나 뜻밖에 공원의 윤곽이 거의 머리 위쪽으로 높이 나타났는데 우리들은 긴 가로수길에 들어서 있었다. 방울 소리는 이제 아래까지 내려오지 않고 나무들의 왼쪽과 오른쪽에 매달려 있는 것 같았다. 그러다가 우리는 좌우로 흔들리고 무언가를 빙 돌아, 오른쪽에 있는 무언가를 지나서 한가운데에 멈추었다.

마부 게오르그는 그 집이 거기에 없다는 것을 까맣게 잊고 있었다. 하지만 그 순간에 우리 모두에겐 그 집이 거기 있었다. 우리는 오래된 테라스로 이끌어주는 옥외 계단으로 올라갔는데, 깜깜하게 어둡다는 것만 이상하게 느꼈을 뿐이다. 갑자기 우리의 왼쪽 뒤편에서 문이 열리면서 누군가가 「이리들 오세요!」 하고 부르면서 희미한 등불을 높이 들고 흔들어 보였다. 아버지는 웃으면서 「우리는 유령처럼 여기를 빙빙 돌아 올라왔구나」 하고는 다시 계단을 내려오는 우리들을 도와주셨다.

「하지만 바로 저기에 집이 한 채 있었거든요」 하고 어머니는 말씀하셨다. 그런데 어머니는 온화하게 미소를 짓고 달려오는 베라 슐린에게 그렇게 빨리 익숙해질 수는 없었다. 이윽고 우리는 빨리 안으로 들어가야 했으므로 그 집에 대해서는 더 생각할 수가 없었다. 좁은 현관에서 외투를 벗고 바로 등불이 있는 거실 한가운데로 가서 난로를 마주 보고 앉았다.

슐린 가는 성인이 된 여자들로만 이루어진 명문 가문이었다. 아들이 있었는지는 모르겠다. 다만 세 자매만 기억나는데, 맏딸은 나폴리에 있는 어느 후작과 결혼했지만, 여러 차례 법적인 소송을 하다가 꽤 시간이 걸려서야 이혼했다. 그다음으로 모르는 것이 아무것도 없다고 하는 둘째 딸 조에가 있고, 그리고 특히 셋째 딸 베라, 온화한 베라가 있다. 베라가 어떤 사람이었는지는 신께서 알고 계신다. 백작 부인은 나리쉬킨 가의 딸로서 슐린 백작의 넷째 딸이었는데 어떤 면에서는 가장 어렸다. 그녀는 아무것도 몰라서 계속해서 자기 딸들로부터 배워야만 했다. 그리고 성품이 좋은 슐린 백작은 마치 자기가 이 여자 네 명과 결혼한 것처럼 느끼는지 돌아다니며 한 사람씩 키스를 했다.

백작은 우리에게 손을 내밀기 전에 크게 웃고는 아주 깍듯이 인사를 했다. 나는 여자들에게 계속 건네지며 어루만져지기도 하고 여러 가지 질문을 받기도 했다. 하지만 나는 이 일이 끝나기만 하면 어떻게 해서든 빠져나가 집을 둘러볼 작정을 하였다. 나는 오늘은 그 집이 거기에 있으리라 확신했다. 집을 빠져나오는 것은 어렵지 않았다. 여러 옷들 사이로 개처럼 빠져나갔더니 현관으로 가는 문이 아직 약간 열린 상태였다. 그러나 바깥에 있는 문이 열릴 것 같지 않았다. 거기에는 쇠사슬과 빗장과 여러 장치가 되어 있어서 나는 서두르다가 그것들을 제대로 다루지 못했다. 갑자기 문이 열렸지만 큰 소리와 함께 열려버려 나가기도 전에 붙잡혀 끌려 들어오고 말았다.

「잠깐만, 여기서는 슬그머니 빠져나가지 못해」 하고 베라 슐린이 재미있다는 듯이 말했다. 그녀는 내게 허리를 구부리고 나를 들여다보았다. 나는 이 따사로운 여자에게 아무것도 털어놓지 않기로 다짐했다. 내가 아무 말도 하지 않자 그녀는 곧 내가 소변이나 대변을 보려고 문으로 갔다고 생각하고는 내 손을 잡고 걷기 시작했다. 그녀는 내게 다정하면서도 새침한 표정으로 어디론가 데리고 가려고 했다. 이 어쩔 수 없는 오해로 인해 나는 완전히 기분이 상했다. 손을 뿌리치고 그녀를 기분 나쁜 듯이 보면서, 「나는 집을 보러 갈 거야」 하고 자랑스럽게 말했지만 그녀는 알아듣지 못했다.

「바깥 계단에 있는 큰 집을 보러 갈 거야」

그녀는 「바보」 하며 나를 확 붙잡으면서 말했다. 「거기에는 정말 집이 없어」 그러나 나는 계속 고집을 부렸다.

「우리 낮에 한번 가보자」 하고 그녀는 달래듯이 말했다. 「지금은 컴컴해서 거기를 돌아다닐 수가 없어. 그곳에는 웅덩이가 많고, 바로 그 뒤에는 아빠가 물고기를 기르는 연못이 있는데 얼지 않았을 거야. 그곳에 빠지면 물고기가 돼」

그러면서 베라는 나를 밀어서 다시 밝은 방으로 돌아오게 했다. 모두가 앉아서 이야기를 나누고 있었고, 나는 그들을 한 사람씩 바라보았다. 〈이 사람들은 그 집이 없을 때에만 그리로 가는 거야. 어머니와 내가 여기에 산다면 그 집은 언제나 그곳에 있을 텐데〉라고 나는 생각하면서 경멸했다. 모두들 함께 이야기를 나누는 동안 어머니는 멍하게 앉아 있었다. 어머니는 틀림없이 그 집에 대한 생각을 하고 있을 거야.

조에가 내 옆으로 와서 앉으며 몇 가지 물었다. 그녀는 잘 다듬어진 얼굴을 지니고 있었다. 마치 무언가를 끊임없이 꿰뚫어보는 듯, 그 통찰의 눈빛이 가끔씩 새로운 느낌을 주었다. 아버지는 오른쪽으로 약간 비스듬히 앉아서 웃으면서 말하고 있는 맏딸인 후작 부인의 이야기에 귀를 기울이고 계셨다. 슐린 백작은 나의 어머니와 자기 부인 사이에서 무슨 이야기를 하고 있었다. 그런데 슐린 백작 부인이 자기 남편의 말을 중단시키고 무언가 말하는 것을 보았다.

「아니야, 그것은 당신 상상일 뿐이야」하고 백작은 기분 좋게 말했으나, 갑자기 불안한 표정을 지으며, 나의 어머니와 자기 부인의 머리 위로 얼굴을 내밀었다. 슐린 백작 부인은 소위 남들이 헛된 생각이라고 하는 것에서 벗어날 수 없었다. 그녀의 얼굴 표정은 방해받지 않으려는 사람처럼 완전히 긴장해 있는 듯이 보였다. 반지를 낀 부드러운 손을 이야기를 가로막듯이 약간 흔들어 보였다. 누군가가 「쉿」 하는 소리를 내자 갑자기 방 안이 조용해졌다.

불에 탄 옛집에서 가져온 커다란 가구들이 사람들 뒤에

쑤욱 튀어나와 있었다. 몇 대를 전해져 내려온 묵직한 은그릇이 번쩍거리며 확대경을 통해 보듯 부풀어 보였다. 나의 아버지는 이상스러운 듯이 주위를 둘러보았다.

「어머니가 냄새를 맡고 있는 거예요」 하고 베라 슐린이 아버지 뒤에서 말했다. 「이때는 우리 모두 조용히 있어야 해요. 어머니는 귀로 무언가 낌새를 알아차리는 것 같아요」 그렇게 말하면서 그녀는 눈썹을 추켜올리고 주의력을 온통 집중시키고 있었다.

슐린 가 사람들은 화재가 난 후부터 이런 냄새가 나는 것에 대해서 약간 특이하게 반응했다. 과열된 좁은 방에서는 순간순간 어떤 냄새가 났다. 그러면 사람들은 어디에서 나는 무슨 냄새인지 살폈고, 각자가 거기에 대한 자신의 생각을 말했다. 조에는 난로 옆을 찬찬히 살폈고, 백작은 여기저기 돌아다니며 구석구석마다 잠시 서서 기다리고는 「여기는 아니야」 하고 말했다. 슐린 부인도 일어섰으나 어디에서부터 찾아야 할지 모르는 것 같았다. 아버지는 냄새가 뒤에서 나는 것처럼 천천히 몸을 돌려보았다. 맏딸인 후작 부인은 기분 나쁜 냄새라고 즉각 단정하고 손수건을 코에 대고 한 사람씩 둘러보면서 냄새가 사라졌는지 아닌지 확인해 보려 했다. 베라는 가끔씩 「여기예요, 여기」 하고 찾아낸 듯이 소리를 질렀다. 그런데 누군가가 말을 하게 되면 이상하게도 조용해졌다. 나도 부지런히 냄새를 찾고 있었다. 그런데 갑자기 (방 안이 더웠기 때문인지, 불빛이 눈 가까이에 다가왔기 때문인지) 난생처음으로 유령에 대한 두려움 같은 것이 나를 엄습했다. 조금 전까지 이야기를 나누고 웃고 했던, 눈에 뚜렷이 보이던 이 어른들이 몸을 구부리고 여기저기 돌아다니며 눈에 보이지 않는 것을 찾느라 신경을 곤두세우면서, 눈에 보이지 않는 무언가가 있다는 것을 인정한다고 생각하니 덜덜 떨렸다. 그런 데다가 그 눈에 보이지 않는 게 이 어른들보다 훨씬 더 강한 것이라고 생각하니 끔찍스러웠다.

두려움은 점점 더 커졌다. 어른들이 찾고 있는 것이 갑자기 종기처럼 내 몸에서 생겨날 듯한 느낌이 들었다. 그렇게 되면 어른들은 나를 보고 손가락질할 거야. 나는 완전히 풀이 죽어 어머니를 쳐다보았다. 어머니는 이상할 정도로 똑바로 앉아 계셨다. 나는 어머니가 나를 기다리고 있다고 생각했다. 내가 어머니 곁에 다가가서 어머니가 속으로 덜덜 떨고 있음을 느끼자마자, 나는 곧 집이 이제서야 다시 사라진 것을 알았다.

「겁쟁이, 말테」 하고 어디선가 웃는 소리가 들렸다. 베라의 목소리였다. 그러나 어머니와 나는 서로 떨어지지 않으려 했고, 함께 두려움을 견뎌내고 있었다. 어머니와 나는 그렇게 있었는데, 그 집은 다시 완전히 사라져버렸다.

거의 이해할 수 없는 특이한 경험을 가장 많이 하게 된 때는 역시 생일날이었다. 인생에서는 이런저런 구별을 하지 않는 게 좋다는 것을 이미 알고 있었지만, 생일날에는 틀림없이 기쁠 거라는 확신을 가지고 일어났다. 아마도 이런 확신을 하는 기분은 모든 것을 다 줄 수 있고 다 얻을 수 있으며, 금방 손에 쥔 물건을 상상력을 가지고 곧 일어나는 강한 본능적인 욕망으로 바꾸어버리던 아주 어린 시절에 형성되었다.

그러나 생일날의 권리를 확신하며 어른들의 생각이 흔들리게 되는 것을 보면, 어느새 생일날은 묘한 기분이 드는 날로 바뀐다. 우리는 지금까지의 생일날처럼 언제나 옷을 잘 차려입고 싶어하고 모든 것을 계속 얻고 싶어한다. 그러나 거의 잠에서 깨어나지 않은 상태에서 누군가가 밖에서 생일 케이크가 아직 오지 않았다고 외치는 소리를 듣게 되거나 옆방에 선물을 쌓아두는 테이블이 정리되고 있을 때 무언가가 깨어지는 소리를 듣게 되거나 또는 누군가가 방으로 들어와 문을 열어젖혀 보아서는 안 되는 것을 보게 되기도 한다.

그것은 수술이 행해지는 것과 같은 무언가가 일어나는 순간이다. 짧고 미칠 듯이 통증이 심한 수술. 그러나 수술을 하는 사람의 손은 숙달되고 틀림없다. 수술은 곧 끝나 버렸다. 그리고 수술이 끝났다 싶으면 우리는 자기 자신에 대해서는 생각하지 않는다. 생일날의 기분을 살리고 다른 사람들을 살펴보며 잘못이 있어도 그 잘못을 앞질러 나가 자기들이 만사를 아주 잘 처리하고 있다는 상상에 사로잡힌 그들을 지지해 주는 것이다. 사람들은 사람을 편하게 해주지 않는다. 유례없이 서투르다. 거의 멍청하다는 것이 확연하게 드러난다. 예를 들면 어른들은 다른 사람에게 줄 선물

꾸러미를 가지고 들어오기도 한다. 우리는 그런 어른들을 맞이하러 달려가서는 어떤 특별한 이유도 없이 움직이기 위해서 방 안을 뛰어다니는 행동을 해 보인다. 어른들은 우리를 놀라게 하기 위해서 그저 덩달아 기대에 찬 듯한 표정을 보이며 장난감 상자의 맨 밑바닥을 열어 보인다. 거기에는 톱밥뿐 아무것도 들어 있지 않아서 우리는 그들을 난처한 입장에서 구해 주어야만 한다. 혹은 선물이 기계류인 것 같으면, 먼저 한번 열어서 그 태엽을 감아 보여준다. 그런데 태엽이 감겨진 장난감 쥐나 그와 비슷한 것을 눈에 띄지 않게 발로 툭 치는 기술을 제때에 연습해 두는 게 좋다. 이런 식으로 종종 어른들을 속여서 그들이 부끄러운 생각을 하지 않도록 도와줄 수가 있다.

이런 모든 일을 특별한 재능이 없어도 일이 주어지는 대로 마침내 해내었다. 사실 재능이라는 것은 노력한 다음에만 필요한 것이다. 즉 어른들이 소중하게 여기고 친절히 선물을 갖다주었는데, 실은 다른 아이에게 맞는 완전히 엉뚱한 선물을 가져다주었음을 훨씬 전부터 알아차렸을 때에 필요하다. 선물이 누구에게 맞는지 생각나지 않을 정도로 그것은 그렇게 기대에 어긋나는 선물이었다.

(사람이 이야기하던 일, 정말로 이야기할 수 있던 일은) 내가 태어나기 이전에나 있었던 일임에 틀림없다. 나는 누군가가 아주 생생하게 이야기하는 것을 들어본 적이 없었다. 아벨로네가 내 어머니의 소녀 시절에 대해 말해 주었을

때, 그녀가 실감나게 이야기할 줄 모른다는 것이 나타났다. 늙은 브라에 백작은 여전히 이야기를 할 줄 알았다고 한다. 그것에 대해 아벨로네에게 들은 것을 적어보려 한다.

아벨로네는 아주 어린 소녀일 때 무척 감수성이 풍부한 시절이 있었던 것이 분명하다. 브라에 가 사람들은 그 당시 브레드가데[29]라는 도시에 살고 있었는데, 상당히 많은 사람들과 교제하고 있었다. 저녁 늦게 위층의 자기 방으로 가면, 아벨로네는 다른 사람들과 마찬가지로 피로를 느꼈다. 그러나 그녀는 갑자기 창이 있음을 깨달았다. 내가 이해한 바로는 그녀는 밤이 되기 전에 창 앞에서 몇 시간이고 서 있었다. 이것은 나와 관련이 있다고 생각할 수 있었다. 그녀는 「나는 마치 감옥에 갇힌 죄수처럼 창 앞에 서 있었고, 밤하늘의 별들은 그 자체가 자유였어요」하고 말했다. 그 무렵 아벨로네는 힘을 들이지 않고도 잠들 수 있었다. 잠이 든다는 표현은 이 시기의 소녀들에게는 맞지 않는 표현이었다. 그들에게 잠이라는 것은 몸과 함께 올라가는 무엇이었다. 가끔씩 눈을 떠보면 자기 몸이 떠올라 새로운 표면 위에 있는 것 같고, 맨 꼭대기 층에 가려면 아직 오래 걸릴 것 같았다. 그러고는 날이 새기 전에 일어났다. 다른 사람들이 잠이 덜 깬 상태로 느지막이 늦은 아침 식사에 나타나는 겨울에도 그랬다. 어두워져 저녁이 되면 언제나 모두를 위한 등불이, 공동의 등불만이 있을 뿐이었다. 그러나

---

29) 덴마크의 거리 이름. 넓은 길이란 뜻.

이 이른 새벽에 촛불 두 자루는 모든 것이 다시 시작되는 새로운 어둠 속에서 켜지는 등불, 바로 아벨로네를 위한 것이었다. 이 촛불은 두 갈래로 갈라진 낮은 촛대에 꽂혀서, 장미꽃이 그려진 타원형의 성긴 무명으로 된 작은 갓 밑에서 조용히 빛을 밝히고 있었다. 가끔씩 그 갓을 내려주어야 했다. 조금도 바쁘지 않았기 때문에 그 일은 방해가 되지는 않았다. 하지만 편지를 쓰거나, 일기를 쓸 때에는 때때로 눈을 들어 곰곰 생각해야 했기 때문에 그럴 때가 있었다. 그 일기는 언젠가부터 아주 다른 글씨로 꼼꼼하고 예쁘게 씌어지기 시작했다.

브라에 백작은 자기 딸들과 완전히 접촉을 끊고 살고 있었다. 그는 인생은 함께 살아야 한다고 누군가가 주장하면 그 생각을 공상이라고 여겼다. (「그래, 함께 산다고─」하고 그는 말했다.) 그런데도 다른 사람들이 자기 딸들에 대해 이야기해 주는 것을 들으면 그리 싫어하는 것 같지는 않았다. 그는 마치 딸들이 다른 도시에 살고 있는 것처럼 주위를 기울여 들었다.

그래서 그가 어느 날 갑자기 아침 식사 후에 아벨로네에게 손짓하여 불러놓고는 말했다. 「보는 바대로 우리는 같은 습관을 가지고 있구나. 나도 이른 새벽에 글을 쓴단다. 네가 나를 도와줄 수 있겠구나」

아벨로네는 그것을 어제 일처럼 기억하고 있었다.

다음 날 아침, 아무도 가까이 가지 못한 아버지의 서재로 불려갔다. 그녀는 아버지의 서재를 살펴볼 시간이 없었다.

그녀는 책상 건너 아버지와 마주 보고 앉아 있었기 때문에 그 책상 위에 있는 책들과 서류들이 마치 평원 위의 촌락같이 보였다.

백작은 필기를 시켰다. 풍문에 브라에 백작이 자신의 회고록을 쓴다고 들었는데 아주 근거가 없지는 않았다. 다만 사람들이 크게 기대하고 있던 정치나 군사에 관한 회고록을 쓰지는 않는다고 했다. 누군가가 백작에게 그것이 사실이냐고 말을 걸면 그는 「그런 일은 잊어버렸지」 하고 짤막하게 대답했다. 그러나 그가 잊지 않으려고 하는 것은 그의 유년 시절이었다. 그는 그것을 간직하고 있었다. 아주 멀리 사라진 유년 시절이 지금 그의 가슴속에 자리를 꽉 차지하고 있어 추켜올려진 베개 위에 누워 그가 잠을 자지 못하면서 눈길을 안으로 돌리면 북극의 밝은 여름밤처럼 거기 와 있는 것은 백작의 의견에 따르면 아주 당연한 일이었다.

때때로 그는 의자에서 벌떡 일어나 촛불에다 얼굴을 가까이하고 말해서 불꽃이 흔들릴 정도였거나, 아니면 지금까지 쓴 글을 모조리 지워버리게 했다가 정신없이 왔다갔다하여 녹색 비단으로 된 잠옷 자락을 펄럭거렸다. 그 자리에는 또 한 사람이 있었는데, 브라에 백작같이 유트랜드 출신인 늙은 하인 쉬텐이란 사람이었다. 그는 주인이 벌떡 일어나면, 메모된 상태로 테이블 위에 여기저기 흩어진 종이를 재빨리 두 손으로 누르는 게 임무였다. 그의 주인인 백작은 지금의 종이는 너무 가벼워서 아무것도 아닌 일에도 날아가버려 쓸모가 전혀 없다는 생각을 가지고 있었다. 마치 두 손 위에 올라앉은 것처럼 긴 상반신만 보이는 하인 쉬텐도 같은 생각이었는데, 그는 마치 올빼미처럼 빛에 어둡고 진지하였다.

이 쉬텐이라는 하인은 일요일 오후에는 스웨덴보르크에 대해 읽으면서 보냈다. 하인들 모두가 그의 방에 들어가기를 꺼렸는데, 그것은 그가 주문으로 귀신을 불러낸다고 들었기 때문이었다. 쉬텐 가족은 옛날부터 귀신과 접촉했으며, 쉬텐은 특히 이런 교감에 아주 특별한 선천적 소질을 갖고 태어났다. 그의 어머니가 그를 분만했던 날 밤에 무언가가 그의 어머니 앞에 나타났다고 한다. 쉬텐은 크고 둥근 눈을 하고 있었다. 그의 눈길의 다른 끝은 그가 누구를 보건 모두의 뒤에 달라붙는 것 같았다. 아벨로네의 아버지는 마치 자기 친척에 대해 묻는 것처럼 종종 귀신에 대해 물었다. 「쉬텐, 귀신들이 여전히 오나?」하고 다정하게 물었다. 「그들이 온다면, 좋지」

필기는 며칠간 계속되었다. 그런데 어느 날 아벨로네는 에커른푀르데[30]라는 단어를 받아쓰지 못했다. 고유명사여서 그 단어를 한번도 들은 적이 없었던 것이다. 필기 속도가 너무 늦어 자신의 회상을 받아쓰는 것을 그만두게 하려고 사실 벌써부터 구실을 찾고 있던 백작은 기분 나쁜 표정을 지어 보였다.

「애는 이것도 받아쓰지 못하는구나」하고 날카롭게 지적

---

30) 북독일의 도시 이름.

했다. 「그러면 다른 사람들이 그것을 제대로 읽을 수가 없을 거란 말이야. 사람들이 내가 말한 것을 눈으로 보는 듯이 생생하게 읽게 할 수는 없을까?」그는 화가 나서 앞으로 나가며 아벨로네에게서 눈을 떼지 않았다.

「그 생 제르맹[31]을 사람들이 볼 것 같으니?」하고 그는 그녀에게 고함을 질렀다. 「우리가 금방 생 제르맹이라고 말했니? 그것을 지워라. 폰 벨마레 후작이라고 써라」

아벨로네는 다 지워버리고 고쳐 썼다. 그러나 백작이 계속해서 너무 빨리 말하는 바람에 따라 적을 수가 없었다.

「이 특출한 벨마레는 어린이를 싫어했으나, 아직 어렸던 나를 자기 무릎 위에 안아 올려주었다. 나는 그의 다이아몬드 단추를 깨물고 싶은 생각이 들었다. 그는 그런 행동을 좋아했다. 그는 웃으면서 내 얼굴을 들게 하여 우리는 서로 눈을 들여다보았다. 〈넌 기가 막히게 좋은 이빨을 가지고 있구나〉하고 말하고는 〈무엇인가를 하게 될 이빨들……〉 그러나 나는 그의 눈을 유심히 보았다. 나는 후에 여기저기 수없이 돌아다니며 수많은 눈을 보았다. 그의 눈과 같은 눈을 다시는 보지 못했다고 하면 나를 믿을 수 있겠는가. 그의 눈에는 어떤 것도 외부에 있을 필요가 없었으리라. 그 눈 안에 그것이 다 들어 있었으니. 너는 베네치아에 대해 들은 적이 있었니? 좋아. 내가 너에게 말해 주마. 벨마레 후작의 눈은 베네치아를 이 방 안으로 가지고 들어와 이 책상

---

31) 18세기 포르투갈의 모험가. 유럽, 특히 파리 사교계를 누빈 유명한 인물로서 사기꾼으로도 알려져 있다.

처럼 선명하게 느낄 수 있게 한다. 언젠가 나는 모퉁이에 앉아서 그가 나의 아버지에게 페르시아에 관해서 이야기하는 것을 들었는데, 지금도 여전히 때때로 이 손에서 그의 이야기 냄새가 풍기는 듯 여겨질 정도다. 나의 아버지는 그를 높이 평가하고 있었으며, 그 지방 태수(太守)도 그의 제자 같았다. 그가 자신의 마음속에 들어 있던 과거만을 믿고 살고 있음을 불쾌하게 느끼는 사람들도 물론 많이 있었다. 그런 사람들은 사소한 것일지라도 몸에 배어들 경우엔 깊은 뜻을 지니게 된다는 것을 이해할 수 없었다」

「서적은 무의미한 것이야」 하고 백작은 성이 나서 벽을 향해 고함을 질렀다. 「피가 중요하단 말이야, 피를 읽을 수 있어야만 해. 벨마레는 자신의 피 속에 놀라운 이야기와 신기한 삽화들을 가지고 있었어. 그가 읽고 싶은 페이지를 펼치면 언제든지 흥미롭게 씌어 있었지. 그의 피 속에는 어떤 페이지도 그냥 넘어가는 일이 없었어. 그가 종종 방 안에 틀어박혀 혼자 페이지를 넘기고 있으면, 연금술이나 보석, 색채에 대해 쓴 페이지가 나타났어. 그런 것이 그 속에 씌어 있지 않다고 누가 말할 수 있겠니? 틀림없이 어딘가에 씌어 있기 때문이지」

「벨마레는 혼자 살 수가 있다면 진실되게 잘살 수 있었을 거다. 그러나 혼자서 진실되게 산다는 게 결코 사소한 일은 아니지. 그리고 그는 사람들이 진실 속에서 살고 있는 그를 방문하도록 그들을 초대하는 그런 속물이 아니었다. 진실이 사람들의 입에 오르내리는 것을 좋아하지 않았다. 그런 점에 있어서 그는 너무나 동양적이었다. 그는 〈헤어집시다, 부인〉 하고 있는 그대로 솔직하게 말했다. 〈언젠가 다음번에 만납시다. 수천 년이 지난 후면 우리의 관계가 더욱 강해지고 방해받지 않고 살아갈 수 있을 겁니다. 당신의 아름다움은 진정 이제야 형성되는 겁니다, 부인〉 하고 그는 말했으나 그것은 단순히 겉치레 인사말이 아니었다. 그런데 그는 진실과는 멀리 떨어져 세상의 바깥에서 사람들을 위해서 동물원을 만들었다. 우리 지역에서는 본 적이 없는 커다란 허위를 위한 식물원, 지나칠 정도로 화려한 열대 식물용 온실, 엉터리 비법으로 만든 무화과 밭을 만들었다. 사람들이 사방에서 모여들고 벨마레는 다이아몬드 버클이 달린 구두를 신고 손님들을 맞이하는 데에 몰두했다」

「겉치레의 생활이라고 말하기도 하겠지. 어째서? 사실 그것은 자기가 존경하는 여인에 대한 기사도였다. 그래서 그는 자신의 젊음을 잘 유지했다」

잠시 있더니 늙은 백작은 아벨로네에게 이야기를 계속 해주지 않았다. 그녀가 있는 것을 잊어버렸다. 그는 미친 듯이 일어났다 앉았다 하다가 싸울 듯한 눈길로 쉬텐을 쳐다보았다. 백작은 쉬텐을 자신이 생각했던 모습으로 변화시키려는 것 같았다. 그러나 쉬텐은 여전히 변화되지 않았다.

「그를 보았어야 하는데」 하고 브라에 백작은 멍하게 이야기를 계속했다. 「그가 완전히 모습을 드러내는 때가 있었다. 그는 수신자도 없이 다만 주소만 적혀 있을 뿐 그 밖에 아무것도 적혀 있지 않은 편지를 몇몇 도시에서 받은 적도 있었다. 그러나 나는 그를 보았다」

「그는 멋지지는 않았다」 하고 백작은 말하면서 이상하게 억지로 웃었다. 「게다가 그는 사람들이 말하는 대단한 인물도 아니었고 탁월한 인물도 아니었다. 그 사람보다 훨씬 더 뛰어난 인물도 얼마든지 있었다. 그는 부자였지만 그 부(富)라는 것은 그에게 있어 하나의 착각과 같을 뿐이었다. 그것에 의지할 수는 없었다. 그는 체격이 좋았으나, 더 좋은 사람들도 있었다. 그 당시 나는 그가 현명한 인물이었는지 어떤 것에 가치를 두는지를 물론 가늠할 수 없었지만 그는 존재하고 있었다」

브라에 백작은 몸을 떨면서 일어나서는 그곳에 있던 무언가를 공간 속으로 들여놓는 것 같은 몸짓을 해 보였다. 이 순간에 그는 아벨로네가 있음을 알아차렸다.

「너는 그분을 보고 있니?」 하고 그는 그녀에게 소리를 질렀다. 그리고 그는 갑자기 은촛대 하나를 쥐고는 그녀의 얼굴에다 눈부시게 비추었다.

아벨로네는 자신이 그 후작의 모습을 보았다고 기억하고 있었다.

다음 날부터 아벨로네는 매일 서재로 불려갔는데, 그런 일이 있은 후로는 필기 작업이 훨씬 더 조용히 진행되었다. 백작은 온갖 자료를 참고하여 베른스트로프[32] 서클에 대한

---

32) 독일과 덴마크에 걸쳐 있던 레벤트로우, 베른스트로프, 쉼머만 가문에서 기록된 7권의 서간집, 일기집이 1886-1906년에 간행되었는데, 릴케는 1902년 하젤도르프 성에 체류할 때 이 책을 보았다.

아주 옛날 추억들을 정리했는데, 그 서클에서 그의 아버지
는 어떤 역할을 했다. 아벨로네는 이제 이 독특한 필기 작업
에 숙달되어 누가 이 두 사람을 보면, 정말 다정하게 공동
작업을 하는 아버지와 딸로 쉽게 인식할 수 있을 정도였다.

언젠가 아벨로네가 일을 마치고 나가려 하자, 늙은 백작
은 선물을 쥔 손을 뒤에 숨기고 있는 것 같은 모습으로 딸
에게 다가갔다. 「내일은 율리 레벤트로우[33]에 대해 쓰기로
하자」 하고 그는 자기의 말을 음미하듯 말했다. 「그녀는 성
녀였지」

아마도 아벨로네는 아버지를 못 믿겠다는 듯이 쳐다보았
을 것이다.

「그래, 그래, 아직 그 모든 것이 남아 있지」 하고 그는
단호한 어조로 말했다. 「모든 것이 남아 있어. 아벨 백작의
귀한 따님」

그는 아벨로네의 두 손을 잡고 책을 펼치듯 그것을 폈다.

「그녀에게는 성흔(聖痕)이 있었어」 하고 그는 말했다. 「여
기와 여기에 말이다」

그는 차가운 손가락으로 아벨로네의 두 손바닥을 힘 주어
쿡쿡 찔렀다.

아벨로네는 성흔이라는 표현을 알지 못했다. 알게 되겠지
하고 그녀는 생각했다. 그녀는 아버지가 보았다고 하는 성
녀에 관해 들을 것을 생각하니 궁금해서 기다리기가 힘들어

---

33) 백작 부인으로 아름다움과 섬세한 감수성이 기려졌으며, 두 손에
성흔이 있었다고 한다(1762-1816).

졌다. 그러나 아버지는 그녀를 부르지 않았고, 그다음 날에도, 그 이후에도 마찬가지였다.

「레벤트로우 백작 부인에 대한 이야기는 너희 집에서도 자주 화젯거리가 되었어」하고 아벨로네는 내가 그녀에게 더 이야기해 달라고 졸랐을 때 짧막하게 잘라서 말했다. 그녀는 피로해 보였다. 게다가 그녀는 그에 관한 대부분의 이야기를 잊어버렸다고도 말했다. 「하지만 아버지에게 손가락으로 찔린 자리는 아직도 가끔씩 느끼고 있어」미소를 지으며 말하고는 참을 수 없는지 아무것도 없는 자기 손을 거의 호기심에 차서 보았다.

아버지가 돌아가시기 전에 이미 모든 것은 달라져 버렸다. 울스고르는 이제 우리의 소유가 아니었다. 아버지는 시내의 어느 아파트에서 돌아가셨는데, 그 아파트는 내게 증오심을 불러일으키고 생소하게 느껴졌다. 아버지가 돌아가셨을 당시 나는 이미 외국에 있었기 때문에 너무 늦게 돌아왔다.

아버지의 유해는 뜰을 마주한 방에 안치되었고 양쪽으로 촛불이 높게 켜져 있었다. 꽃 향기가 한꺼번에 울리는 여러 가지 소리처럼 섞여서 무슨 냄새인지 알 수가 없었다. 눈을 감은 아버지의 말끔한 얼굴은 무언가 조용하게 회상하려는 듯한 표정이었다. 아버지에겐 수렵관의 제복이 입혀졌으나, 어떤 이유에서인지는 모르겠지만 푸른 띠가 아니고 하얀 띠가 매여 있었다. 두 손은 마주 잡혀 있지 않고 비스듬하게 포개어져 있어, 부자연스럽고 무의미하게 보였다. 몹시 고통받았다는 이야기를 간단히 들었지만 그의 얼굴에서는 아무런 흔적도 찾아볼 수 없었다. 아버지의 모습은 손님이 묵다가 떠나가 버린 방의 가구처럼 정리되어 있었다. 나는 아버지의 그런 죽은 모습을 그전에 이미 자주 본 듯이 느껴졌다.

기분 나쁘게도 주위의 환경만이 새로울 뿐이었다. 이웃집의 창인 듯한 것을 마주 보고 있는 숨막히는 이 방이 생소하게 여겨졌고, 하인 지베르젠이 가끔씩 들어왔다가 아무 일도 하지 않고 나가버리는 게 생소했다. 지베르젠은 늙어버렸다. 나는 아침 식사가 준비되어 있다는 말을 여러 번 들었다. 그러나 그날 아침 식사를 하고 싶은 마음은 전혀 없었다. 그건 나를 그 방에서 나가게 하려는 의도였고, 나는 그 의도를 눈치 채지 못했다. 결국 내가 나가려 하지 않자, 지베르젠은 의사가 와 있다는 것으로 어쨌든 나를 불러내었다. 나는 의사가 지금 왜 왔는지 이해되지가 않았다. 「아직 무언가 할 일이 있나 봅니다」 하고 지베르젠은 빨갛게 된 눈으로 나를 뚫어져라 쳐다보았다. 그때 두 명의 신사가 약간 허둥지둥하면서 들어왔다. 의사들이었다. 앞에 들어온 의사는 뿔을 가지고 있어 부딪혀 보려는 듯이 머리를 얼른 숙이고, 안경 너머로 처음엔 지베르젠을, 다음엔 나를 쳐다보았다.

그는 학생처럼 단정하게 인사를 하고 들어올 때와 똑같이 허겁지겁 말했다. 「수렵관님께서 남긴 생전의 부탁이 아직

있어서 말입니다」 나는 어떻게든 그가 안경을 통해서 나를
바라보도록 했다. 그의 동료 의사는 피부가 얇고 살이 퉁퉁
하게 찐 금발 머리의 남자로서 금방 얼굴을 붉힐 수 있는
사람이라는 생각이 떠올랐다. 그러다가 잠깐 침묵이 흘렀다.
수렵관인 아버지의 부탁이 아직 남아 있다는 게 이상했다.

무의식중에 나는 다시 아버지의 말끔하고 평온한 얼굴을
보았다. 그리고 그때 나는 아버지가 확실하게 처리하기 원
했음을 알았다. 사실 아버지는 평소에도 언제나 빈틈없이
일을 처리하는 것을 좋아하셨다. 이제 아버지의 소원을 풀
어드려야만 했다.

「당신들은 심장에 침을 놓기 위해서 여기 오셨군요. 자, 하
시지요」

나는 인사를 하고 물러섰다. 두 의사들은 동시에 인사를
하고 곧 그들이 해야 할 일에 대해 상의하기 시작했다. 누
군가가 조금 전부터 촛불을 한쪽으로 치워두었다. 그런데
연장자인 의사가 다시 내게로 몇 걸음 다가와서 어느 정도
거리를 두고, 마지막 몇 걸음을 줄이기 위해 멈추고는 몸을
앞으로 쭈욱 뻗어서 화가 난 듯이 나를 쳐다보았다.

「그럴 필요 없습니다」 하고 그는 말했다. 「말하자면, 당신
이 차라리 나가준다면, 더 좋겠다고 생각합니다만……」

그의 인색하고 서두르는 자세는 내게 그가 태만하고 지쳐
있는 듯한 느낌을 주었다. 나는 다시 한번 인사를 했지만
또 하지 않을 수 없게 되었다.

「좋습니다」 하고 나는 짤막하게 말했다. 「방해하지 않겠

습니다」

나는 이런 일을 견딜 수 있을 것 같았고 자리를 피해 줄 이유가 없다고 생각했다. 이런 식으로 될 수밖에 없었다. 이 모든 일이 갖는 의미는 그렇게 하는 데 있었을 것이다. 그렇지 않아도 나는 누가 심장을 찔리는 일을 한번도 본 적이 없었다. 저절로 어쩔 수 없이 겪게 되는 이런 기묘한 경험을 해볼 기회를 피하지 않는 게 나는 당연하게 여겨졌다. 그 당시 나는 실망할 일이 있으리라곤 더 이상 믿지 않았다. 그래서 어떠한 것도 두려운 것이 없었다.

아니다, 아니야, 이 세상의 어떤 사소한 것도 함부로 상상해서는 안 된다. 이 세상의 모든 것은 예측할 수 없는 숱한 작은 것들이 합쳐진 것이다. 사람들은 상상 속에서만 그런 것들을 간파하고 서두르다 보니 그것이 빠져 있다는 것조차 알아채지 못한다. 그러나 현실의 모든 것은 속도가 느리고 말할 수 없이 상세하다.

예를 들면 이렇게 바늘에 찔리는 것을 누가 생각이나 했겠는가. 살찐 아버지의 널찍한 가슴이 드러나자 성질이 급해 보이는 키가 작은 의사가 문제가 되었던 그 자리를 벌써 찾아내었다. 그러나 콱 찌른 바늘이 들어가지가 않았다. 나는 갑자기 모든 시간이 이 방에서 사라져버리는 느낌이 들었다. 우리는 마치 어느 그림 속에 들어 있는 것 같았다. 하지만 시간은 조금씩 미끄러져 소리를 내며 다시 넘쳐흘렀으며 쓸 수 없을 정도로 많이 흘러갔다. 갑자기 어디선가 두드리는 소리가 들렸다. 지금까지 나는 한번도 그렇게 두드리는 소리를 들은 적이 없었는데, 미지근하면서도 무언가에 막혀버린 듯 두드리는 소리가 두 번 울렸다. 그 소리는 내 귀에 계속 울렸고, 나는 동시에 의사가 정확하게 찌르는 걸 보았다. 그런데 이 두 개의 인상이 내 마음속에서 서로 합쳐지기까지는 시간이 한참 걸렸다. 〈이제 찔렀구나〉 그렇게 나는 생각했다. 그 두드리는 소리는 템포로 말하자면 무엇을 망가뜨리는 데에서 오는 기쁨 같은 거였다.

나는 조금 전부터 낯이 익은 그 의사를 쳐다보았다. 아니, 그는 아주 태연자약해 보였다. 그는 재빠르게 일을 처리하는 사람으로서, 곧 다시 일을 처리하러 가야 했다. 일을 하는 데 있어서 그에게는 그 일을 기꺼이 하는 느낌도, 만족해하는 느낌도 없었다. 다만 왼쪽 관자놀이에 오래된 습관처럼 머리카락 몇 개가 세워져 있을 뿐이었다. 그는 바늘을 조심스럽게 뽑아냈다. 그가 두 음절의 말을 했을 때, 무언가 사람의 입처럼 보이는 곳에서 피가 두 번 줄줄 흘러나왔다. 금발의 젊은 의사는 탈지면으로 부드럽고도 재빠른 솜씨로 피를 닦아냈다. 이제 상처는 감긴 눈처럼 조용해졌다.

나는 이번에는 이 일에 상관없이 다시 한번 인사를 한 것 같았다. 어쨌든 나는 방에 혼자 있는 것을 깨닫고 깜짝 놀랐다. 누군가가 아버지의 제복을 다시 원상태로 고쳐 입혔고 그전처럼 하얀 띠가 그 위에 올려져 있었다. 이제 수렵관이시던 아버지는 확실하게 돌아가셨다. 그러나 그의 심장만이 뚫린 것은 아니었다. 우리의 심장, 우리 가문의 심장이 뚫린 것이었다. 이제 일은 끝났다. 이것이 바로 우리 집의 투구가 부서져 버렸다는 표시였다. 〈오늘부터 브리게 가문은 이제 더 존재하지 않는다〉하는 소리가 마음속에서 들렸다.

나는 내 심장에 대해 생각하지 않았다. 나중에 심장에 대한 생각이 떠올랐지만 그것이 아버지의 심장에 비하면 문제가 되지 않음을 처음으로 정말 확실하게 깨달았다. 그것은 낱개의 심장일 뿐이었다. 그것은 벌써 처음부터 시작하려 하고 있었다.

나는 거기서 금방 떠날 수는 없을 거라고 생각했던 것을 기억하고 있다. 떠나기 전에 모든 것이 정리되어야 한다고 나는 몇 번이나 마음속으로 되뇌었다. 무엇을 정리해야 할지 확실하게 알지 못했다. 아무것도 하지 않는 게 좋았다. 나는 시내를 돌아다니다가 시가지가 변한 것을 깨달았다. 나는 투숙한 호텔에서 나와 이제 성인을 위한 도시로 줄어들어 나를 거의 이방인을 대하듯 하는 것을 보고 있는 것이 마음 편했다.

나는 랑에리니에를 지나 신호등이 있는 곳까지 갔다가 돌아왔다. 내가 아말리엔가데[34]라는 구역에 가면, 수년 동안 인정해 왔던 것, 다시 한번 자신의 위력을 시도해 보려고 하는 무엇인가가 어디선지 불쑥 나타나는 일이 곧잘 일어났다. 거기에는 어느 구석진 곳의 창들이나 아치, 문 앞의 등들이 있었는데, 그것들은 나의 어린 시절에 대해 많이 알고

---

34) 코펜하겐의 항구가 가까운 거리 이름.

있어서 그것으로 나를 위협했다. 나는 그것들의 정면을 바라보면서 내가 호텔 피닉스에 묵고 있고 언제라도 이곳을 다시 떠날 수 있다는 것을 느꼈다. 그런데도 마음이 꺼림직했다. 내가 어린 시절에 그런 것으로부터 받은 영향이나 그와의 관계에서 실제로 아직 아무것도 극복하지 못했다는 의심이 솟구치기 시작했다. 어느 날 그런 것들을 있는 그대로 둔 채, 해결하지 않고 몰래 떠나버렸다. 만일 어린 시절을 영원히 잃지 않으려고 한다면, 다시 그 어린 시절로 돌아가 살지 않으면 안 될 것이다. 나는 어린 시절을 내가 어떻게 보냈는지 알았으며, 동시에 나를 지탱해 줄 수 있는 어떤 것을 가질 수는 없으리라고 느꼈다.

나는 매일 서너 시간씩 드로닝엔스 트베르가데[35]에 있는 좁은 방에서 보냈다. 그곳의 방은 누군가 죽은 셋방들처럼 불쾌하게 보였다. 나는 책상과 크고 하얀 타일이 덮인 난로 사이를 왔다갔다하면서 수렵관이시던 아버지께서 남긴 편지와 서류들을 불태웠다. 편지를 묶어놓은 그대로 불에 던지기 시작했는데, 그 작은 뭉치들은 너무 꽉 묶여 있어, 가장자리만 타고 시커멓게 되었을 뿐이었다. 용기를 내어 그 끈을 풀었다. 대부분의 편지는 강하면서 생생한 냄새가 났는데 그 냄새가 내게 밀려들어 나에게서 여러 가지 추억을 일깨우려는 것 같았다. 하지만 내게는 그런 추억이 없었다. 편지보다 무거운 사진이 빠져나오기도 했는데 이 사진들은

---

35) 브레드가데에서 갈라지는 곁길.

몹시 천천히 탔다. 어찌된 일인지 모르겠지만, 불현듯 잉게 보르크의 사진이 그 속에 들어 있을지 모른다는 생각이 떠올랐다. 그러나 어느 사진을 보아도 성숙하고 멋지며 너무나 아름다운 여자들의 사진이어서 나로 하여금 다른 생각을 불러일으켰다. 말하자면 내게도 추억이 전혀 없는 것은 분명히 아니었다. 내가 거의 다 컸을 무렵, 아버지와 시내 거리를 걷고 있을 때, 가끔씩 사진 속의 여자들의 눈과 똑같은 눈들이 나를 쳐다보는 것을 알았다. 그 여자들은 마차 안에서 나를 포위하듯 쳐다보았기에 그 시선에서 거의 빠져나갈 수 없을 것 같았다. 이제 와 생각하니 그 여자들은 그때 나와 아버지를 비교하였으며 그 결과는 내게 불리했다. 확실치는 않지만, 수렵관이시던 아버지는 남과 비교되는 걸 두려워하지 않은 것 같다.

지금 나는 아버지가 무엇을 두려워하셨는지 알 수 있다. 내가 어떻게 이런 생각을 하게 되었는지 말하려고 한다. 아버지의 서류첩 속 깊숙한 곳에서 한 장의 서류를 발견했는데, 오랫동안 접혀 있어서 종이가 너덜너덜하고 접은 부분은 찢겨 있었다. 태우기 전에 나는 그것을 읽었다. 뚜렷하고 고른 글씨로 씌어진 달필이었으나, 나는 그것이 무엇을 베낀 것임을 금방 알아차렸다.

「그가 죽기 세 시간 전에」라고 시작되는 글은 크리스티안 4세[36]에 대해 쓴 것이었다. 나는 그 글의 내용을 일일이 다

---

36) 덴마크의 왕(1577-1648).

기억할 수는 없다. 죽기 세 시간 전에 크리스티안 4세는 몹시 일어나고 싶어했다. 전의와 신하 보르미우스가 일어나는 것을 도와주었다. 그는 일어나면서 약간 비틀거렸지만 서 있었고, 그들은 왕에게 누비 잠옷을 입혔다. 그러다가 왕은 갑자기 앞에 있는 침대 끝에 앉아서 무언가 중얼거렸다. 무슨 말인지 알아들을 수 없었다. 전의는 왕이 침대 위로 넘어지지 않도록 왼손을 붙들고 있었다. 그들은 그렇게 앉아 있었는데, 왕은 때때로 애를 쓰며 무어라고 알아들을 수 없는 말을 중얼거렸다. 마침내 전의는 왕에게 묻기 시작했다. 그는 왕이 무엇을 말하려고 하는지 조금씩 알아보려고 했다. 왕은 잠깐 듣고 있다가 전의의 말을 가로막으며 갑자기 아주 또렷하게 말했다. 「아, 닥터, 닥터, 이름이 뭐지?」 전의는 자기의 이름이 생각나지 않아 애를 먹었다.

「폐하, 슈페어링이라고 합니다」

그러나 실제로 왕이 물은 건 그게 아니었다. 왕은 전의가 자신이 말하는 것을 알아들었다고 생각하자, 남아 있는 오른쪽 눈을 크게 뜨고 몇 시간 전부터 입 안에서 우물거렸던 말을 필사적인 표정으로 딱 한마디 했다.

「되덴(죽음)」 하고 왕은 말했다. 「되덴」

종이에는 그 말만 적혀 있었다. 나는 그 종이를 태우기 전에 그 말을 여러 번 되뇌었다. 그리고 아버지가 마지막에는 무척 괴로워했을 거라는 생각이 떠올랐다. 사람들도 그렇게 말했었다.

그후로 나는 죽음의 공포에 대해 개인적 경험들을 고려하면서 많은 생각을 해보았다. 나는 죽음의 공포를 느낀 적이 있다고 말할 수 있다. 사람들이 붐비는 거리에서, 사람들이 모여 있는 한가운데에서, 자주 아무런 이유도 없이 죽음의 공포가 나를 엄습했다. 물론 여러 가지 원인들이 종종 겹치기도 했다. 예를 들면 누군가가 벤치에서 죽어가고 있어 사람들이 모두 그 주위에 둘러서서 구경하고 있을 때, 그 장본인은 이미 공포를 느끼지 않지만, 나는 그 죽어가는 사람의 공포를 느꼈다. 또는 언젠가 나폴리에 있을 무렵이었다. 전차 안에 나와 마주 보고 앉아 있던 젊은 여자가 죽었는데, 그때도 나는 공포를 느꼈다. 처음에는 기절한 것 같았고 전차는 계속해서 달렸다. 그러나 전차를 세워야 한다는 생각이 번쩍 들었다. 뒤에 오던 차들이 우리 뒤에 섰고 이 방향으로는 더 이상 갈 수 없는 것처럼 교통이 막혀버렸다. 얼굴이 창백하고 뚱뚱해 보이는 소녀는 옆자리에 앉은 여자에게 기대어 조용히 죽을 수 있었으리라. 그러나 소녀의 어머니는 그것을 믿으려 하지 않았다. 어머니는 온갖 힘든 수단을 동원해서 딸의 죽음을 막아보려 했다. 딸의 옷을 풀어헤쳐 보았고, 입 안에다 무언가를 흘려 넣어보았으나, 입에서는 그대로 흘러나오고 말았다. 그녀는 누군가가 가져다준 액체를 딸의 이마에다 문질렀고, 그것으로 인해 딸의 눈동자가 조금 구르자, 딸을 흔들어서 눈길이 다시 제자리에 오도록 해보았다. 듣지도 못하는 눈에다 대고 고함을 질러보기도 하고, 딸의 몸을 인형처럼 이리저리 심하게 밀었다 당겼다 해보기도 하고, 마침내 살아나게 해보려고 손을 번쩍

들어 살찐 딸의 얼굴을 있는 힘을 다해 때렸다. 그때 나는 무서웠다.

그러나 나는 훨씬 전에도 공포를 느낀 적이 있었다. 예를 들면 내 개가 죽었을 때였다. 그 개는 틀림없이 나를 원망하면서 죽었을 거다. 개가 몹시 아파서, 나는 하루 종일 개 옆에 웅크리고 앉아 있었는데, 그때 갑자기 모르는 사람이 방에 들어오면 개가 짖곤 하던 것처럼 짧게 간헐적으로 짖었다. 모르는 사람이 왔을 때 이런 식으로 짖는 것이 개와 나 사이에 약속되어 있었기 때문에 나는 무심코 문 쪽을 바라보았다. 그러나 이미 죽음은 개의 몸속에 들어와 있었다. 나는 불안해서 개의 눈빛을 보았고 개도 내 눈빛을 찾았다. 그러나 그것은 이별하려는 눈빛은 아니었다. 개는 나를 딱딱하고 낯설게 바라보았다. 개의 눈은 내가 죽음을 집 안에 들여놓았다고 비난하는 것 같았다. 개는 내가 그것을 막을 수 있었을 거라고 굳게 믿고 있었다. 개가 나를 언제나 과신하고 있었음이 이제야 나타났다. 개에게 그것을 설명해 줄 시간이 없었다. 개는 죽기 전까지 나를 외롭고 낯선 눈빛으로 응시하였다.

혹은 가을에 첫서리가 내린 후 파리가 방 안으로 들어와 양지에서 다시 한번 몸을 녹일 때, 나는 공포를 느꼈다. 파리는 이상하게도 바싹 말라 있었으며 자기가 윙윙거리는 소리에도 놀랐다. 무엇을 하는지 스스로도 잘 모르는 모습이었다. 몇 시간 동안이나 양지에 앉아 있다가 자신이 아직 살아 있다는 생각이 떠오르면 날아가게 된다. 그러다가 정신없이 어디론가 날아가 거기서도 무엇을 해야 좋을지 모르자, 또 계속 날아다니다가 떨어져 여기저기에서 뒹구는 소리가 들렸다. 마침내 도처에 기어다니다가 온 방 안을 서서히 죽음의 분위기로 만들었다.

그러나 나는 혼자 있을 때에도 공포를 느꼈다. 죽음에 대한 공포로 떨며 앉아 있으면서, 최소한 앉아 있는 것도 살아 있다는 뜻이며 죽은 자는 앉아 있지도 못한다는 생각에 시달리고 있었는데, 왜 나는 그런 밤들이 없었던 것처럼 행동해야 할까? 그것은 언제나 내가 우연히 투숙하게 된 방에서 일어나는 일이었다. 그 방은, 만일 내가 위험에 처하면, 심문을 받거나, 그런 기분 나쁜 일에 말려들까 봐 두려워하는 듯 즉시 나를 방치해 버리는 것이었다. 나는 거기 앉아 있었다. 어찌나 끔찍하게 보였는지 아무것도 나를 보고 아는 척할 수 있는 용기가 없는 것 같았다.

내가 정말 금방 불을 켜준 등마저도 나에 관해서 관심이 없었다. 그저 텅 빈 방에 불이 켜진 것처럼, 그렇게 묵묵히 타고 있었다. 내 마지막 희망은 언제나 창이었다. 나는 창밖에는 지금도 혹은 갑자기 비참하게 죽어가는 순간에도 내게 위로가 되어줄 어떤 것이 있으리라는 공상을 했다. 그러나 나는 그런 것을 거의 보지는 못했기에, 차라리 창이 벽처럼 막혀 있기를 바랐다. 창밖에는 언제나 똑같이 무관심한 밤이 계속되고 있고, 또한 나의 고독 외에는 어떤 것도 위로가 되지 않는다는 것을 이제 알았기 때문이었다. 내가 자초한 고독, 내가 감당할 수 없을 만큼 커진 고독이 밖에도 있었다. 문득 옛날에 헤어졌던 사람들이 떠오르고 왜 그 사람들과 헤어지려 했는지 알 수 없었다.

아, 신이여. 그러한 밤들이 내게 다가오면, 내가 때때로 생각할 수 있었던 생각들 중에 최소한 한 가지라도 생각할 수 있게 해주십시오. 그럴 때 내가 요구하는 것은 그리 무리한 것은 아니라고 여깁니다. 그런 생각은 내 공포가 너무 컸기 때문에 그런 데에서 공포가 생겨난 걸 알기 때문입니다. 내가 소년이었을 때, 겁쟁이라고 해서 뺨을 얻어맞았습니다. 그것은 내가 그리 무섭지 않은 것도 무서워했기 때문이었습니다. 그러나 그 이후 나는 진짜 무서운 공포를 두려워하는 것에 익숙해졌습니다. 공포를 일으키는 힘이 증가할수록 공포는 늘어만 갈 뿐입니다. 사람은 자신이 느끼는 공포 속에서 오직 그 힘을 상상해 볼 수 있을 겁니다. 공포는 전혀 알 수 없는 것이며, 우리에게 전적으로 반항하고 있는 힘이므로, 우리가 애를 써서 그 정체를 생각해 보려 하면 바로 우리의 뇌는 망가질 정도가 돼버립니다. 그럼에도 불구하고 나는 잠시 후에 그 힘이 우리의 힘임을, 아직 우리가 견뎌내기에는 너무 강한 우리 모두의 힘이라는 것을 믿게 되었습니다. 우리가 그 힘의 정체를 모르는 것은 사실이지만 그것이 우리가 최소한도로 알고 있는 바로 우리의 가장 특징적인 것이 아닐까요? 때때로 나는 하늘이 어떻게 형성되었는지, 죽음이 어떤 것인지 생각해 봅니다. 우리는 우리의 가장 소중한 것을 그보다도 먼저 처리해야 할 다른 일이 아직 많이 남아 있다는 이유로 밀쳐두었기 때문입니다.

우리가 바쁘게 몰두하고 있는 곳에서는 그 소중한 것이 안전하지 않다고 생각했기 때문입니다. 이제 시간은 흘러가 버렸고, 그리하여 우리는 하찮은 일들에 익숙해져 버렸습니다. 우리는 우리의 귀중한 것을 더 알지 못하게 되었으며 그 엄청나게 커다란 것에 놀라게 되는 겁니다. 그렇게 생각할 수 없을까요?

나는 아버지가 지갑 속 깊숙이 임종의 시간을 적어놓은 종이를 내내 지니고 다니셨던 심정을 이제 잘 알게 되었다. 조금도 특별한 임종일 필요는 없다. 임종의 모습은 어떤 거라도 거의 특별한 면모를 지니고 있기 때문이다. 예를 들면, 펠릭스 아르베르[37]가 어떻게 죽었는지 베껴둔 사람을 상상할 수는 없을까? 그는 병원에서 죽었다. 조용하고 침착하게 죽었기 때문에 간호하던 수녀는 실제 그가 죽기도 전에 이미 죽었다고 생각했을지도 모른다. 그 수녀는 어디서 이것저것을 찾을 수 있는가에 대한 그 무슨 지시를 아주 큰 소리로 외쳐댔다. 그녀는 상당히 무식한 수녀였는지, 어쩔 수 없이 쓰지 않으면 안 되었던 〈Korridor(복도)〉라는 단어를 본 적이 없어서 〈Kollidor〉라고 생각하고 그렇게 말했던 것이다. 그것을 듣고 아르베르는 죽음을 연장했다. 그는 먼저 틀린 것을 설명해 줄 필요를 느낀 것 같았다. 그는 의식이 또렷해지자, 그것은 〈Korridor〉라고 말해야 한다는 것을

---

37) 프랑스 시인(1806-1850).

그 수녀에게 설명해 주었다. 그러고 나서 그는 죽었다. 그는 시인이었는데, 애매한 것을 무척 싫어했거나 아니면 진실을 말해 주어야만 하는 성미였는지 모르며, 또는 마지막으로 세상 사람들이 너무 무심하다는 느낌을 갖고 죽는 게 싫었기 때문인지도 모른다. 이제 그것에 대해 판가름할 필요는 없다. 다만 그것이 참견하는 거라고 믿어서는 안 된다고 했다. 그렇지 않다면 성 장 드 디외[38]도 그런 비난을 받아 마땅할 것이다. 그는 외부와 차단된 단말마의 긴장 속에서 이상하게도 방금 정원에서 목을 매달아 죽은 남자가 있다는 말이 귀에 들어와 임종의 자리에서 벌떡 일어나 바로 그때 목을 맨 남자의 끈을 끊을 수 있었다.

눈으로 보고 있으면 전혀 피해를 끼치지 않는 사람이 있다. 우리는 그런 사람을 거의 의식하지 못하고 금방 다시 잊어버리고 만다. 그러나 그런 사람이 보이지는 않아도 어떻든 그에 대한 말이 들리기만 하면 그것은 귓속에서 자라난다. 말하자면 부화되어 개의 코로 들어오는 폐렴균처럼 우리의 뇌로 밀고 들어와 그 속에서 파괴해 가면서 커져가는 경우를 보았다.

이런 존재가 이웃 사람이다.

나는 혼자서 떠돌아다닌 이후 수없이 많은 이웃 사람들을 만났다. 위층의 이웃, 아래층의 이웃, 오른쪽, 왼쪽의 이

---

38) 장 드 디외 Jean de Dieu(1495-1550): 포르투갈의 설교사, 환시자, 종단 설립자로 1690년 성인으로 추앙되었다.

웃, 때때로 모든 이웃을 동시에 만나기도 했다. 나는 그냥 이웃에 관한 이야기를 쓸 수 있을 것 같다. 어쩌면 평생 걸릴 작업인지도 모르겠다. 물론 그것은 이웃으로 인해 내게 발병한 질병에 관한 이야기가 될 것이다. 그런데 이웃 사람들은 자기들과 비슷한 모든 생물처럼 그들이 어떤 조직 속에서 불러일으키는 장애 속에서만 자신의 존재를 인식할 수 있다는 것이다. 나는 변덕스러운 이웃과 아주 고지식한 이웃을 가졌다. 나는 앉아서 첫번째 변덕스러운 이웃이 만들어낸 규정을 찾아내 보려고 해보았다. 그들도 어떤 규정을 틀림없이 가지고 있었다. 그리고 아주 고지식한 이웃 사람이 어느 날 저녁 들어오지 않자, 나는 불을 켜놓고 젊은 새댁처럼 걱정을 하며 그에게 무슨 사고가 생긴 것은 아닌가 하고 공상해 보았다. 나는 증오했던 이웃도 가졌고, 어느 열렬한 사랑에 휘말린 이웃들도 가졌다. 또는 한밤중에 이웃집의 어떤 것이 다른 어떤 것으로 급히 바뀌는 것을 체험했다. 그런 밤이면 물론 잠을 잘 수가 없었다. 그래서 잠이라는 게 보통 사람들이 생각하듯 그렇게 자주 오지는 않음을 알 수 있었다. 예를 들면 내가 페테르부르크에 있을 때 두 사람의 이웃은 잠을 그리 중요하게 여기지 않았다. 왼쪽에 살던 한 이웃은 서서 바이올린을 켰는데, 그는 틀림없이 말할 수 없이 멋진 8월의 밤에 계속해서 불을 켜놓고 잠을 자지 않고 있는 집들을 바라보았을 거다. 오른쪽에 살던 이웃 사람에 대해서는 그가 누워 있었던 것을 어쨌든 기억하고 있다. 내가 깨어 있을 때에도 그는 결코 일어난 적이 없었다. 그는 눈마저 감고 있었지만 그가 잔다고 말할 수는 없었다. 그는 누워서 어른들이 아이들에게 시켜서 암송하는 듯한 어조로 푸슈킨과 네크라소프의 긴 시를 암송하고 있었다. 왼쪽에 사는 이웃 사람의 바이올린 소리에도 불구하고 내 머릿속에 박혀 있는 것은 오른쪽에 살았던, 시를 암송하는 사람이었다. 오른쪽에 사는 이웃을 종종 찾아오던 학생이 어느 날 문을 혼동하여 내 방에 찾아오는 일이 없었더라면. 그 학생은 내게 그의 친구 이야기를 해주었는데 그 이야기가 어느 정도 나를 안심시켜 주었다. 어쨌든 그것은 정확하고 명백한 이야기였으므로 내 온갖 상상의 번데기는 그것으로 껍질을 벗었다.

옆방의 말단 공무원[39]은 어느 일요일에 기묘한 일을 해결해야겠다는 생각이 들었다. 그는 자신이 분명히 오래 살 수 있을 거라고, 그러니까 아직 50년은 더 살 수 있을 거라고 가정해 보았다. 이렇게 넉넉하게 가정하고 보니 기분이 몹시 상쾌해졌다. 그런데 그는 지금 스스로 시간을 앞질러 보고 싶은 생각이 들었다. 그는 곰곰이 생각한 나머지, 그 50년이라는 시간을 하루로 바꾸고, 시간으로, 다시 분으로, 정말 견딜 수 있다면, 초로도 바꿀 수 있다고 생각하고, 계산하고 또 계산하여 지금까지 한번도 보지 못한 총액이 나왔다. 머리가 어지러웠다. 조금 진정해야 할 정도였다. 평소

---

39) 쿠스미취 이야기 자체는 러시아 문학에서 고골(1809-1852) 이래 즐겨 쓰인 그로테스크하고 풍자적인 관리 묘사(예: 고골의 「코」)에 영향을 받은 것으로 보인다.

에 시간은 귀중한 거라고 들어왔는데, 그런 엄청나게 많은 시간을 갖고 있는 인간을 감시하는 사람이 없다는 것이 그에게는 놀라웠다. 그냥 쉽게 도둑맞을 수도 있었다. 그러다가 그는 다시 기분이 좋아져 들뜬 상태가 되어서 좀더 풍채가 당당하게 보이도록 털외투를 걸치고 시간이라는 그 환상적인 재산을 자신에게 선물했다. 그러고는 약간 겸손하게 자신을 향해 말했다.

「니콜라이 쿠스미취」하고 호의적으로 말을 걸었다. 그러고 나서 또 한 명의 자신이 외투를 걸치지 않고 왜소하고 초라하게 말의 꼬리털로 된 소파에 앉아 있는 모습을 상상했다. 「니콜라이 쿠스미취, 나는 말이야」하고 그는 말했다. 「당신은 자신이 가진 부에 관해 조금도 자만해서는 안 되겠지. 재산이 중요한 게 아님을 항상 생각하게나. 세상에는 가난한 사람들 중에서도 존경할 수 있는 사람이 있네. 거리에서 행상을 하며 돌아다니는 몰락한 귀족들도 있고, 장군의 딸도 있지」자선 사업가는 시내 전체에 알려져 있는 갖가지 사례들을 열거했다.

시간을 선물받고 말털 소파에 앉아 있는 또 하나의 니콜라이 쿠스미취는 아직은 거만한 태도를 전혀 보이지 않았다. 그는 이성적으로 행동하리라 본다. 실제로 그는 겸손하고 고지식한 생활 자세를 조금도 바꾸지 않았다. 일요일에는 시간을 계산하느라 시간을 보냈다. 그러나 몇 주일 후 그가 말할 수 없을 정도로 많이 지출했음이 드러났다. 절약해야 한다고 생각했다. 아침에 일찍 일어나서 세수도 꼼꼼하게 하지 않고, 차도 서서 마시며, 관청에는 달려가서 너무 일찍 도착하게 될 정도였다. 그는 모든 일에 시간을 조금씩 절약했다. 그러나 일요일에 계산을 해보니 하나도 절약되지 않았다. 그때 그는 자신이 사기당했다는 생각이 들었다. 〈바꿀 필요가 없었는데〉라고 그는 중얼거렸다. 1년이라는 시간이 얼마나 긴 것인지. 그러나 그에 비해 이 하찮은 잔돈은 어찌된 일인지 금방 없어진다. 그렇게 해서 어느 기분 나쁜 오후가 되었는데, 그는 말털 소파에 앉아서 외투를 걸친 신사를 기다리며, 그 이전의 시간을 되돌려 받으려고 생각했다. 문을 걸어 잠그고, 되돌려줄 때까지는 그를 나가지 못하게 하겠다고 마음먹었다. 「지폐로 돌려달라」하고 그는 말하려고 했다. 「10년짜리 지폐로라도」 10년짜리 지폐 넉 장, 5년짜리 지폐 한 장 그리고 그 나머지는 그에게 주려 했다. 그래, 그는 어려운 문제가 일어나지 않도록 그 남은 5년을 그에게 선사할 준비가 되어 있었다. 그는 소파에 앉아서 초조하게 기다렸으나, 그 신사는 오지 않았다. 니콜라이 쿠스미취는 몇 주일 전에 자신이 거기에 앉아 있는 모습을 쉽게 상상할 수 있었는데, 그가 실제로 그 소파에 앉게 되자, 외투를 걸친 품위 있는, 다른 니콜라이 쿠스미취의 모습을 이제는 상상할 수 없게 되었다. 그 신사가 어떻게 되었는지는 모르겠다. 아마도 사기 행각이 들통나 이미 어느 감옥에 갇혀 있는지도 모르겠다. 분명히 그 신사는 니콜라이 쿠스미취만을 사기친 것은 아니었다. 그런 고등 사기꾼은 늘 일을 크게 꾸미게 마련이니 말이다.

니콜라이 쿠스미취는 최소한도 하찮은 1초의 일부라도 바꾸어줄 수 있는 국가적인 시설, 일종의 시간 은행 Zeitbank 같은 것이 있으리라는 생각이 떠올랐다. 어쨌든 1초의 시간도 가짜는 아니었기 때문이다. 그는 그런 시설에 대해 들은 적이 없었지만, 어쩌면 주소록에서 그런 것을 찾아낼 수 있을지도 모른다는 생각이 들었다. Z자로 시작되는 항에 실려 있을지도 모르고, 어쩌면 또 시간의 은행 Bank für Zeit이라고 부를지도 모르니, B로 시작하는 주소에서 쉽게 찾을 수 있을 것이다. 경우에 따라서는 그 중요성에 비추어볼 때 제국 기관 Kaiserliches Institut일지도 모르니까 K항을 참조해봐야 할지도 모른다.

나중에 니콜라이 쿠스미취는 그 일요일 저녁에는, 짐작하다시피 매우 침통한 기분이었겠지만, 술은 전혀 마시지 않았음을 언제나 강조했다. 그러니까 다음과 같은 일이 일어났을 때에 그는 아주 멀쩡한 정신이었음이 분명했다. 모퉁이에서 약간 졸았을지도 모른다. 그것은 어쨌든 생각할 수 있는 일이었다. 이렇게 잠깐 존 게 우선 그의 기분을 상쾌하게 해주었다. 내가 숫자에 관련되었구나 하고 그는 혼자 중얼거렸다. 지금 나는 숫자에 대해서는 아무것도 모르지만, 숫자에 그리 큰 의미를 부여해서는 안 된다는 것은 분명하다. 말하자면 숫자라는 것은 정리를 위해 만든 국가의 방편일 뿐이기 때문이다. 아무도 종이 위가 아닌 다른 곳에서 숫자를 본 적은 없었다. 예를 들면, 어떤 사회에서 7이라든지 25라든지 하는 숫자를 만났던 사람은 없다. 그러니 숫자라는 것은 전혀 있지가 않았다. 그러다가 시간과 돈을 마치 분리할 수 없는 듯 자신도 모르게 혼동해 버렸다. 니콜라이 쿠스미취는 하마터면 웃을 뻔했다. 그런 책략을 눈치 챈 것은 다행이었는데, 그것도 제때에 알아차리는 게 가장 중요했다. 이제는 달라져야 한다. 시간이라는 것, 이것은 정말 귀찮다. 그러나 이것은 니콜라이 쿠스미취 자신에게만 해당되는 것일까. 시간은 니콜라이 쿠스미취 자신이 깨달은 것처럼 다른 사람들에게도 초 단위로 흘러가고 있는 것은 아닐까, 다른 사람들이 설령 깨닫지 못하고 있다 하더라도.

　니콜라이 쿠스미취는 남의 어리석음을 보고 사람들이 흔히 느끼는 야릇한 기쁨 같은 것을 느끼는 사람이었다. 어쨌든 시간은 흘러가리라고 그는 생각하려 했는데, 그때 무언가 특이한 일이 생겼다. 갑자기 그의 얼굴에 무엇이 흐르고 귀 가까이를 스쳐 지나가고, 손에도 그 감촉이 느껴졌다. 눈을 크게 뜨고 살펴보았다. 창문은 굳게 닫혀 있었다. 그가 어두운 방에 앉아서 눈을 크게 뜨고 있으니 지금 그가 느낀 것은 흘러 지나간, 실제의 시간이었음을 깨닫기 시작했다. 그는 이 모든 작은 초들을 형체로서 인식했다. 그는 1초 1초를 모두 형태를 가진 것으로, 곧 하나같이 미지근하지만 빠르디빠른 것으로 인식했다. 시간이 어떤 것을 계획하고 있는지는 몰랐다. 평소 바람만 불어도 그곳을 모욕적인 것으로 느꼈던 그에게 지금 이런 일이 일어나다니. 이제 그는 방에 앉아서 평생토록 시간이 그렇게 흘러가는 것을 느껴야 하리라. 그는 그것으로 인해 생길 신경통을 예견하고, 화가 치밀어 자신을 잊을 지경이었다. 그는 벌떡 일어 났지만 놀라운 일은 아직 끝나지 않았다. 그의 발 아래에도 움직임 같은 것이 있었다. 단순한 움직임이 아니라, 복잡하고 미묘하게 섞인 움직임이었다. 그는 어안이 벙벙하여 꼼짝하지 않고 있었다. 지구가 움직이는 것일까? 틀림없이 지구의 움직임이었다. 왜냐하면 지구는 움직이기 때문이었다. 그것에 관해 학교에서 들은 적은 있지만, 그 부분에 대해서는 빨리 지나가 버려 나중에는 애매해져 버렸다. 그것에 관해 말하는 것이 맞지 않는 일로 여겨졌다. 그러나 지금 그가 갑자기 예민해졌기 때문에 그는 그런 것도 느낄 수 있었다. 다른 사람들도 그것을 느끼고 있었을까? 느끼고 있지만 그런 기색을 나타내고 있지 않을지도 몰랐다. 어쩌면 선원들에게는 아무렇지도 않을지 모른다. 그러나 니콜라이 쿠스미취는 이 점에 있어서는 좀 민감해져 전차조차 타지 않았다. 그는 마치 갑판 위에 있는 듯 방 안을 비틀비틀 왔다갔다하며, 오른쪽이나 왼쪽으로 몸을 가누어야 했다. 불행하게도 그는 지축이 비스듬하다는 생각을 떠올렸다. 아니, 그는 이 모든 움직임을 견딜 수가 없었다. 비참하게 느껴졌다. 누워서 조용히 있으라는 글을 언젠가 읽은 적이 있었다. 그 이후로는 니콜라이 쿠스미취는 늘 누워 있었다.

그는 누워서 눈을 감고 있었다. 그러나 보면 흔들림이 적은 날들이 있었는데, 그럴 땐 잘 견딜 수 있었다. 그런 날에 그는 시를 가지고 해볼 무엇을 생각해 냈다. 그것이 얼마나 도움이 되는지 알 수 없었다. 만일 사람이 한 편의 시를 각운에 똑같이 악센트를 주면서 천천히 소리 내어 읽으면, 시선을 줄 수 있는 무언가 안정된 것이 생겨서 내면적으로 이해하게 된다. 그가 이런 시를 모두 알고 있었다는 것은 다행이었다. 그는 평상시에 특히 문학에 관심을 가졌기 때문이었다. 그와 오랫동안 사귀어온 학생의 말에 의하면 니콜라이 쿠스미취는 자신이 처한 상황에 대해 괴로워하지는 않았다고 한다. 그의 마음속에서는 그 학생처럼 돌아다니면서 지구의 움직임에 익숙해지는 사람들에 대해 몹시 감탄하는 마음이 생겨날 뿐이었다.

나는 이 이야기를 아주 정확하게 기억하고 있는데, 그것은 그 이야기가 내 마음을 말할 수 없이 가라앉혀 주기 때문이다. 나는 니콜라이 쿠스미취처럼 편안한 이웃을 두 번 다시 가진 적이 없었다고 분명히 말할 수 있다. 그 사람도 틀림없이 나에 대해서 감탄했을 것이다.

이런 경험을 한 이후로 나는 그와 비슷한 일이 있을 때에는 항상 먼저 사실을 규명하기로 마음먹었다. 나는 억측에 비해 사실이라는 게 얼마나 단순하고 마음을 덜어주는 것인지 깨달았다. 우리의 모든 통찰력은 나중에 습득된 것, 즉 총결산서일 뿐이라는 것을 알지 못했다. 그렇게 습득된 것 바로 뒤에는 다음에 습득될 것과 무관한 전혀 다른 내용을 지닌 새로운 면이 나타난다. 그런데 현재 당면한 경우에 쉽게 확인할 수 있는 몇 가지 사실들이 지금 내게 무슨 도움이 된단 말인가. 지금 이 순간에 내가 몰두하게 되는 문제가 무엇인지를 말하고 나면, 나는 그 몇 가지 사실을 곧 열거하려 한다. 내가 몰두하게 되는 문제는 곧 그 사실들이 ──지금 고백하거니와──정말 어려웠던 나의 처지를 오히려 더 어렵게 만들어주는 역할을 한다는 점이다.

그때 나는 글을 많이 썼음을 체면상 말해 두고 싶다. 지독하게도 글을 많이 썼다. 어쨌든 밖으로 나가면 집으로 돌아가는 것에 대해서는 생각하지 않았다. 심지어 나는 길을 빙 돌아가면서까지 글을 쓰는 데 걸리는 30분을 잃어버렸던 것이다. 이것이 내 약점이라는 것을 인정한다. 그러나 한번 방에 들어가 있게 되면, 나는 자신에 대해 아무것도 나무랄 수 없었다. 나는 계속해서 썼고 내 생활을 가지고 있었으며, 옆방의 생활은 나와 무관한, 전혀 다른 것으로서 시험 준비를 하고 있던 의학도의 생활이었다. 내게는 그와 비슷한 시험은 아무것도 없었다. 이미 그것만으로도 결정적인 차이가 있었다. 그 밖에도 우리가 처한 상황이 아주 달랐다. 나는 그 모든 것을 잘 알았다. 그런데 그 소리가 나타나는 것을 느끼는 그 순간, 우리 두 사람이 아무런 관계가 없다는 것을 잊고 있었다. 나는 귀를 기울여보았는데, 심장이 아주 크게 고동 치는 것을 알았다. 모든 것을 중지하고 귀를 기울였다. 그럴 때면 그 소리가 났다. 내 예감은 틀린 적이 없었다.

거의 누구나 양철로 된 둥근 물건, 예를 들면 깡통 뚜껑을 떨어뜨렸을 때 나는 소리를 알고 있다. 일반적으로 그것은 밑으로 미끄러지면서 떨어졌을 때에는 전혀 큰 소리가 나지 않는데, 그것이 단번에 툭 떨어지면, 가장자리를 세우고 계속해서 돌다가 흔들림이 잦아들어 정지하기 전에 사방으로 흔들리면서 부딪힐 때 비로소 불쾌한 소리를 낸다. 그것이 전부다. 나의 경우, 옆방에서 그런 양철로 된 물건이 떨어져 구르다가 멈추는데, 그사이에 일정한 간격으로 바닥에 부딪히며 제자리에서 소리를 내는 것이었다. 반복적으로 생겨나는 모든 소음처럼 이 소리도 내부적으로 조직을 가지고 있어 변해 가는데, 한번도 같은 소리를 낸 적은 없었다. 그런데 이것이 바로 그 소리의 법칙임을 말해 주었다. 심하게 소리를 낼 때도 있고, 부드럽게 혹은 슬프게 소리를 낼 때도 있었다. 아주 잠깐 소리를 내다가 그칠 때도 있고, 끝도 없이 계속 소리를 내다가 조용해질 때도 있었다. 그리고 마지막 흔들림은 언제나 놀라게 했다. 그와 반대로 거기에 따르는 제자리에서 바닥에 부딪히며 내는 소리는 거의 기계적인 것이었지만 늘 다르게 끊어지듯 소리를 내어서 마치 그의 사명인 것처럼 느껴졌다. 지금 나는 그 하나하나의 움직임을 그전보다 훨씬 더 잘 살펴볼 수 있다. 내 옆방은 텅 비어 있다. 그는 시골의 고향으로 갔다. 휴식을 해야 했기 때문이다. 나는 건물의 맨 꼭대기 층에 살고 있고, 오른쪽에는 한 채의 다른 집이 있고, 밑에는 아직 아무도 이사 오지 않았다. 나는 이웃 사람 없이 살고 있다.

이런 상태에 있다 보니 내가 문제를 좀더 가볍게 생각하지 않았던 것이 거의 이상스럽게 느껴졌다. 그때마다 내 감각이 나에게 미리 경고해 주었는데도 말이다. 그것을 잘 이

용했어야 했는데. 〈놀라지 마라, 곧 나타날 것이다〉 하고
자신에게 말을 했어야 했는데. 한번도 예감이 틀린 적이 없
었다는 것을 잘 알고 있었기 때문에 말이다. 그러나 그 이
유는 바로 내가 나 자신에게 말해 주었어야 할 사실에 있었
는지도 모른다. 그 사실을 들은 이후로는 더욱더 무서워하
게 되었다. 소리를 일으키는 것은 그가 책을 읽고 있는 동
안에 눈꺼풀이 저절로 오른쪽 눈 위로 내려와 눈이 감기게
하는 그 소리 없이 서서히 진행되는 작은 움직임에 수반되
는 소리라는 것을 듣고 나는 무서워졌다. 이것이 이웃에 사
는 그 의학도의 이야기 중 비록 사소한 것이지만 가장 본질
적인 것이었다. 그는 몇 차례 시험에 실패해서 자존심이 예
민해진 상태였다. 고향 가족들은 편지를 쓸 때마다 그를 재
촉해 온 듯했다. 그래서 정신을 차릴 수밖에 없었다. 그러
나 시험 치기 몇 달 전에 이런 병약함이 나타났다. 창문 커
튼을 아무리 올리려 해도 내려오듯, 이 우스꽝스럽고 어쩔
수 없는 작은 쇠약증이 나타났다. 나는 그가 몇 주일간은
그것을 억제할 수 있을 거라고 믿고 있었다고 확신한다. 그
렇지 않으면 내가 내 의지를 그에게 권하려는 생각이 떠올
랐을 리 없다. 어느 날 나는 그의 의지력이 쇠진해 버렸음
을 알았다. 그 이후로 나는 그 눈꺼풀이 내려오는 버릇이
시작됨을 느낄 때마다 내 쪽의 벽에 서서 그에게 내 의지를
이용해 달라고 부탁했다. 그리고 시간이 지남에 따라 그가
내 부탁을 들어주었음을 나도 분명히 느끼게 되었다. 사실상
아무 도움이 되지 않았다는 것을 생각하면, 그가 내 부탁을

받아들이지 않는 게 좋았을 뻔했다. 그렇게 함으로써 그 문제를 조금은 지연시켰다 하더라도 우리가 얻은 순간들을 그가 정말로 이용할 수 있었는지는 의문스러웠다. 내 과업으로 말하면 나는 그것을 느끼기 시작했다. 우리 층계에 누군가가 이사를 오던 바로 그날 오후에 나는 언제까지 이렇게 계속될 것인가 하고 자문한 기억이 난다. 누가 이사를 오게 되면 계단이 좁은 작은 호텔은 언제나 몹시 시끄러운 법이다. 잠시 후, 누군가가 이웃 의학도의 방에 들어가는 듯했다. 우리들의 출입구는 복도의 맨 끝에 있었고, 의학도의 문은 내 문 옆에 바싹 붙어 나란히 있었다. 조금 전에 쓴 것처럼 나는 그의 생활에 관해 전혀 관심이 없었음에도 불구하고 그의 방에 가끔 친구들이 오는 것을 알고 있었다. 그의 문이 아직도 여러 번 열리고 누군가 밖으로 나왔다 들어가는 듯했는데, 그거야말로 내 소관이 아니다.

그런데 그날 밤에는 그전보다 더 짜증이 났다. 아직 그렇게 밤이 깊지는 않았지만, 피로해서 잠자리에 들었다. 잠이 올 거라고 막연히 생각했다. 그때 누군가가 나를 건드리는 것 같아 나는 벌떡 일어났다. 그러고 나서 곧 무슨 소리가 들려왔다. 튀어오르고 구르고 어딘가에 부딪히고 흔들리다가 제자리에서 덜컥거리는 소리였다. 제자리에서 흔들리면서 바닥에 부딪히는 소리는 끔찍할 정도였다. 그사이에 한 층 아래에 사는 사람이 화가 나서 천장에 대고 쾅쾅 두드리는 소리도 들렸다. 새로 이사한 사람도 물론 방해를 받았다. 지금 그의 방문이 열리는 소리가 들렸다. 아주 조심스럽게 열었는데도 문 열리는 소리를 들었다고 생각하고 잠이 깨었다. 새로 이사온 사람이 가까이 오는 듯 느껴졌다. 틀림없이 그는 어느 방에서 이렇게 소란을 피우는지 알려고 했을 것이다. 이상스러웠던 것은 그가 정말 지나칠 정도로 상대방을 의식하고 조심스럽게 행동한 것이었다. 그는 이런 건물에서는 그토록 조용하게 행동할 필요가 없다는 것을 알 수 있었을 것이다. 왜 그는 발소리를 죽이는 걸까? 나는 잠시 그가 내 문 옆에 서 있다고 생각했다. 그러고 나서 틀림없이 그가 옆방으로 들어가는 소리를 들었다. 그는 노크도 없이 바로 옆방으로 들어간 것이다.

그리고 (정말 어떻게 그것을 표현해야 할까?) 지금은 조용해졌다. 통증이 멎었을 때처럼, 조용해졌다. 특이하게도 상처가 나을 때처럼 콕콕 쑤시는 듯한 정적이었다. 나는 바로 잠을 잘 수 있었을 텐데. 안도의 숨을 몰아쉬고 잠들 수도 있었을 텐데. 그러나 놀라움 때문에 잠을 자지 못하고 깨어 있었다. 누군가가 옆방에서 이야기를 하고 있었는데 그러나 그것도 고요하게 느껴졌다. 이 정적이 어떤 것인지 겪어봐야 하는데, 말이나 글로 재현할 수 없는 정적이었다. 바깥에도 모든 것이 마무리된 듯 조용했다. 일어나 앉아서 귀를 기울이고 있으니 마치 시골의 밤과 같았다.

아, 그의 어머니가 와 있구나 하는 생각이 들었다. 어머니는 등불 옆에 앉아서 아들과 이야기를 나누고 있었다. 아들은 어머니의 어깨에 머리를 약간 기대고 있을지도 몰랐다. 곧 어머니는 아들을 침대에 데리고 가겠지. 이제 나는 조금 전 복도의 조용한 발소리가 뭔지 알았다. 아, 그런 분이 있었구나. 우리와는 아주 다르게 문을 조용히 열고 들어가는 그런 사람이 있었어. 이제 그도 나도 잠을 잘 수 있겠지.

나는 옆방에 있는 의학도를 벌써 거의 잊고 있었다. 나는 그에게 진정한 동정을 가지고 있지 않았다는 것을 잘 알고 있다. 현관을 지나가다가 가끔씩 그에게 편지가 왔는지, 어떤 사연인지 물어본다. 좋은 소식이면 기뻐하지만 그것은 과장이다. 사실은 그것을 알 필요가 없다. 때때로 뜻밖에도 옆방에 들어가 보고 싶은 충동이 이는 것을 느끼는데, 그것은 그와는 무관한 일이다. 내 방문에서 그의 방문까지는 한 걸음일 뿐이며, 그의 방은 잠겨 있지도 않았다. 그의 방이 실은 어떤지 보는 것은 흥미로울 텐데. 사람은 쉽게 어느 방이든지 상상해 볼 수 있고 종종 그 상상이 대충 맞기도 한다. 다만 옆방만은 생각한 것과는 언제나 판이하게 다른 게 일반적이다.

내게 의학도의 방을 보려는 충동이 이는 것은 이런 사정 때문이라고 생각해 본다. 그런데 나를 기다리고 있는 것은 양철로 만든 물건이라는 것을 잘 알고 있다. 물론 내가 착각한 것일 수도 있지만 양철로 만든 뚜껑이라고 아예 단정했다. 그렇게 생각하는 것이 마음 편하며, 그 양철로 된 뚜껑 탓으로 돌리는 게 내 성미에도 꼭 맞기 때문이기도 하다. 의학도가 그 뚜껑을 고향으로 가지고 가지 않았다고 생각해 볼 수 있다. 아마도 정리도 할 겸 뚜껑을 원래 있던 자리인 깡통에 갖다 놓았을지도 모른다. 이제 이 뚜껑과 깡통은 정확하게 표현하자면, 둥근 깡통이라는 잘 알려진 단순한 개념을 형성한다. 깡통을 만드는 이 두 부분이 난로 위에 있다고 상상할 수 있을 것 같다. 정말 그것들은 거울 앞에 있다. 그 뒤에 속을 정도로 비슷한 모양의 깡통이 하나 비친다. 우리가 아무렇게나 생각하는 깡통, 예를 들면 원숭이는 그 영상을 잡으려고 할 수도 있다. 그렇다, 원숭이 두 마리가 그것을 양쪽에서 잡으려고 할지 모른다. 왜냐하면 원숭이가 난롯가에 닿자마자 두 마리로 보일지도 모르기 때문이다. 그런데 이 깡통 뚜껑이 내 머리에서 떠나지 않고 있다.

아무런 흠이 없는 깡통의 뚜껑이 진짜 깡통 뚜껑처럼 가장자리가 휘어져 있다고 생각해 보자. 그런 뚜껑은 깡통 위에 덮여 있는 것 외에는 어떤 욕심도 없는 게 틀림없다. 이것이 상상할 수 있는 최고의 것이며 최상의 만족이며, 그의 모든 소원들이 이루어진 것이라고 할 수 있다. 사람이 각자 따로 있을 때에 스스로 가장자리에 있다고 느끼듯이, 깡통의 뚜껑으로서는 약간 튀어오른 테 위에 느긋하고 부드럽게 돌려져 그 위에 자신의 무게를 골고루 맡기고 꽉 끼워져 있다는 느낌을 갖는 게 정말 바로 이상적이다. 아, 그러나 아직 그런 것을 판가름할 줄 아는 뚜껑은 별로 없다. 여기서 볼 때, 물건의 세계에 인간과의 접촉이 얼마나 혼란스럽게 작용했는지가 아주 명백히 드러난다. 인간을 아주 잠시 깡통의 뚜껑과 비교해 보면, 인간은 소위 깡통 위에 앉아 있는 것이 지극히 기분 나쁜 듯 앉아서는 언짢아한다. 이것은 인간이 급한 나머지 자신에게 알맞은 일을 하지 못했거나, 혹은 누군가가 그들을 화가 나서 잘못 앉혀두었다거나 혹은 서로 함께 있어야 할 테두리가 각자 제멋대로 구부러져 있기 때문이다. 솔직하게 말하면, 인간은 근본적으로 기회만 있으면 깡통에서 뛰어내려 구르다가 양철 소리를 낼 수 있기만을 바라고 있다. 그렇지 않다면 소위 이 모든 기분 전환과 그것으로 인한 소란은 어디에서 비롯된 것인가?

물건들은 이미 수백 년 동안 인간의 그런 짓거리를 보아 왔다. 물건들이 타락하여 그들이 본래 타고난 조용한 용도를 좋아하지 않고, 그들 주변의 인간들이 방탕하게 생활하듯이 마음대로 향락하고 싶어한다면, 결코 놀랄 일이 아니다. 물건들이 그들의 용도에서 벗어나서 기분이 나빠지고 태만해져 방탕한 생활을 하는 것이 포착되더라도 사람들은 조금도 놀라지 않을 것이다. 인간들 스스로 그런 것을 아주 잘 알고 있기 때문이다. 인간은 자신들이 강자이며, 기분 전환을 할 권리가 자기들에게 더 많다고 알고 있고, 그들의 행동을 누군가가 모방하고 있다고 느끼기 때문에 화를 낸다. 그러나 그들은 자신들이 방탕하게 생활하는 것처럼 물건들도 그렇게 하도록 내버려둔다. 그러나 예를 들어 밤이나 낮이나 만사에 자신만 의지하고 사는 고독한 자와 같이, 정신을 차리는 사람이 있으면, 바로 그 때문에 그는 타락한 기구들의 반발과 조롱과 증오를 도발하게 된다. 그것들은 앙심을 품고 있어서 무엇이든 마음을 바로잡고 자신의 의미를 찾으려 노력하는 것을 참을 수가 없는 것이다. 그래서 이 변질된 물건들은 고독한 인간을 파괴하고 위협하며 혼란스럽게 하기 위해서 결속을 하게 되며, 이 물건들은 그렇게 할 수 있다고 생각한다. 그리하여 서로 눈짓을 하며 유혹하기 시작하다가 그 유혹은 점점 엄청나게 커져 그런 유혹을 어쩌면 극복할지도 모르는 그 사람과 모든 존재들과 신마저도 자기 편으로 끌어들인다.

이제야 나는 그 놀라운 그림들을 잘 이해하게 되었다. 그 그림 속의 물건들은 한정되고 규칙적인 쓰임에서 벗어나 탐욕적이고 호기심에 차서 서로 몸을 대고 유혹하고 있으며, 기분 전환을 위해 어설프게 음란한 모습을 하면서 떨고 있다. 여기저기 굴러다니며 끓는 냄비, 생각하기 시작한 증류기 그리고 빈둥거리는 깔때기는 재미 삼아 구멍 속에 들어가 있기도 한다. 저기에는 또 질투하는 무(無)에 의해서 내던져진 사지들, 그 속에다 뜨뜻하게 구토를 하고 있는 얼굴들도 있고, 그들의 마음에 들려고 나팔을 불고 있는 엉덩이들도 있다.

그리고 성자(聖者)는 오그린 채 잔뜩 몸을 구부리고 있다. 그러나 그의 두 눈에는 이런 짓거리를 봐주는 시선이 있다. 그는 이미 보고 만 것이다. 그러면 벌써 성자의 오관은 그의 영혼의 맑은 용액에서 풀려나와 침전하기 시작한다. 그의 기도는 벌써 잎이 떨어지고 말라버린 관목처럼 입에서 나오고 있다. 그의 심장은 죽어버려 혼탁한 곳으로 흘러가 버렸다. 그의 고행의 채찍은 쇠파리를 쫓는 소의 꼬리처럼 슬쩍 그의 몸에 닿는다. 그의 성기는 다시 어느 부분에만 달라붙어 있다가, 풍만한 가슴을 드러낸 여자가 몸을 쫙 펴서 서둘러 오는 것만 보더라도 손가락처럼 가늘게 일어나 여자를 가리킨다.

나는 이 그림들을 골동품 같다고 여긴 때도 있었다. 그것들을 의심해서가 아니다. 이 일은 그 당시, 어떤 경우라도 신으로부터 즉각 시작하려 한 성자들, 열성에 충만하여 너무도 성급했던 성자들에게 일어났음을 나는 상상할 수 있었다. 우리는 우리 자신에게 이런 것을 기대하지는 않는다. 왜냐하면 신은 우리가 감당하기에는 너무 힘들며, 우리를 신으로부터 분리하는 긴 작업을 서서히 행하기 위해서는 신을 뒤로 미루어야 한다는 것을 예감하고 있기 때문이다. 그러나 그 일이 성자처럼 행동하는 것만큼 이론의 여지가 있는 것임을 나는 이제 와서 알게 되었다. 옛날에 동굴이나 텅 빈 숙소에서 신을 섬기기 위해 고독해진 사람들의 주위에서 형성되었던 것처럼, 그들로 인해 고독한 모든 사람의 주위에도 이런 것이 생긴다는 것을.

사람들이 고독한 사람에 관해 말할 때면 언제나 너무 많은 것을 전제한다. 즉 보통은 고독한 사람이 어떤가를 듣는 사람이 알고 있을 거라고 생각한다. 그러나 그들은 그것을 모르고 있다. 왜냐하면 그들은 고독한 사람을 한번도 본 적이 없고 그가 어떤 사람인지 모르면서 그를 미워했기 때문이다. 그들은 이웃 사람들로서 고독한 사람에 대해 소문을 퍼뜨리고 옆방에서 소리를 내어 그를 유혹하기도 하고 물건으로 그에게 자극을 주기도 하여 소란을 피우고 그에게 더 큰소리를 쳤다. 그가 연약한 아이였을 때, 아이들도 단결하여 그를 싫어했기에, 자라면서 그는 어른들에 대해 적개심을 가지게 되었다. 어른들은 짐승을 사냥하는 것처럼 그를 찾아냈고, 그는 긴 청소년기 동안 금렵기(禁獵期)도 없이 보냈다. 그래도 그가 지치지 않고 거기에서 벗어나면, 그들은 그가 남겨놓은 것에 대해 비난하고 불쾌하다고 하면서 그를 의심하기 시작했다. 그래도 그가 귀를 기울이지 않으면 그들은 더 노골적으로 그의 음식을 뺏어 먹었다. 그리고 그가 숨쉴 공기를 다 마셔버리고 그의 가난에 대고 침을 뱉었다. 그래서 가난이 그에게 혐오스러워졌다. 그들은 그가 전염병에 감염된 것처럼 비방을 하고 다니면서 그에게 돌을 던져 빨리 그곳에서 떠나가도록 했다. 그들의 낡은 본능으로 볼 때는 그들이 옳았다. 그는 진정 그들의 적이었기 때문이다.

그래도 그가 관심을 보이지 않자, 그들은 깊이 생각해 보았다. 그들은 자신들이 할 수 있는 모든 것을 다 시도해 보았으며, 외로움 속에 있는 그를 더욱 강하게 만들었고, 그가 영원히 자기들로부터 등을 돌리는 것을 도와주었다고 느끼기 시작했다. 그래서 그들은 태도를 갑작스레 바꾸어서 마지막 방책을, 최후의 방도인 명성이라는 저항의 방도를 강구했다. 이런 소란 속에서 사람들은 거의 누구나 눈에 불을 켜고 이성을 잃게 되었다.

오늘 밤 소년 시절에 한번 빠져든 적이 있었던 책 한 권이 다시 내 머리에 떠올랐다. 책의 표지는 녹색이었다. 그런데 왜 내가 그 책을 마틸데 브라에 양의 것이라고 상상했는지 모르겠다. 그 책을 갖게 되었을 때에는 관심이 없었고 여러 해가 지난 후 비로소 그것을 읽게 되었다. 울스고르에서 휴가를 보내고 있었을 때 읽은 거라고 기억한다. 그런데 나는 그 책을 처음 보는 순간에 흥미가 느껴졌다. 겉보기에도 많은 내용이 듬뿍 들어 있을 것 같았다. 표지의 녹색이 무언가를 의미하는 듯했고 안의 내용도 그럴 것이라고 직감했다. 약속이나 한 것처럼 처음에 매끄럽고 흰 물결무늬가 든 하얀 면지(面紙)가 보이고 그다음에는 신비스럽게 여겨지는 제목이 적힌 속표지가 보였다. 그 속에는 분명히 삽화가 들어 있을 것 같았는데, 없었다. 그런데 그것도 그래야 한다고 거의 억지로 인정해야만 했다. 어느 한 페이지에 좁다란 리본으로 된 표지가 있는 것을 발견하고 어쩐지 보상을 받은 기분이 들었다. 그 리본 표지는 낡았어도 아직 핑크색이 남아 있는 듯한 느낌이 들었는데 언제부터인지 모르지만 같은 페이지 사이에 약간 비스듬하게 꽂혀 있었다. 어쩌면 이 리본은 한번도 사용된 적이 없었을지도 모르고, 제본공이 제대로 보지 않고 서둘러 부지런히 거기에다 끼워넣었는지도 모른다. 혹은 어떤 사정이 있었을지도 모른다. 누군가가 거기에서 읽다가 그만두고 다시는 읽지 않았을 수도 있다. 그 순간에 운명이 문을 두드려 그를 바쁘게 만들어서 그가 모든 책에서 멀어져 버렸는지도 모른다. 결국 책이라는 것이 생 자체가 아님에랴. 그 책이 계속 읽혀졌는지는 알 수 없었다. 그냥 계속해서 그 페이지만을 펴보았을 수도 있고, 가끔씩 밤에 겨우 그 페이지를 펼쳐서 읽었다고 생각해 볼 수도 있다. 어쨌든 나는 누군가가 서 있는 거울 앞에서 느끼던 것처럼 그 두 페이지가 겁이 나서 다시는 그것을 읽지 않았다. 그 책을 끝까지 읽었는지 도무지 기억나지 않았다. 그 책은 아주 두껍지는 않았지만 여러 가지 이야기가 그 속에 들어 있었다. 특히 오후에 펼쳐보면 언제나 아직도 모르는 이야기가 들어 있었다. 지금도 여전히 두 가지 이야기를 기억하고 있으니 어떤 이야기였는지 지금 말해 보려 한다. 그리샤 오트레표브[40]의 최후와 용감한 왕 샤를[41]의 몰락에 대한 이야기이다.

내가 당시 그 이야기를 읽고 어떤 인상을 받았는지는 모르겠다. 그러나 여러 해가 지난 지금, 러시아의 가짜 왕의 시신이 군중들 속에 던져져 갈기갈기 찢어지고 찔려서 얼굴

---

40) 러시아의 공포왕 이반 그로스니 Iwan Grosnij의 아들인 표도르 1세 (1557-1598)가 죽은 후 그 처남인 보리스 고두노프가 통치를 맡았다. 표도르 황제의 이복동생인 드미트리 이바노비치는 1591년 10세에 살해당했다. 당대인들이 이미 고두노프를 교사자로 보았다. 이후의 권력 투쟁에서 네 명의 사기꾼들이 잇달아 합법적인 왕위계승자 드미트리임을 자처하였다. 그 사기꾼들 중 첫번째가 그리샤 오트레표브 Grischa Otrepjow였는데 폴란드 쪽의 도움으로 왕위에 오를 수 있었으나 곧 반란으로 죽임을 당했다(1606).

41) 샤를 왕(1433-1477)은 수많은 정복을 통하여 부르고뉴(부르군트) 공국을 강화했다. 그는 1476년 그랑송과 부르탱의 전투에서 패배하면서 몰락하기 시작했는데 낭시 근교의 싸움에서 1477년 1월 5일 전사하였다.

에 가면이 씌워진 채 3일간이나 방치된 상태에 있었다는 이야기가 생각난다. 그 작은 책이 다시 내 손에 들어올지는 물론 전혀 알 수 없다. 그러나 이 부분만은 이상하게도 기억에 남아 있다. 나는 왕이 대비와 만나서 어떻게 되었는지 궁금해서 다시 읽어볼 생각도 났지만 그렇게 하지를 못했다. 왕은 어머니를 모스크바로 불러들였을 때 아주 자신감을 갖고 있었던 것 같다. 그 당시 그는 스스로 전지전능하다고 믿고는 사실상 자기 어머니를 불러들여야 한다고 생각했다는 확신마저 든다. 그래서 왕의 어머니 마리아 나고이는 보잘것없는 수녀원에서 급히 서둘러 달려왔고, 그녀가 인정만 하면 정말 모든 것을 얻게 되어 있었다. 그러나 대비가 그를 인정할 때부터 그가 곧 불안을 느끼기 시작한 것이 아닐까? 나는 그의 변신의 힘은 이제 어느 누구의 아들도 아니라는 데에서 비롯된 거라고 믿었다.

(결국 그것은 집을 나온 젊은이면 누구나 가지는 힘이다.)

백성은 어떤 왕을 추대할 것인지 그려보지도 않고 오로지 왕을 원하기만 했으므로 왕이 더욱 마음대로 무한정 힘을 발휘하게 만들었다. 그러나 왕의 어머니가 스스로 그를 자식으로 인정한 것은 기만이었지만 그를 약화시킬 수 있는 힘도 가지고 있었다. 왕의 어머니는 그를 풍부한 공상의 세계에서 끄집어내어 지칠 정도로 시키는 대로 따라하게 만들었다. 일일이 그에게 지시하여 그가 아닌 다른 어떤 사람을 모방하는 사람으로 전락시켰다. 그를 사기꾼으로 만들어버린 것이다. 거기다가 왕비인 마리나 므니첵[42)이 가세하여 은

근히 그의 힘을 해체시키면서 그 자신을 부인하고 말았다. 나중에 밝혀진 바로는 누구든 상관없이 모두를 그냥 믿은 것이다. 이 이야기의 전말이 책에서 어느 정도 다루어졌는지 물론 단언할 수는 없지만 그 대목까지는 언급되었을 것 같다.

그러나 그것은 별도로 하고도 이 일은 전혀 쓸모없는 옛 이야기가 아니다. 마지막 순간을 아주 신중하게 처리하는 작가를 지금 생각할 수 있으리라. 작가가 그렇게 하는 것이 부당한 일은 아닐 거다. 최후의 순간에 많은 사건들이 일어나기 때문이다. 가짜 왕 그리샤는 깊은 잠에서 깨어나 창으로 뛰어가 창을 뛰어넘고 위병들이 있는 안뜰로 뛰어내린다. 그는 혼자서는 일어날 수 없을 정도로 다쳐서, 위병들이 도와주어야 일어날 수 있었다. 아마 발이 부러졌겠지. 그는 위병들 두 명에게 기대면서 그들이 아직 자기를 믿고 있음을 느꼈다. 그는 주위를 둘러보고는 다른 위병들도 자기를 믿고 있다고 느꼈다. 그러자니 이 거인처럼 큰 근위병들이 거의 불쌍하게 여겨지기까지 했을 것이다. 사태는 이 지경에까지 이르렀다. 그들은 이반 그로스니를 실제로 샅샅이 알고 있었을 텐데도 그를 믿고 있는 것이다. 그는 위병들에게 사실을 털어놓을 생각도 있었지만 입을 열게 되면 통증이 심해 그냥 고함을 지를 것 같았다. 발의 통증이 미칠 듯이 심해서 그 순간에 자신이 처한 위험에 대해서는 거

---

42) 오트레표브의 폴란드인 아내. 오트레표브가 죽은 후 제2의 가짜 드미트리와 결혼했다.

의 생각하지 않고, 오로지 통증만을 생각했다. 그런데 이미 닥칠 일에 대처할 시간은 없었다. 사람들이 몰려왔고, 그는 맨 앞에 선 슈이스키[43]를 보았고 모두가 그의 뒤에 따라오는 것을 보았다. 곧 끝장이 나겠지. 그러나 그때 그의 근위병들이 그의 주위를 둘러서서 그를 넘겨주지 않으려 했고 기적이 일어난다. 이 늙은 근위병들의 믿음은 다른 위병들에게 전달되어 갑자기 아무도 더 앞으로 나오려고 하지 않는다. 그에게 바싹 다가선 슈이스키는 기가 차서 창문을 향해 소리를 질러댔다. 가짜 왕 그리샤는 돌아보려고도 하지 않으나 그는 그곳에 누가 서 있는지 알고 있다. 정말 순식간에 조용해졌다. 이제 그전부터 귀에 익어온 목소리가 들릴 것이다. 날카롭게 고양된 목소리. 그때 그를 부인하는 어머니의 목소리를 듣는다.

여기까지는 이야기가 저절로 진행된다. 그러나 지금부터 이야기할 사람이 필요하다. 왜냐하면 남은 몇 줄에서는 어떤 항변도 이겨 넘길 강렬한 힘이 나와야 하기 때문이다. 어쨌든 들리는 목소리와 권총 소리 사이에, 어쩔 수 없이 끼어서, 다시 한번 모든 것이 되려는 그의 의지와 힘이 그의 내부에서 분출되었다는 것을 장담할 수 있어야 한다. 그렇지 않으면 비명과 총소리가 그의 잠옷을 꿰뚫고, 마치 한 인간의 강인함을 무찌르듯이, 그의 내부 여기저기를 이리 찌르고 저리 찌르던 일이 한치의 에누리 없이 그 장담과 맞

---

43) 오트레표브를 밀어낸 반란의 주동자.

아떨어진 것을 사람들은 어떻게 이해할 수 있겠는가. 그리고 죽음 속에서도 그가 아직 가면을 쓰고 있었음을, 벌써 3일 동안이나 거의 포기했었던 황제의 가면을 쓰고 있었던 걸 어떻게 이해할 수 있겠는가. 지금 생각하면 같은 책 안에서 온 생애를 통해 변함없이 똑같았던 사람의 종말 이야기가 나오는 것은 이상한 일로 여겨진다. 그 대리석처럼 딱딱하고 변함이 없었으며 그를 견뎌내야 했던 모든 사람에게 갈수록 무거운 짐이 되었다. 디종에는 이 용장 샤를 공의 초상화가 있다. 그는 성질이 급하고 괴팍하며 오만하고 난폭했다는 것도 잘 알려진 사실이다. 다만 그의 손에 대해서는 아무도 생각하지 않았을 것이다. 그의 손은 지독하게 뜨거웠기 때문에 언제나 식혀야 했고 자신도 모르게 손가락을 벌려 손가락 사이에 공기를 집어넣거나 차가운 것 위에다 손을 올려두어야 했다. 피가 머리로 올라가듯이 이 손으로 흘러 들어갔기 때문에, 그의 두 손은 실제로 미친 사람의 머리처럼 온갖 공상들이 소용돌이쳤다.

이런 피로 살아가자면 무척 조심해야 했다. 그래서 샤를 공은 자신 안에 틀어박혀 있었다. 가끔씩 이 피가 은밀하고 어둡게 몸을 돌아다닐 때면 그는 두려워했다. 포르투갈인의 피가 반쯤 섞여 있는 자신의 격정적인 피를 그는 거의 알지 못했다. 그 피는 그에게 끔찍하게도 낯설었다. 자고 있는 동안에도 피가 자신을 공격하여 찢어버릴 수 있다고 생각하면서 종종 불안해했다. 그는 피를 길들이려는 것처럼 보였으나 언제나 피를 두려워하고 있었다. 그는 피가 질투할까 봐 어떤 여자도 사랑하려 하지 않았다. 피가 아주 격렬했으므로 포도주를 한번도 입에 갖다 대지 않았으며, 술을 마시는 것 대신 장미 잼으로 피를 달래어주었다. 그러나 그라송이 함락되었을 때, 로잔의 진영에서 딱 한번 포도주를 마셨다. 그때 그는 아파서 드러누워 있으면서 상당히 덜 익은 포도주를 마셨다. 그러나 그 무렵 그의 피는 잠자고 있었다. 무의미했던 만년에는 피가 때때로 짐승의 잠처럼 깊이 잠에 떨어지는 때도 있었다. 그러니까 그가 얼마나 피의 힘에 압도당하고 있는지 뚜렷해졌다. 피가 잠이 들면 그는 아무것도 아니기 때문이었다. 그럴 때면 그를 시중드는 사람들 중의 어느 누구도 들어갈 수 없었다. 그는 사람들이 말하는 것도 알아듣지를 못했다. 그의 모습이 처참해져 외국 사신에게 보여줄 수 없었다. 그럴 때면 그는 앉아서, 피가 깨어나기를 기다렸다. 그리고 대체로 피는 갑자기 일어나 심장에서 터져나와 끓어올랐다.

이 피를 위해 그는 아무 쓸모 없는 온갖 물건들을 끌고 다녔다. 세 개의 커다란 다이아몬드와 엄청난 보석들, 플랑드르의 레이스, 아라스의 벽걸이 등을 한 무더기씩 가지고 다녔다. 금실을 꼬아 만든 그의 비단 천막과 그의 시종들용의 4백 개의 천막. 그리고 나무에 그린 그림, 순은으로 된 열두 명의 사도상, 타렌트의 왕자, 클레베 공, 바덴의 필립 공, 샤토 공의 태수 등을 수행했다.[44] 왜냐하면 그는 자신이

----

44) 모두 샤를 왕의 동맹자들이다.

황제로서 아무도 그를 지배하지 못한다는 것을 자기의 피에게 보여줘서 피가 그를 두려워하게 하려 했다. 그러나 그런 것을 증명해 보였는데도 그의 피는 그를 믿지 않았다. 의심이 많은 피였다. 잠깐 동안은 그의 피가 갈피를 못 잡도록 할 수 있었다. 그러나 우리의 호른[45]은 그를 배반했다. 이후 그의 피는 자신이 패배자의 피인 것을 알고는 밖으로 나오려 했다. 지금 나는 그의 이야기를 이렇게 이해하고 있다. 그러나 그 당시에는 사람들이 그를 찾아다니던 공현절[46]에 대한 장면을 읽고는 특히 깊은 감명을 받았다.

이상하게도 급하게 끝나버린 낭시에서의 전투 바로 직후, 그리고 공현절 전날에 로트링엔의 젊은 영주[47]는 폐허가 된 고향 도시 낭시로 말을 타고 들어와서는 그 다음 날 아침 일찍 시종들을 깨워 샤를 공의 행방을 물었다. 계속해서 사자들을 보냈고, 영주 스스로도 걱정하고 불안해하며 가끔씩 창가에 나타났다. 그는 마차와 들것에 실려오는 사람들을 다 알지는 못했으나 그것이 샤를 공이 아니라는 것만은 알 수 있었다. 부상자 속에도 샤를 공은 없었고 계속해서 끌려오는 포로들 중에도 샤를 공을 본 사람은 없었다. 피난

---

45) 1477년 스위스의 우리라는 지방에서 스위스군의 호른 소리에 놀란 부르군트국의 카를 왕 군대는 1월 5일, 성현절 하루 전날에 결국 프랑스의 낭시에서 벌어진 로트링엔과 스위스 연합군과의 전투에서 완전히 패배당하고 카를 왕도 전사했다. 이렇게 해서 찬란했던 부르군트 왕국이 멸망했다는 고사를 여기서 인용한 것이다.
46) 동방박사 세 사람이 베들레헴을 찾아온 축일. 1월 6일.
47) 샤를 왕이 1675년에 정복하였던 로렌 공국의 25세의 공작 르네 2세. 낭시 근교 전투의 승리자였다.

민들도 사방에 여러 가지 소문을 퍼뜨리고 다녔지만 뜻밖에 샤를 공을 만나지나 않을까 두려워하며 허둥대고 있었다. 날이 벌써 어두워졌으나 그에 관해서는 아무 소식도 들리지 않았다. 그가 행방불명되었다는 소문은 긴 겨울밤에 끝도 없이 퍼져나갔다. 그 소문이 닿는 곳마다 틀림없이 그가 살아 있을 거라는 확신이 생겨났다. 오늘밤처럼 샤를 공이 모든 이의 상상 속에서 그렇게 생생하게 느껴진 적은 없었으리라. 집집마다 깨어나 그를 기다리며 문을 두드리는 소리에 귀기울이고 있었다. 그가 오지 않으면 그가 벌써 지나가 버린 것이라고 생각했다.

그날 밤은 꽁꽁 얼어붙었다. 샤를 공이 살아 있으리라는 생각마저 얼어붙은 것 같았다. 생각이 굳어버렸다. 그 생각이 풀릴 때까지 여러 해가 지나갔다. 모든 사람들은 제대로 알지도 못하면서 공이 살아 있을 거라고 완고하게 믿었다. 샤를 공이 그들에게 가져왔던 그 운명적인 고통은 공의 모습을 상상해 보면서 견딜 수가 있었다. 고통이 큰 만큼 사람들은 공이 살아 있다는 것에 익숙해져 있었다. 그를 잊을 수 있는 지금에도 그들은 그를 잘 기억하고 있으며 잊을 수 없음을 알고 있었다.

공현절 다음 날인 1월 7일 화요일 아침, 또다시 그의 수색 작업이 시작되었다. 이번에는 인솔자가 있었다. 샤를 공의 시중을 들던 소년이었다. 그는 주인이 말에서 떨어지는 걸 멀리서 보았다고 했다. 그래서 그는 지금 그 자리를 가르쳐주기로 했다. 그 소년은 아무 말도 하지 않았는데, 캄

포바소 백작[48]이 소년을 데리고 와서 그 대신 말해 주었다. 지금 그 소년은 앞장서서 가고 다른 사람들은 바로 그의 뒤를 따랐다. 변장을 하고 이상하게도 불안해하는 그를 본 사람은 그가 소녀처럼 아름답고 뼈 마디마디가 가는 실제로 장 바티스타 코론나라고는 믿을 수가 없었다. 소년은 추워서 벌벌 떨었다. 밤에 내린 서리로 공기가 얼어붙었고, 눈을 밟고 가는 소리가 마치 이빨을 가는 것처럼 들렸다. 모두들 얼었다. 다만 샤를 공이 고용한 광대였던, 일명 루이 옹스[49]라는 사람만이 돌아다녔다. 그는 개처럼 흉내를 내기도 하고 앞으로 달려갔다가 다시 돌아오기도 하며 잠시 동안 네 발로 소년 옆으로 총총 뛰어가기도 했다. 그러나 멀리서 시체가 보이면 그는 달려가 몸을 구부리고 말을 걸었다. 정신을 차려 제발 우리가 찾고 있는 분이 되어 달라고. 그는 시체에게 약간 생각할 시간을 주었다가 투덜대며 다른 사람들에게 돌아갔는데 위협하기도 하고 저주하기도 하면서 죽은 사람들의 고집과 태만을 비난했다. 그러곤 계속해서 끝도 없이 앞으로 갔다. 이제 낭시의 시가지는 더 이상 보이지가 않았다. 왜냐하면 그러는 동안에 추위에도 불구하고 날씨가 어두워져 잿빛으로 바뀌고 앞도 볼 수 없게 되었기 때문이다. 땅은 평평하게 그냥 펼쳐져 있었다. 서로 바싹

---

48) 샤를 왕의 신임이 가장 두터웠던 인물로서 전투 전날 적의 편으로 넘어갔다.
49) 루이 11세: 릴케가 만든 허구의 인물이다. 발음이 비슷한 루이 16세에 따른 작명이다.

붙어서 가는 이 작은 수색팀은 앞으로 나아갈수록 처량하게 보였다. 아무도 입을 열지는 않았으나 다만 함께 찾아나선 노파만이 뭐라고 중얼거리면서 머리를 흔들었다. 아마도 기도를 하겠지.

갑자기 앞에 섰던 소년이 멈추어 서고 주위를 둘러보았다. 그리고 나서 그는 포르투갈 출신으로 샤를 공의 시의였던 루피 쪽으로 잠깐 돌아서서 앞을 가리켰다. 몇 걸음 앞에 얼음판이 있었다. 웅덩이 같기도 하고 못 같기도 한 곳에 열 내지 열두 구의 시체가 반쯤 잠긴 채로 있었다. 시체들은 거의 완전히 옷이 벗겨지고 약탈당한 모습이었다. 루피는 몸을 구부리고 시체를 하나씩 주의 깊게 살펴보았다. 모두 각각 분담해서 조사하는 사이에 올리비에 드 라 마르슈[50]와 성직자가 발견되었다. 그런데 노파는 눈 속에 무릎을 꿇고 손가락을 쫙 편 채, 튀어나온 큰 손 위에 엎드려 흐느끼고 있었다. 모두 그쪽으로 갔다. 시체가 땅에 엎드려 있었기 때문에 루피는 두세 명의 하인들을 시켜 그것을 바로 눕히려 했다. 그러나 얼굴이 얼어붙어 있어서 얼음에서 잡아뗐을 때에는 한쪽 볼의 살갗이 얇고 거칠게 벗겨져 있었으며 다른 쪽 볼은 개나 이리에게 물어뜯겨 귀 언저리가 크게 갈라지고 상처가 나 있어서 사람의 얼굴이라고 말할 수 없었다.

한 사람씩 뒤를 돌아다보았다. 각자 등뒤에 로마인[51]이

---

50) 샤를 국왕의 시종관.

있을 거라고 생각했다. 그러나 그들은 다만 피투성이가 되어 흉한 모습을 하고 달려오는 광대를 보았을 뿐이었다. 그는 외투를 들어올려 마치 무언가가 떨어지기라도 할 것처럼 흔들어댔다. 그러나 그의 외투에서는 아무것도 떨어지지 않았다. 그때 사람들은 시체의 특징을 찾아보려고 그리로 갔다. 두서너 가지 특징이 발견되었다. 불을 피워 따뜻한 물과 포도주로 시체를 씻었다. 목에 상처가 드러났고 커다란 종기가 두 군데나 나타났다. 시의는 이제 의심하지 않았다. 그러나 사람들은 여전히 다른 특징들을 찾아 비교했다. 광대 루이 옹스는 몇 걸음 떨어진 곳에서 커다란 흑마(黑馬) 모로의 시체를 발견했다. 그 말은 샤를 공이 낭시가 함락되던 그날 타고 있던 말이었다. 공은 말 위에 앉아서 짧은 다리를 늘어뜨리고 있었다. 공의 코에서 흐르는 피가 입으로 흘러들어가 그가 그것을 맛있게 마시고 있는 듯 보였다. 저편에 있던 하인 한 명이 공작의 왼발에 발톱 하나가 살 속으로 들어가 있다고 기억해 냈다. 모두들 그 발톱을 찾아보았다. 그러자 광대는 누가 간지럽히기라도 하는 듯 몸을 가만두지 못하고 소리를 질렀다. 「아, 주인 나리, 이 어리석은 자들이 주인님의 보기 흉한 상처를 파헤치는 걸 용서하여 주십시오. 이들은 주인님의 덕을 그리워하는 내 슬픈 얼굴을 보고도 주인님을 알아보지 못하고 있는 것입니다」

시신이 안치되었을 때, 맨 먼저 그 안으로 들어간 사람은

---

51) 샤를 왕의 시동(侍童), 지안 바티스타 콜로나.

공의 광대였다. 시신은 게오르크 마르키라는 사람의 집에 안치되어 있었고 일이 왜 그렇게 됐는지는 아무도 몰랐다. 관을 덮는 천이 아직 덮여 있지 않았기 때문에 광대는 모든 것을 다 보게 되었다. 하얀색 상의와 짙은 다홍색 외투가 검은 관과 그 뚜껑 사이에서 서로 거부하는 듯이 강한 대조를 이루고 있었다. 앞에는 금으로 도금을 한 커다란 박차(拍車)가 달린 주홍색의 승마용 장화가 놓여 있었다. 그리고 이름 모를 보석이 달린 공작의 큰 왕관이 눈에 띄었고, 저쪽 위에 있는 게 머리라는 것은 말할 필요가 없었다. 루이 옹스는 여기저기 돌아다니며 모든 것을 세세하게 살펴볼 수 있었다. 잘 알지도 못하면서 그는 공단도 만져보았다. 고급 비단이겠지만 부르고뉴 가문에 비해서는 약간 품질이 떨어지는 것일지도 모른다. 그는 전체를 한눈에 보기 위해서 다시 한번 뒤로 물러섰다. 흰 눈빛 속에서 빛깔이 묘하게도 서로 어울리지 않았다. 그는 그 빛깔 하나하나를 마음 깊이 새겨두었다. 「훌륭한 옷이구나」 하고 그는 결국 감탄하며 말했다. 「어쩌면 너무 눈에 뜨일지도 모르겠구나」 그에게는 죽음이 갑자기 인형 조종자처럼 느껴졌다.

이제 더 바꿀 수 없는 일이라면 그 사실을 후회하거나 또는 비난하지만 말고 단순하게 규정지어 버리는 것이 좋을 것이다. 그래서 나는 내가 올바른 독서가가 아니었음을 깨닫게 되었다. 어린 시절 내게 독서라는 것은, 나중에 커서 온갖 일들이 차례대로 다가올 때 언젠가는 한번 거쳐야 할

일 중의 하나인 것 같았다. 솔직히 말해서 그것이 언제가 될지 확실치가 않았다. 소위 생활의 갑작스러운 변화가 옛날처럼 안에서부터 오는 게 아니라, 밖에서부터 오게 되면 언제 독서를 할 것인지 알 수 있을 거라고 믿었다. 그 시기가 오면 분명히 알고 결코 오해하지 않을 거라고 상상했다. 일이라는 것이 결코 단순하지는 않고 오히려 아주 까다롭고 혼란스러우며 힘들어지지만 그러나 어쨌든 확실해지기는 하리라 생각했다. 어린 시절에 느꼈던, 이상하게도 감을 잡을 수가 없다는 느낌, 균형이 잡히지 않은 느낌, 결코 앞을 내다볼 수 없는 느낌, 이런 것은 때가 되면 극복하리라 생각했다. 왜 그런지 확실히 알 수는 없었다. 실제로 그런 느낌은 점점 더 심해졌고 사방이 막혔다고 생각되어 밖을 내다보면 볼수록 내면이 더욱 혼란스러워졌다. 그것이 어디에서 비롯된 것인지 알 수 없다. 그러나 그런 느낌은 극도로 심해져 한번의 충격으로 무너지고 말았다. 어른들은 그런 것에 대해 거의 걱정도 하지 않았고, 비판이나 하고 다녔으며 어려움에 처했을 때에는 외부적인 문제 탓이라고 생각했다.

그런 변화가 시작될 때에 나는 독서하리라 마음먹었다. 그렇게 되면 아는 사람들과 만나듯이 책을 마음 편하게 대할 수 있을 것이다. 일정하고 규칙적이며 즐겁게 보낼 수 있는 독서 시간을 알맞은 양만큼 가질 수 있을 것이다. 물론 어떤 책에 이끌려 30분가량 책을 읽다가 산책이나 약속, 연극 개막 시간이나 급한 편지에 답을 쓰는 것을 잊어버리는 일이 없으리라고는 말할 수 없다. 그런데 책을 읽는

데에 몰두하여 머리카락이 헝클어지거나 귓불이 달아오른다든지 손이 쇠처럼 차가워진다든지 긴 촛불이 녹아내려 촛대 밑으로 불이 옮겨붙거나 하는 일은 다행스럽게도 결코 없을 것이다.

나는 그 당시 울스고르에서 휴가를 보내면서 갑자기 독서에 빠져들었다. 이러한 현상을 늘어놓는 이유는 내가 그 당시 울스고르에서 휴가를 보내면서 갑자기 독서에 빠져들던 것을 꽤 인상 깊게 체험했기 때문이다. 그때 내가 독서를 제대로 할 수 없다는 것이 곧 드러났다. 예정된 시간보다 먼저 나는 책을 읽기 시작한 것이다. 그러나 그해 소뢰[52]에서 나와 비슷한 또래의 아이들은 그런 시간 계산에 대해 믿지 않고 있었다. 거기에서 생각지도 않은 뜻밖의 일들을 계속 겪게 되어 그런 경험들이 나를 어른 취급한다는 것을 분명하게 알 수 있었다. 그것은 나를 무척 힘들게 했던 실생활과 같은 큰 경험들이었다. 그러나 현실을 파악했던 것과 똑같이 나는 내 유년의 무한한 현실성에 대해서도 눈을 떠갔다. 물론 인생에서 구분을 짓는 것은 누구에게나 자유지만 그런 구분은 원래 있던 것이 아니라 생각해 낸 것임을 자신에게 일렀다. 그리고 그런 구분을 생각해 내기에는 내가 너무나 모자람을 깨달았다. 그런 구분을 해보려고 시도할 때마다 실제 인생에서는 그런 구분이 전혀 있지 않음을 느꼈다. 어린 시절이 지나가버렸다고 믿을 때마다 앞으로 다가

52) 소뢰 Sorö: 이 부분은 릴케가 사관학교 시절 체험한 것을 배경으로 하고 있다.

올 인생도 동시에 없어져버리고 내게는 마치 납으로 만든 장난감 병정이 서 있기 위해서 바닥을 딛고 있는 것처럼 꼭 그렇게 느껴졌다.

　말할 나위 없이 이런 발견은 친구들로부터 나를 더욱더 고립시키고 말았다. 이런 발견은 나를 내면으로 몰두하게 했고, 더할 나위 없는 기쁨 같은 게 마음을 가득히 채웠다. 그 기쁨은 내 나이를 훨씬 넘어섰다는 기쁨이었기 때문에 걱정스럽게 느껴졌다. 그리고 일정한 기간 동안 아무런 계획이 없었기 때문에 몇 가지 일을 하지 못할 거라는 생각이 들 때면 불안하기도 했다. 소뢰에서 울스고르로 돌아와서 그곳에 있는 모든 책들을 보게 되자 양심의 가책이라도 느낀 듯이 허겁지겁 책을 읽기 시작했다. 나중에 종종 느꼈던 것인데, 그 당시 나는 어쨌든 모든 책을 읽을 마음의 준비가 단단히 되어 있지 않으면 한 권의 책이라도 펼칠 권리가 없는 것처럼 막연히 생각했었다. 한 줄씩 읽어감에 따라 세계가 열렸다. 책들 앞에서 세계는 신성했으며 어쩌면 다시 완전히 그 뒤에 있었다. 그러나 책을 제대로 읽을 수 있는 능력이 없는 내가 어떻게 모든 책을 다 읽겠는가? 이 좁은 방에는 헤아릴 수 없이 많은 책들이 가득히 보관되어 늘어서 있다. 나는 도전적으로 덤벼들어 책을 한 권씩 필사적으로 읽으면서 무언가 비정상적인 일을 하는 사람처럼 책장을 하나씩 넘겼다. 그때 나는 쉴러[53]와 바게센을 읽었고, 욀렌

---

53) 독일의 시인, 극작가(1759-1805).

쉐거와 샤크 폰 슈타펠트[54]를 읽었으며 월터 스콧[55]과 칼데론[56]에 관한 책을 읽었다. 벌써 읽었어야 할 몇 권의 책을 빼고는 다른 책들을 읽기엔 일렀다. 그 당시의 나에게는 어떤 책도 거의 적합하지 않았다. 그런데도 계속 읽었다. 후년에 나는 때때로 밤중에 깨어나 별들이 하늘에 유난히 반짝반짝 빛나면서 매우 의미심장하게 운행하는 것을 보게 되었다. 그런데 이렇게 풍부한 세상에 대해 어떻게 감히 소홀히 하려 했는지 이해할 수가 없었다. 그때는 여름이었는데 책을 읽다가 아벨로네가 부르는 소리에 고개를 들어 밖을 내다볼 때마다 그 비슷하게 느꼈던 것 같다. 아주 뜻밖에도 언제부터인지 아벨로네가 불렀는데도 대답을 하지 않게 되었다. 우리 둘이 가장 행복했던 때에 그렇게 되었다. 그러나 나는 독서에 한번 빠져버렸기 때문에 발작을 일으킨 것 같이 독서에 매달렸고 그것이 아주 중요한 일처럼 고집스럽게 우리의 일상적인 축제일을 피해 지냈다. 자연스럽게 행복을 느낄 수 있는 기회가 눈에 띄지 않게 많이 있었는데도 나는 그것을 제대로 이용할 줄 몰랐고 우리의 불화가 심각해졌어도 앞으로 화해가 있을 것이라는 기대로 인해 그것이 그리 즐겁지 않은 일은 아니었다. 화해란 화해의 날을 미루

---

54) 덴마크의 작가들. 옌스 임마누엘 바게센Jens Immanuel Baggesen
(1764-1826), 아담 고트롭 욀렌쉐거 Adam Gottlob Oehlenschäger
(1779-1850), 아돌프 빌헬름 샤크 폰 슈타펠트 Adolph Wilhelm
Schack von Stafeldt(1769-1826).
55) 영국의 시인, 소설가(1771-1832).
56) 스페인의 극작가(1600-1681).

면 미룰수록 그만큼 더 매력적인 것이었다.

그런데 나의 독서열은 시작되었을 때와 마찬가지로 어느 날 갑자기 식어버렸다. 그때 우리는 서로 몹시 화가 나 있었다. 아벨로네는 나에게 온갖 야유를 퍼부으며 거만을 떨었다. 정원에서 그녀를 만나면 그녀는 책을 읽는다고 주장했다. 어느 일요일 아침, 사실 그녀 옆에 책이 놓여 있었으나 그녀는 포크로 조심스럽게 작은 요하네스 송이에서 그 열매를 따느라고 바쁜 척했다.

잠을 푹 자고 난 것 같은 상쾌한 7월의 어느 이른 아침에 무언가 뜻밖에 기쁜 일이 곳곳에서 일어날 듯한 느낌이 들었다. 억제할 수 없이 많은 작은 움직임들이 모여 가장 확실한 생명의 모자이크가 만들어진다. 사물들은 서로 이리저리 공중에서 흔들리고 있고 그 서늘함이 그림자를 뚜렷하게, 태양을 가볍고 맑은 광채로 만든다. 정원에는 중심점이 없고 모든 것이 곳곳에 퍼져 있다. 어떤 기쁨도 놓치지 않기 위해서 그 모든 것 속에 들어가야만 한다.

아벨로네의 작은 움직임 속에는 그 모든 것이 다시 한번 들어 있다. 그녀가 일하는 행동과 모습은 매우 행복해 보였다. 그늘 아래에서 환하게 비치는 손은 서로 아주 경쾌하고 사이좋게 움직이고 있었고, 그 동그란 열매는 포크가 움직일 때마다, 이슬에 젖은 포도잎을 깐 오목한 그릇 속으로 튀어들어갔다. 오목한 그릇 속에는 벌써 빨간 황금빛으로 윤기가 흐르고, 떫은 맛이 나는 과육에 단단히 여문 씨를 가진 열매가 쌓여 있었다. 나는 이 모습을 지켜보고 싶었으나, 아벨로네가 나를 꾸짖을 것 같아서 태연하게 보이기 위해 책을 집어들고 테이블 저쪽으로 가서 앉았다. 그러나 진득하니 계속해서 책을 넘기지 않고 아무 데나 닥치는 대로 책을 넘겼다.

「책벌레님, 제발 크게 읽어주면 좋겠네요」 하고 잠시 후에 아벨로네가 말했다. 그 목소리는 아직 싸움을 거는 것이 아니었다. 진정으로 화해해야 할 때라고 생각했기 때문에 나는 즉시 큰 소리로 읽기 시작하여 한 단락을 끝까지 읽고 계속해서 다음 장인 〈베티네에게〉라는 제목의 편지를 읽으려 했다.

「아니, 그 회답 편지는 읽지 말고」 하고 아벨로네는 중지시키고 갑자기 맥이 빠진 듯이 자그만 포크를 내려놓았다. 그러다가 그녀는 곧바로 쳐다보는 내 얼굴 표정을 보고 웃었다.

「참, 왜 그리 서투르게 읽지, 말테」

나는 한순간도 제대로 읽지 않았음을 인정했어야 했다. 「나는 읽는 것을 중단시켜 주기만을 생각하며 읽었던 거예요」 하고 고백하면서 갑자기 의욕에 넘쳐 책장을 거꾸로 넘기며 책 제목[57]을 찾았다. 무슨 책이라는 것을 이제야 비로소 알게 되었다. 「왜 회신은 읽으면 안 되지?」 하고 궁금해서 물었다.

---

57) 베티네 Bettina von Brentano의 『괴테와 어떤 소녀와의 편지 *Goethes Briefwechsel mit einem Kinde*』(1835). 소녀 베티네가 1807년 흠모하는 대시인 괴테에게 보낸 사랑의 편지들.

아벨로네는 내 질문을 듣지 못한 듯했다. 그녀는 두 눈이 그렇듯 내부가 어둠으로 가득 차오르기라도 하는 것처럼 밝은 색 옷을 입고 거기에 앉아 있었다.

「이리 줘요」 하고 그녀는 갑자기 화가 난 듯이 말하며 내게서 책을 가져가서는 그녀가 읽고 싶었던 곳을 바로 펼쳤다. 그러고 나서 그녀는 베티네의 편지들 중의 하나를 읽기 시작했다.

내가 그 편지에 대해 얼마나 이해했는지 모르겠지만 언젠가는 그 속에 든 내용을 모두 잘 이해할 수 있으리라고 엄숙하게 다짐했던 것 같다. 그녀의 목소리는 점점 커져 거의 노래 부를 때의 목소리와 비슷해지는 사이에 나는 우리 둘의 화해를 아주 가볍게 생각했던 것을 부끄럽게 느꼈다. 나는 그것이 화해의 목소리였음을 깨달았다. 그러나 그 화해는 나보다도 훨씬 높이 내 손이 닿지 않는, 정말 큰 세계에서 이루어졌다.

약속은 아직도 이루어지는 중이다. 언제부터인지 그 책은 내가 소중히 여기는 몇 권의 책 가운데 하나가 되었다. 이제 나도 내가 읽으려고 했던 곳을 바로 펼 수가 있게 되었다. 그 부분을 읽을 때면 내가 베티네를 생각하는 건지 아벨로네를 생각하는 건지 알 수 없었다. 아니다. 베티네의 모습이 내게는 더 생생히 떠오르게 되었다. 그전에 알고 지냈던 아벨로네는 베티네를 만나기 위한 준비 단계였던 것 같았다. 이제 아벨로네는 내가 베티네를 생각하는 중에 그녀 본래의 순수한 모습으로 떠올랐다. 이 놀라운 베티네라는 여자는 그녀의 모든 편지들을 통해 매우 큰 공간을 형성했다. 그 넓고 큰 모습이여. 베티네는 마치 사후의 세계에 있는 것처럼 처음부터 전체 속에서 넓게 퍼져나갔다. 그녀는 어디서나 존재하는 것 속으로 아주 넓게 들어가서 그 일부가 되었고 그리하여 그녀에게 일어난 일은 영원히 자연 속에 존재하게 되었다. 자연 속에서 그녀는 자신을 인식하였고 고통스럽게 거기서 벗어나, 전설에서처럼 애써 다시 자신을 알아내고는 자신을 망령처럼 불러내어 견뎌냈다.

베티네, 당신은 바로 조금 전까지도 여기에 있었지요. 나는 당신의 존재를 느끼고 있어요. 대지는 아직도 당신으로 인해 따뜻하고 새들은 당신의 목소리를 듣기 위해 여전히 공간을 남겨두지 않는가요. 풀잎의 이슬은 당신이 있을 때의 이슬이 아니지만 별들은 당신이 있을 때의 밤하늘의 별들이에요. 아니면 이 세상은 당신의 것이 아닌가요? 당신은 당신의 사랑으로 세상을 얼마나 자주 불붙게 하였으며 그리하여 활활 타오르는 세계를 지켜보지 않았던가요. 그러고는 당신은 모두 잠들었을 때 그 세계를 다른 세계로 바꿔놓지 않았던가요. 당신은 신이 만들어놓은 세계가 제발 나타날 수 있도록 매일 아침 신에게 새로운 세계를 바랐는데, 그때마다 신과 마음이 일치하는 걸 아주 분명하게 느꼈을 거예요. 당신은 세계를 소중히 여기고 수선하는 것을 궁색하게 느꼈지요. 오히려 세계를 마음껏 사용하고 손을 내밀어 언제나 새로운 세계를 바랐지요. 왜냐하면 당신의 사랑은 곳곳에 싹트고 있었기 때문이에요.

어떻게 사람들은 당신의 사랑에 대해 아직도 다 이야기하지 않고 있을 수 있단 말인가요? 당신의 사랑에 대해 말하게 된 후에 대체 무슨 일이 일어났다는 말인가요?

무엇이 더 이상해졌다는 말인가요? 베티네, 당신은 당신이 한 사랑의 가치에 대해 알고 있었어요. 당신은 사랑을 당신의 가장 위대한 시인에게 미리 말해 주어 그가 그것을 인간의 사랑으로 만들기를 원했어요. 왜냐하면 사랑은 여전히 자연의 원소이기 때문이었지요. 그러나 시인이 당신에게 보낸 편지를 보면 그가 사람들에게 당신의 사랑을 구실 삼아 말해 버리고 말았어요. 모든 사람들이 그가 당신에게 보낸 회신을 읽고 그것을 믿게 되었지요. 왜냐하면 사람들은 자연인 당신보다 시인이 더 이해하기 쉽다고 생각했기 때문이었어요. 그러나 아마도 이 점에 시인의 한계가 있다는 것이 언젠가는 드러날 거예요. 이 사랑하는 여인 베티네는 시인에게 주어진 과제였어요. 그런데 그는 그녀를 감당하지 못했어요. 그가 그 사랑에 응답할 수 없었던 것은 무슨 뜻일까요? 그와 같은 사랑은 응답을 필요로 하지 않고 그 자체에 부르는 소리와 응답하는 소리를 간직하고 있지요. 그 사랑은 자신의 소리에 귀를 기울이기 때문이에요. 그러나 화려한 영광을 안은 시인은 세례자 요한이 파트모스 섬에서 신의 계시를 받고 쓴 것처럼 겸허하게 그녀 앞에서 머리를 숙이고 무릎을 꿇은 채 두 손으로 그녀가 부르는 것을 받아 적었어야 할 거예요. 그 〈천사의 직분을 행하는〉 듯한 목소리 앞에서는 선택의 여지가 없었어요. 그 소리는 시인을 에워싸 영원 속으로 데려가려는 소리였지요. 거기에는 활활 불타오르는 천국행 수레가 준비되어 있었고 그의 죽음을 위해 어두운 신화가 준비되어 있었지만, 괴테는 그것을 헛되이 만들어버렸어요.

운명은 여러 무늬와 형상을 고안해 내기를 좋아한다. 그 어려움은 복잡한 데에 있다. 하지만 인생 그 자체는 단순함으로 이루어지기가 어렵다. 생명은 우리에게 맞지 않는 크기를 지닌 몇 가지밖에 우리에게서 얻지 못한다. 성자는 운명을 거부하면서 신을 대하며 이 위대한 것을 선택한다. 그러나 여자는 본래부터 남자와의 관계에서 이와 똑같은 선택을 해야 하기 때문에 모든 애정 관계는 불행을 초래한다. 여자는 항상 변모되어 가는 남자 곁에서 운명도 모르고 영원히 변하지 않을 것처럼 단호하게 서 있다. 삶은 운명보다 더 위대하기에 사랑하는 여자는 언제나 사랑받는 남자보다 우월하다. 여자의 헌신적인 사랑은 끝없이 퍼져나가려고 한다. 사랑의 헌신이 여자의 행복이다. 여자들의 이루 말할 수 없는 고통은 그런 헌신적인 사랑을 억제하도록 요구받는 데에 있었다. 여자들의 고통은 바로 이런 고통이었다. 엘로이즈[58]의 최초의 편지 두 통은 오로지 이러한 고통으로 가득 차 있다. 그리고 오백 년 후, 포르투갈 여인의 편지에도 그런 고통은 나타난다. 사람들은 마치 새 울음소리처럼 그 고

---

58) 수녀원장 엘로이즈(1101-1164). 신학자이자 철학자였던 아벨라르 Abélard와의 서신 교환으로 잘 알려져 있다.

통을 다시 알게 된다. 그리고 불현듯 이런 깨달음으로 인해 환해진 공간을 가로질러 사포[59]의 아련한 모습이 지나간다. 사람들이 수세기 동안이나 운명 속에서 찾으려 했으나 찾지 못한 그 모습이.

나는 한번도 그 사나이한테서 신문을 살 용기가 나지 않았다. 그가 저녁 내내 룩셈부르크 공원 밖에서 천천히 왔다 갔다하는 것을 보면서 그가 정말 신문 몇 장이라도 가지고 있는지 의심스러웠다. 그는 울타리에 등을 대고 손으로 철창이 쳐져 있는 돌담가를 쓰다듬으며 가고 있다. 돌담에 착 달라붙어 있어서 매일 그곳을 지나가는 사람들 중에는 그를 알아보지 못한 사람들이 많이 있었다. 아직은 남아 있는 목소리로 신문 사라고 외쳐대고 있었다. 그러나 그 소리는 램프의 심지가 타는 소리나 난로에서 장작이 타는 소리 혹은 동굴에서 묘한 간격을 두고 떨어지는 물방울 소리처럼 들릴 뿐이었다. 그런데 세상에는 그가 움직이는 그 어떤 것보다도 더 조용하게, 마치 시곗바늘처럼, 아니면 시곗바늘의 그림자처럼, 또는 시간 그 자체처럼 계속해서 이동하는 그 순간에만 늘 그곳을 지나가도록 되어 있는 사람들도 있는 모양이다.

내가 그를 보는 것을 꺼려한 것이 얼마나 잘못된 일인지. 얼마나 잘못된 일이었는지. 내가 자주 그 옆을 지나갈 때

---

59) 고대 그리스의 여류 시인(BC 600년경).

그를 모르는 척 지나쳐가는 다른 사람들과 똑같은 발걸음으로 그의 옆을 지나갔다는 것을 쓰자니 부끄럽다. 그러고 나서 그가 입으로 〈신문이요〉 하고 외치는 것을 들었고 곧이어 다시 한번 그리고 재빨리 다시 외치는 소리를 들었다. 내 옆을 지나가는 사람들은 뒤를 돌아다보며 어디에서 나는 소리인지 찾고 있었다. 단지 나만 아무것도 듣지 못한 듯 골똘히 다른 생각에 잠긴 듯, 거기 있는 어느 누구보다도 서둘러 걸음을 재촉했다.

사실 나는 그러했다. 골똘히 그의 모습을 상상하는 데에 몰두하고 있었다. 그의 모습을 상상하다 보니 긴장한 탓인지 땀이 흘러나왔다. 왜냐하면 나는 이미 어떤 증거물도 없고, 어떤 몸체도 없는 고인을 상상하는 것처럼 그의 모습을 완전히 마음속으로 상상해야 했기 때문이었다. 지금에야 나는 어떤 고물상에나 진열되어 있는, 줄무늬 있는 상아로 된 야윈 예수 상을 마음속으로 상상하니 약간 도움이 되었던 것이 기억난다. 어디에선가 본 일이 있는 피에타 상[60]에 대한 기억이 떠올랐다가 사라졌다. 어쩌면 이 모든 것은 그의 야위고 긴 얼굴과 움푹 파인 볼에 깎지 않아서 자라난 초라한 수염과 얼굴을 비스듬히 하고, 눈을 감은 채 하늘을 쳐다보는 그의 표정에서, 엄청나게 비통한 장님의 모습을 연상시키기 위한 것일지도 모른다. 그러나 그 밖에도 그에게는 많은 특징들이 있었다. 그에게는 어떤 것도 하찮은 것이

---

60) 십자가에서 내려진 예수를 안은 마리아상.

없다는 것을 이미 그때 알았기 때문이었다. 상의인지 외투인지 옷깃이 뒤로 뻗쳐 있어 깃이 다 드러났다. 이 낮은 옷깃이 가늘고 오목하게 들어간 그의 목에 닿지도 않고 떨어져 있는 모습, 초록빛이 감도는 검은색 넥타이가 칼라 주변에 매달려 있는 모습, 특히 모자가 그러했다. 장님이란 장님이 모두 쓰고 있는 것처럼 높고 둥그렇게 솟은 뻣뻣한 펠트직의 낡은 모자를 그는 쓰고 있었다. 얼굴의 주름살들과 아무런 상관도 없이 이 추가된 것, 즉 모자와 자신 사이에 하나의 새로운 외관상의 통일을 이룰 가능성도 없이, 그것은 마치 그 무슨 약속에 의해 따라온 낯선 물건과 다름없었다. 비겁하게도 내가 그를 보지 않고 있는 동안에 마침내 그의 모습은 어떤 특별한 동기도 없이 종종 강렬하면서도 고통스러운, 몹시 비참한 모습으로 마음속에 그려져 견딜 수가 없었다. 그러다 보니 가슴이 답답해져, 그의 실제 모습을 봄으로써 상상으로 인해 점점 더 고정되어 가는 그의 모습을 약화시키고, 그러고는 지워버리려고 마음먹었다. 저녁 무렵이었는데 나는 즉시 정신을 차리고 주의를 기울이며 그의 앞을 지나가려고 했다.

이윽고 봄이 가까워질 무렵이었다. 낮에 불던 바람은 잦아들고 좁은 거리마다 한가로워 보였다. 거리의 끝에 있는 집들은 하얀 금속이 막 깨져 생긴 단면처럼 신선하게 빛나고 있었다. 그런데 그것은 놀랍게도 가벼운 금속인 것 같았다. 널찍하게 쭉 뻗은 거리에는 많은 사람들이 이따금 지나가는 마차에 거의 신경을 쓰지 않은 채 북적거리고 있었다.

틀림없이 일요일이었다.

샹 쉴피스 탑의 꼭대기 장식이 바람이 없는 정적 속에서 상쾌하게, 그리고 뜻밖에도 우뚝 솟아 보였다. 로마풍이라고 할 수 있는 좁은 거리 저쪽에 이른봄의 하늘이 무심코 보였다. 공원 안팎에는 많은 사람들이 붐비고 있어서 나는 그를 바로 보지 못했다. 아니면 북적대는 사람들 틈에서 그를 먼저 알아보지 못한 것이었을까?

나는 내 상상이 쓸데없었다는 것을 곧 깨달았다. 아무런 조심도 하지 않고 위장하지도 않은 채 자신의 비참함에 모든 것을 맡겨버린 그의 모습은 내가 상상했던 것보다 더욱 심각했다. 나는 그의 행동이 어떻게 바뀔 것인지도 몰랐고 눈꺼풀 안에서 계속해서 넘쳐나오는 듯한 공포도 몰랐다. 마치 하수구의 출구처럼 패어 있는 그의 입술에 대해서는 조금도 생각해 보지 않았다. 아마 그에게도 여러 가지 추억이 있겠지. 그러나 지금은 그가 손으로 등뒤에 있는 돌담가를 쓰다듬을 때 느껴지는, 눈에 보이지 않는 감촉 외에는 어떤 것도 그의 머릿속에 기억되지는 않을 것이다. 나는 멈춰 서서 그 모든 것을 거의 동시에 쳐다보면서 그가 보통 때와는 다른 모자를 쓰고 외출용이 틀림없는 넥타이를 매고 있는 걸 눈치 챘다. 넥타이에는 노란색과 보라색의 사각 무늬가 비스듬히 찍혀 있었고 모자는 녹색 리본이 달린 값싼 새 밀짚모자였다. 물론 이 색깔에는 아무 의미가 없다. 그리고 내가 색깔을 세세히 기억하고 있는 것은 치사한 일이다. 다만 그가 보여준 색깔은 마치 새의 앞가슴에 난 가장 부드러운 부분 같았다는 걸 말하려고 했을 뿐이다. 그 사나이도 색깔에 관심을 가지고 있지 않았으며, 지나가는 사람들 중에 누가 (나는 주위를 둘러보았다) 그의 옷차림이 그 자신을 위한 거라고 생각할 수 있었을까?

아, 신이여, 제 가슴속에 당신은 역시 존재하신다는 생각이 격렬하게 떠올랐습니다. 당신의 존재에 대해서는 여러 가지 증거가 있습니다. 저는 그것을 모두 잊어버렸고 생각해 보려고 하지도 않았습니다. 당신의 존재를 확실히 인식하는 것은 엄청난 일을 떠맡는 것을 의미하기 때문입니다. 그런데도 저는 이제 그것을 깨닫게 되었습니다. 이것이 당신의 취미였고 당신은 이런 것을 좋아하십니다. 사실 우리는 참을성 있게 견디며 섣불리 판단하지 않는 걸 배워왔습니다. 어떤 일이 힘든 것일까요? 어떤 일이 행복한 것일까요? 당신만이 알고 계십니다. 다시 겨울이 되어 새 외투를 사야 한다면——신이여, 그 사나이가 새 외투를 입고 있는 동안이라도, 저도 그 사람처럼 그런 것을 입게 해주십시오.

내가 처음부터 그들보다 더 고급인 옷을 입고 어딘가에 정착하여 살려고 마음먹는다고 해서, 그것이 나 자신을 그들과 구별 짓는 것은 아니다. 나는 아직도 그들처럼 되기에는 멀다. 그들의 생활을 이해하는 따뜻한 마음이 없기 때문이다. 그러나 그 여인은 (나는 그 여자에 대해 이것 말고는 아는 것이 없다) 매일 카페테라스에 나타났다. 외투를 벗고 이상한 옷과 내의를 벗는 일이 몹시 힘들어 보였는데도 싫어하지 않고 아주 천천히 그것들을 벗었다. 그러고 나서 그 여인은 깡마르고 오그라든 팔을 드러내고 다소곳이 우리들 앞에 섰다. 그것은 정말 보기 드문 팔이었다.

내가 나 자신을 그들과 구별 지으려는 것은 결코 아니다. 그들처럼 보이려는 것이 주제넘은 짓이기 때문이다. 나는 그들과 같지 않다. 나는 그들처럼 강한 힘도, 위대함도 없기 때문이다. 나는 지극히 평범하게 하루 세 끼 식사를 꼬박꼬박 챙겨 먹고 있다. 그러나 그들은 거의 영원히 살 수 있는 존재인 것처럼 살고 있을 것이다. 매일 같은 거리의 모퉁이에 서서, 11월이 되었는데도 겨울에 못 살겠다고 소리치지도 않는다. 안개가 끼어 그들의 모습이 몽롱하고 불확실하게 되어도 그들은 그전처럼 살아간다. 나는 여행 중에 병을 앓았고 많은 것을 잃었다. 그러나 그들은 여전히 죽지 않았다.

(아주 으스스하게 추운 방에서 초등학생들이 아침에 일어날 수 있다는 게 나는 정말 이해가 되지 않는다. 해골처럼 바싹 여윈 아이들이 아직 날이 채 밝기 전에 어른들의 도시로, 언제나 계속되는 수업으로, 여전히 어린 채로 항상 지레짐작을 하며, 지각을 하면서 뛰어가는데 누가 그 아이들을 그렇게 강하게 만들었을까. 줄곧 소모되어 온 군중들이 도움을 준다는 것을 나는 도무지 상상을 할 수가 없다.)[61]

이 도시는, 서서히 그들의 생활로 미끄러져 들어가는 사

---

61) 원고 가장자리에 씌어 있다.

람들로 가득 차 있다. 대부분 처음에는 미끄러져 들어가지 않으려고 발버둥친다. 그러나 거리낌없이 그 생활 속으로 들어가는 얼굴에는 윤기가 없고 나이 들어 보이는 처녀들이 있다. 그 처녀들은 한번도 사랑을 받아본 적이 없는, 강하지만 마음 깊은 곳은 순수한 처녀들이다.

나의 신이시여, 아마도 당신은 제가 모든 것을 그만두고 그 처녀들을 사랑하라는 말씀 같습니다. 아니면 그들이 나를 앞질러갈 때 그들에게 뒤떨어지지 않기가 왜 그렇게 어려운지요? 왜 나는 갑자기 아주 달콤하고 부드러운 말들을, 밤이라도 제일 밤 같은 말들을 생각해 내는 것일까요. 그리고 내 목소리는 부드럽게 나의 내부에서 목과 심장 사이에 머물러 있습니다. 왜 나는 인생에 희롱당한 인형과 같은 처녀들을 말할 수 없이 조심스럽게 내 입김으로 녹여줄 상상을 하고 있는 건지. 봄이 올 때마다 인생은 그 인형들의 팔을 벌리게 하고는 쓸데없는 희망을 불어넣어 마침내 어깨가 축 늘어지게 되었다. 처녀들은 그다지 높지 않은 꿈을 가지고 있어서 어느 하나의 꿈에서 떨어진다 해도 부서지지는 않았지만 맥이 탁 풀려 이미 인생에 쓸모없는 존재가 되어버렸다. 다만 주인 잃은 고양이만이 밤에 그들의 방에 찾아들어, 몰래 그들의 얼굴을 할퀴고 그 위에서 잠을 잔다. 때때로 나는 처녀들의 뒤를 따라 좁은 골목 둘쯤 걸어가 본다. 처녀들은 몇 집을 지나가고, 끝도 없이 지나가는 통행인들로 인해 가려져 나중에는 아무것도 없었던 것처럼 사람들 뒤로 사라져간다.

그러나 누군가가 그 처녀들을 사랑하게 되면 그녀들은 마치 먼 길을 걷다가 지쳐 더 이상 한 걸음도 걸을 수 없는 것처럼 그에게 철석 의지하게 될 것을 나는 알고 있다. 다만 아직도 부활의 힘이 전신에 남아 있는 예수 그리스도만이 그들을 감당하실 수 있을 거다. 그러나 그리스도는 그녀들을 돌보지 않는다. 오직 사랑을 바치는 처녀만이 그리스도의 마음을 사로잡을 수 있다. 꺼져가는 등불처럼 하찮은 재능을 가지고 사랑받는 여자가 되기 위해 기다리는 처녀들은 그리스도의 마음을 구할 수가 없다.

만일 내 운명이 극도로 비참한 것으로 정해져 있다면 내가 좀더 좋은 옷을 걸치고 변장한다 하더라도 아무런 소용이 없다는 것을 알고 있다. 그[62]는 왕으로서 왕국의 한가운데 있으면서도 가장 처참한 사람들 속으로 빠져들지 않았는가? 그는 위로 상승하는 대신에 밑바닥까지 떨어지지 않았는가. 이제는 왕궁의 정원들이 아무것도 증명해 보일 수 없는데도 나는 가끔 그가 아닌, 다른 왕들을 믿고 있었다. 그러나 지금은 밤이고 겨울이다. 나는 추위에 떨면서 몰락한 왕을 믿는다. 부귀영화는 오직 한 순간이지만 비참함보다도 더 오래가는 것은 보지 못했기 때문이다. 그러나 왕은 영속해야민 한다.

이 왕은 밀랍으로 된 꽃이 유리 뚜껑 밑에서 빛이 바래지

---

62) 육체적 · 신체적으로 모두 병들어 있던 조용한 인물, 프랑스 국왕 샤를 6세(1368-1422)를 가리킨다.

않는 것처럼 제정신이 아닌 상태를 계속해서 유지한 유일한 왕이 아니었던가? 백성들은 교회에서 다른 국왕을 위해 만수무강을 빌었지만, 몰락한 왕을 위해서는 다만 재상이었던 장 샤를리에 제르송만이 영원한 생명을 빌었다. 그것은 그가 왕위에 있으면서도 아주 불쌍한 처지가 되어 극도로 비참한 생활을 하던 때의 일이었다.

　그 당시 그의 침실에 얼굴을 검게 칠한 낯선 사나이들이 들어와, 종기가 터져 살에 달라붙은 속옷을 벗기려고 했다. 그러나 왕은 그 내의를 오래전부터 이미 자신의 일부로 생각해서 벗지 않으려고 했다. 침실은 어둠침침했다. 그들은 힘을 주어 뻣뻣한 왕의 팔에서 너덜해진 천 조각을 손에 잡히는 대로 잡아뗐다. 그러자 누군가가 불을 밝혔고 처음으로 왕의 가슴에 고름이 번진 상처를 발견했는데, 상처 속에는 쇠로 된 부적이 파묻혀 있었다. 그는 매일 밤마다 필사적으로 그 쇠 부적을 가슴에 꼭 껴안고 있었기 때문이다. 지금 그 쇠 부적은 거룩한 유품이 성유물함에 들어 있듯 살 속 깊이 묻혀 있다. 그리고 그 주위에 고름이 진주처럼 둘러싸고 있어 소름이 끼칠 정도로 귀중하게 보였다. 억센 일꾼들을 선발했지만, 그들도 구더기들이 플란넬 천에서 기어나와 옷이 접힌 부분에서 떨어져 자기들의 소매 위 여기저기로 기어오르는 것을 보고는 구토를 느끼지 않을 수 없었다. 젊은 왕비 파르봐 레기나가 살아 있었을 때부터 왕의 병이 심해졌음이 틀림없다. 젊고 깨끗한 몸을 지닌 왕비는 왕과 잠자리를 같이하는 걸 꺼리지 않았기 때문이었다. 그러다가 그녀는 죽어버렸다. 그리고 지금은 아무도 감히 그 고깃덩어리 같은 왕의 곁에서 동침하라고 권하지 않았다. 젊은 왕비는 왕의 마음을 평온하게 할 수 있는 따뜻한 말을 남기지 않고 죽어버렸다. 그리하여 어느 누구도 광폭해진 왕의 마음을 진정시키지 못했다. 아무도 왕을 영혼의 심연 에서 구해 낼 수가 없었다. 그러다 왕이 갑자기 숲을 향하 는 짐승의 둥근 눈빛을 하고 영혼의 심연에서 스스로 걸어 나왔지만 아무도 그것을 이해하지 못했다. 그리고 문득 왕 은 바쁜 듯이 보이는 주베날 드 우르쟁의 얼굴을 알아차리 고는 아프기 전의 나라 사정을 떠올렸다. 그러곤 지체된 나 랏일을 만회해 보려고 했다.

그러나 그 시절의 사건은 증거를 제시해 보일 수 없는 난 점이 있었다. 어떤 일이 일어나도 엄청나게 해결하기 힘든 사건들이었다. 누군가가 사건에 대해 말을 하고자 하면 그 것은 끝도 없었다. 예를 들면 왕의 남동생 오를레앙 공이 살해되었고 어제는 왕이 사랑하는 누이라고 부르던 발렌티 나 비스콘티[63]가 그의 앞에 무릎을 꿇은 채 까만 상복의 베 일을 걷어올려 비탄과 원한으로 일그러진 얼굴을 보였다. 사정이 이런데, 여기서 어느 부분을 생략하겠는가? 그리고 오늘은 끈질기고 달변인 변호사가 거기 서서 귀족 살인자의 권리를 오랫동안 밝혀주어 범죄의 진상이 밝게 빛나고 그것 이 밝은 빛으로 하늘에 올라가려는 것처럼 보였다. 공정하

---

63) 1407년에 살해된 오를레앙 공의 아내. 오를레앙 공작은 부르고뉴 공작 생 피에르와 세력을 다투다가 1407년에 암살되었다.

다는 것은 모두에게 정당성을 인정받는 것인데 발렌티나 드 오를레앙은 그녀에게 복수해 줄 거라고 사람들이 약속했는데도 비탄으로 인해 죽었다. 그러니 부르고뉴 공을 아무리 용서해 준다 하더라도 무슨 소용이 있겠는가. 부르고뉴 공작은 어두운 절망에 사로잡혀 이미 몇 주일 전부터 아르질리 숲 깊숙한 곳에서 천막 생활을 하면서 밤에는 사슴의 울음소리를 듣지 못하면 마음의 안정을 얻지 못하는 지경이 되었다고 했다.

왕은 그 모든 사건의 전말을 짧게나마 여러 번 되풀이해서 생각해 보았다. 백성은 그런 왕의 모습을 보기를 열망했으며 그리고 왕을 보았다. 곤경에 처한 그의 모습을. 그런데 백성은 그런 그의 모습을 보고 기뻐했다. 이분이야말로 참된 왕이라는 것을 깨달았기 때문이었다. 신으로 하여금 나중에는 참지 못해 왕을 무시하고 행동하도록 허용하기 위해서 오직 거기에 있는 듯한, 조용하고 인내심이 강한 왕이 진짜 왕이라고 느꼈다. 계시의 순간에 왕은 생 폴 궁전[64]의 발코니에 서서 아무도 모르게 자신이 발전했다는 것을 깨달았을 것이다. 그 순간 그는 백부인 장 드 베리 공이 최초의 완벽한 승리를 보도록 자신의 손을 잡고 간 로스베케[65]의 그날이 떠올랐다. 낮이 이상하게도 길었던 11월의 그날, 거기서 그는 강트인들의 시체 더미를 보았다. 강트인들은 사방에서 프랑스 기마병들의 습격을 받아 궁지에 몰려 있다가

---

64) 국왕의 시내 궁전.
65) 1382년 샤를 6세는 로스베케에서 반란군을 물리쳤다.

질식해서 죽었다. 그들은 어마하게 큰 머리통처럼 다닥다닥 붙어서, 커다란 덩어리가 되어 죽어 있었다. 뭉치기 위해서 서로 모인 그들은 큰 무더기를 이루었다. 여기저기 질식해서 죽은 사람들의 얼굴을 보면 숨이 막혀버릴 것 같았다. 절망한 많은 영혼들이 갑자기 빠져나가면서 서로 밀치다 보니, 선 채로 죽은 시체더미 위로 공기가 밀려 올라가버린 듯한 상상을 하지 않을 수 없었다.

이 광경은 왕의 영광의 시작으로 그의 마음속 깊이 새겨졌다. 그리고 그는 그것을 잘 간직하였다. 그러나 그날의 사건이 죽음의 승리였다고 한다면 지금 발코니에 힘없이 서 있는 그의 모습이 모든 백성의 눈에 의연하게 보인 것은 사랑의 놀라운 힘이었다. 그 전쟁터는 너무나 끔찍한 광경이었으나 이해될 수 있는 일임을 다른 사람의 표정에서 알 수가 있었다. 그러나 오늘의 광경은 이해가 되지 않았다. 언젠가 상리스 숲에서 본 황금 목걸이를 걸친 사슴의 모습과 똑같이 신비로워 보였다. 지금은 사슴이 아니라 그 자신을 드러냈고, 사람들은 그를 쳐다보느라 정신이 없었다. 그리고 그들은 숨을 죽이고는 왕이 젊은 시절에 사냥을 하다가 나뭇가지 사이로 순하게 생긴 사슴이 자신을 보았을 때 느낀 것과 똑같은 기대감이 백성들의 마음에 가득 차 있다는 것을 의심하시 않았다. 사신을 드러내 보이는 신비스러움이 왕의 부드러운 얼굴에 퍼지고 왕은 쓰러질까 봐 두려워 꼼짝도 하지 않고 있었다. 그의 널찍하고 단순한 얼굴에 번진 엷은 미소는 마치 돌로 된 성자의 미소처럼 노력할 필요도 없이 자연스럽게 계속되었다. 그가 그렇게 서 있는 그 순간은 영원을 느끼게 하는 순간이었다. 거기에 모인 백성은 거의 견딜 수 없을 정도로 마음이 고조되고 끝도 없이 넘치는 위안으로 충만되어 환호성을 질러 긴장감이 도는 정적을 깨뜨렸다. 그러나 이제 발코니 위에는 주베날 드 우르쟁[66]이 서 있을 뿐이었다. 그는 군중이 조용해진 틈을 타서 왕은 생 드니 거리의 예수 수난 극단[67]에 행차하셔서 종교극을 관람하실 것이라고 큰 소리로 알렸다.

그날, 왕은 아주 편안한 기분이 되었다. 그 시대의 어느 화가가 천국의 생활을 그리기 위해 참고가 될 것을 찾았더라면, 루브르 궁전의 높은 창문 아래에 어깨를 움츠리고 서 있는 조용한 왕의 모습보다 더 완벽한 모델을 발견하지는 못했을 것이다. 왕은 자신에게 헌정된, 크리스티네 피상의 『긴 배움의 길』이라는 작은 책의 책장을 넘기고 있었다. 그는 세계를 통치하는 데에 적합한 제후를 찾아내려고 했던, 저우의적인 의회의 박식한 논쟁 부분은 읽지 않고 언제나 가장 단순한 부분을 펼쳤다. 13년 동안 고뇌의 불길 위에서 증류기처럼 뜨거운 열을 받아 비탄의 눈물을 맑게 증류하는 데에만 마음을 썼던 크리스티네에 관한 이야기를 읽었다. 진정한 위안은 행복이 사라져 영원히 돌아오지 않게 된 후에야 비로소 찾아온다는 것을 왕은 깨달았다. 어떠한 것도

---

66) 샤를 6세의 신임을 받은 정치인(1369-1431).
67) 1402년에 창설된 아마추어 단체. 성서에서 나온 소재들을 신비극으로 공연했으며 샤를 6세가 특별히 후원하였다.

그 위안만큼 그에게 친근하게 느껴지는 것이 없었다. 그는 밖에 보이는 다리에 멍하니 눈길을 보내는 것 같았지만 마음속으로는 쿠메아의 무녀 아말테아[68]에게 이끌려 먼 길에 오른 화자의 마음을 통해서 그 당시의 세계를 바라보는 걸 좋아했다. 모험의 바다를, 먼 풍경에 의해 눌린 것 같은 낯선 탑이 있는 도시들을, 첩첩산중의 무한한 고독을, 그리고 갓 태어난 아기의 두개골처럼 처음에는 닫혀 있었지만 경건한 회의를 통해 탐구된 하늘을 바라보았다.

그러다가 누군가가 들어오면 깜짝 놀라서 다시 의식이 서서히 흐려졌다. 그리고 창가에서 끌려와서는 사람들이 하라는 대로 일을 처리했다. 그들은 왕에게 몇 시간 동안이고 화첩을 뒤적거리며 시간을 보내는 습관을 심어주었다. 왕은 그 일에 만족했으나, 다만 책으로 된 화첩을 뒤적여서는 여러 장의 그림들을 한꺼번에 볼 수는 없다는 것과 어떤 그림이나 이절판(二折判)의 커다란 판본이어서 마음대로 움직일 수 없는 것이 속상할 따름이었다. 그때 누군가가 완전히 잊혀져 있던 카드놀이를 생각해 냈다. 왕은 자신에게 카드를 갖다 준 그 사나이를 총애했다. 왕은 한 장씩 움직일 수 있으며 각 장마다 색칠이 된, 그림이 가득 차 있는 카드가 마음에 들었다. 카드놀이는 궁정 사람들 사이에도 유행을 했지만 왕은 자기 서재에 혼자 앉아서 카드놀이를 했다. 지금 왕이 두 장의 킹 카드를 나란히 펼친 것처럼, 그 무렵 신은

68) 고대 로마의 예언녀.

왕과 벤첼 황제[69]를 대면시켰다. 때때로 퀸 카드가 죽었는데 그렇게 되면 왕은 그 카드 패에다 하트 카드 한 장을 묘지의 비석처럼 올려놓았다. 이 카드놀이에서는 교황이 여러 명 있었는데 왕은 그것을 이상하게 생각하지는 않았다. 그는 테이블 저쪽 끝에다 로마를 세웠고 오른쪽 손밑은 아비뇽이었다. 로마는 왕에게 흥미가 없었다. 그는 어쩐 이유에서인지는 모르지만 로마를 원형 도시로 상상했으며 더 이상은 그 생각을 전개하지 않았다. 그러나 그는 아비뇽은 잘 알고 있었다. 그가 아비뇽을 생각하자마자 그 높고 밀폐된 궁전이 계속 떠올라 피로한 나머지 눈을 감고 숨을 깊이 몰아쉬지 않으면 안 될 정도였다. 그날 밤은 무서운 꿈을 꿀 것 같아 두려웠다.

그러나 대체로 카드놀이는 위안을 주는 놀이였다. 신하들이 왕에게 계속해서 카드놀이를 하도록 한 건 옳은 일이었다. 카드놀이를 하는 동안 그는 자신이 왕이며, 샤를 6세라는 확신을 가졌다. 그러나 그가 자신의 신분을 과장했다는 것을 말하려는 것은 아니다. 그는 자신이 한 장의 카드보다 더 나은 인간이라고 생각하지는 않았지만 자신도 정해진 한 장의 카드이며 어쩌면 좋지 않은 카드, 항상 지다 보니 화가 나서 내던져진 카드일지도 모르지만, 그래도 언제나 같은 카드이지 결코 다른 카드는 아닐 거라는 생각이 강하게 들었다. 그런데 그렇게 일주일이 계속되면서 그는 마음이

69) 샤를 6세가 1397년에 랭스에서 만났다. 교회의 분열 Schisma을 없애고 한 명의 교황에 합의하려 했으나 허사가 되었다.

답답해짐을 느꼈다. 몸의 윤곽이 불현듯 너무 뚜렷하게 느껴지듯이 이마와 목 주변의 피부가 잡아당겨지는 느낌이 들었다. 왕이 신비극에 대해 물어보고 그것이 시작되기를 기다릴 수 없을 정도로 못 참게 되면 그가 어떤 유혹에 빠져서 그러는지 아무도 알 수 없었다. 그 정도가 심해져서 어느 때부턴가 왕은 그의 생 폴 궁전보다도 생 드니 가[70]에서 지내는 일이 더 많아졌다.

서술적인 이 신비극에서 시(詩)의 운명은 내용이 끊임없이 첨가되고 보충되어 수만이라는 시구(詩句)로 비대해져, 마치 지구와 같은 크기의 지구의를 만든 것과 비슷하게, 극중의 시간은 결국 현실에서의 시간과 같게 된다는 점이었다. 텅 빈 무대의 아래쪽에는 지옥이 있고 위쪽 기둥 위에 난간도 없는 발코니가 붙어 있었다. 그것은 천국의 차원을 의미하였으나 다만 허구성을 줄이는 데 도움이 될 뿐이었다. 이 세기는 자신을 극복하기 위해 실제로 천국과 지옥을 지상에다 만들어놓았고, 이 두 힘에 의존하고 있었다.

그것은 한 세대 전에 요한 22세의 주위에 아주 많은 사람들이 모여서 이룬 아비뇽의 그리스도교 시대의 일이었다. 본의 아니게 피난민들이 어찌나 많이 모였는지 교황이 피난을 온 직후, 거처를 잃은 모든 사람들의, 극도로 고난에 처한 영혼을 위한 임시 거처처럼, 굉장에 창이 없는 육중한

---

70) 1402년에 만들어진 속인 단체가 성서에서 나온 소재를 이용해서 신비극을 공연했는데 샤를 6세의 후원을 받았으며 그 공연 장소가 생 드니 가에 있었다.

건물의 덩치가 생긴 것이다. 자그맣고 여윈, 영적인 노인인 교황 자신에겐 아직 제대로 된 거처가 없었다. 그는 아비뇽에 도착하자마자 잠시도 지체하지 않고 다방면으로 활발히 활동하기 시작했는데도 그의 식탁에는 독을 넣은 음식이 마련되어 있었다. 시중을 드는 신하가 먼저 일각수의 뿔을 술에 담갔다 꺼내어보면 항상 그 색이 변해 있었기 때문에 첫번째 잔의 술은 언제나 쏟아버려야 했다. 이 70세의 노인은 누군가 자신을 저주하기 위해서 자신의 모습을 본떠 만든 밀랍 인형을 가지고 돌아다니면서 그것을 어디에 숨겨야 할지 몰라 쩔쩔 헤매다가, 인형에 꽂힌 긴 바늘에 찔리고 말았다. 인형을 녹여버릴 수도 있었지만, 그는 그전부터 이 비밀스러운 인형을 두려워하고 있었기 때문에 자신의 강력한 의지와는 상관없이 인형을 불에 던지면 밀랍이 녹아드는 것처럼 그 자신도 죽어서 사라지게 되리라는 생각을 여러 번 하였다. 자그맣고 여윈 체구는 공포로 인해 계속해서 말라갈 뿐이었다. 그런데 이제는 적이 그의 제국의 몸통을 감히 침범하려고 했다. 스페인의 그라나다로부터 유태인들이 그리스도교도를 섬멸하려는 음모를 지니고 밀입해 왔다. 그리고 이번에 그들은 더 지독한 하수인을 매수하였다는 것이다. 나환자들이 음모했다는 소문이 곧 나돌았으며 아무도 그것을 의심하지 않았다. 벌써 나환자들의 균이 묻은 꾸러미를 우물에 던지는 것을 보았다는 사람이 하나 둘씩 나타났다. 사람들이 그런 일이 가능하다고 생각한 것은 소문을 쉽게 믿는 경솔함 때문이 아니었다. 그 반대로 신앙심이 어찌나 무디어졌는지 불안에 떠는 사람들에게서 떨어져나와 샘의 밑바닥에까지 가라앉은 것이다. 그래서 전전긍긍하던 노인은 나쁜 균이 핏속에 들어오지 못하도록 조심해야만 했다. 미신적인 공포에 사로잡히던 그 시절에 그는 자신과 주위의 사람들에게 황혼에 나타나는 악마에 대항하여 기도를 올리도록 하였다. 그래서 현재 저녁이면 불안에 떠는 전 세계에 마음을 진정시키는 기도의 종소리가 울리게 되었다. 그 밖에 그가 발행하는 모든 교서와 서한은 탕약이라기보다는 향이 나는 포도주와 같았다. 황제[71]는 그의 처방을 믿으려고 하지 않았으나 교황은 제국에 닥친 질병을 계속해서 열거하고 입증했다. 그리하여 아주 먼 동방의 나라들로부터 이 당당한 의사에게 문의하러 오는 자가 나타났다.

그러나 그때에 믿을 수 없는 일이 일어났다. 만성절에 그는 평소보다도 길고 열렬하게 설교를 했다. 갑작스러운 충동에 의해 자신의 신앙심을 내보인 것이다. 마치 자신을 다시 한번 바라보려 한 것 같았다. 85년 동안 성체를 모신 감실에서 있는 힘을 다해 그의 믿음을 천천히 끄집어내어 설교단 위에다 놓았다. 그때 사람들은 그에게 큰 소리로 욕을 했다. 전 유럽 사람들이 그의 믿음이 잘못되었다고 소리를 질렀다.

그러자 교황은 자취를 감추었다. 그는 며칠 동안 자기 침실에서 무릎을 꿇고서 영혼에 상처를 입은 행동을 한 사람

---

71) 독일 황제 Ludwig der Bayer(1314-1347년의 제국).

들의 비밀을 깊이 사색했다. 마침내 그는 심각한 명상에서 깨어나 지친 모습으로 다시 나타나서 자신의 신앙을 취소했다.[72] 그는 계속해서 신앙을 취소했다. 신앙을 취소한다는 것은 그의 노년의 정열이었다. 밤이 되자 그는 추기경을 깨워 자신의 믿음에 대한 회의를 이야기하기도 했다. 그가 오래 살 수 있었던 것은 자신을 증오하고 가까이 오려고도 하지 않던 나폴레옹 오르시니[73] 앞에서도 겸허한 자세로 임할 수 있는 날이 오리라는 희망 때문이었는지 모른다.

카오르의 야콥[74]은 신앙을 취소했다. 이 일이 있은 후 곧바로 신이 리뉘 백작의 아들[75]을 하늘로 부르셨는데 그것은 신이 교황의 잘못을 지적하려고 그랬던 거라고 생각할 수 있을 것이다. 이 뤼니 백작의 아들은 한 사람의 남성으로서 영혼의 향락이 있는 천국에 들어가려고 지상에서 성인이 되기만을 기다리고 있었던 듯했다. 추기경의 모습에서 당시 그의 깨끗한 소년의 모습을 기억해 내는 사람들이 많이 있었다. 청년이 되자마자 주교가 되었고 거의 열여덟 살이 될 즈음 신앙이 완성되어 무아의 경지 속에서 천국으로 올라갔다고 기억하는 사람들도 많았다. 그의 무덤가의 공기는 자

72) 교황 요한 22세는 1334년 11월 1일 최후의 심판 이전에는 어떤 영혼도 지복을 얻을 수 없다고 설교했다가 같은 해 12월 3일에 취소했다.
73) 추기경으로서 교황의 적수였다.
74) 교황 요한 22세를 가리키며, 프랑스 카오르 출신인 교황의 인간적 면모를 강조한 지칭이다.
75) 11세에 추기경이 되어 18세에 죽은 인물이다.

유롭고 순수한 생명이 들어 있어 시신들에게 여전히 영향을 끼쳤기 때문에 죽은 사람들을 만나기도 했다. 그러나 어린 나이에 성자가 된 것 자체가 어떤 점에서는 절망적인 것이 아니었을까? 이 영혼의 순수한 섬유를 마치 시대의 정제된 주홍색 염색 물감통 속에서 빛나는 색깔로 염색하는 것만이 목적인 것처럼 그것을 물감통 속에서 끌어낸 것이라면 그것은 모두에 대해 부당한 일이 아니었을까? 이 젊은 귀공자가 지상에서 떨어져 나와 재빠르게 승천했을 때 한 대 얻어맞은 듯 충격을 느끼지 않았을까? 이 세상에 빛과 같은 사람들은 왜 생계가 어려운 양초 제조자인 우리 사이에 머무르지 않는 것일까? 요한 22세가 최후의 심판 전에는 그 어디에도, 천국에까지도 온전한 행복은 있지 않다고 주장하기에 이른 것도 세상의 죄악 때문이 아니었을까? 사실 이 세상은 혼돈스러운 일로 가득 차 있는 반면에, 어딘가 그전부터 신의 광영이 비치고 있는 얼굴이 있어 천사의 등에 기댄 채 신을 보게 되리라는 희망으로 평온을 찾고 있다는 것을 상상하는 것은 얼마나 지독히 불쾌한가?

나는 추운 밤에 앉아서 글을 쓰고 있으며 이런 모든 일을 알고 있다. 어쩌면 내가 어렸을 때에 그 남자를 만났기 때문에 이런 일을 알게 된 것인지 모른다. 그는 키가 아주 컸기 때문에 사람들 눈에 띌 수밖에 없었을 것이다.

생각해 보면 믿어지지 않은 일이지만 저녁 무렵에 혼자서 겨우 집을 빠져나올 수가 있었다. 뛰어서 모퉁이를 도는 순간 그 사람과 부딪혔다. 약 5초 정도 사이에 어떻게 그 사건이 일어날 수 있었는지 지금도 이해가 되지 않는다. 아무리 요약해서 이야기한다 해도 생각보다는 훨씬 더 오래 걸릴 것 같다. 그와 부딪혔을 때에는 아팠다. 어린아이였는데 울지도 않았기에 스스로 기특하다고 여겼으며, 나도 모르는 사이에 위로받을 것을 기대하고 있었다. 그가 위로해 주지 않았기 때문에 나는 정신이 없어서 그럴 거라고 생각했다. 그 일을 잘 해결할 수 있는 적당한 농담이 그에게 떠오르지 않아서 그럴 거라고 짐작했다. 나는 이미 기분이 좋아져 그를 도와주려고 했다. 그러기 위해서는 그의 얼굴을 보아야 했다. 아까도 말했지만 그는 키가 컸다. 때문에 응당 내 위로 허리를 구부리고 있을 것 같았는데 의외로 예상치도 못한 높은 곳에 그의 얼굴이 있었다. 나는 여전히 조금 전에 그의 옷에서 나는 냄새와 이상할 정도로 딱딱한 옷의 감촉만 눈앞에 두고 있을 뿐이었다. 갑자기 얼굴이 보였다. 어떻게 생겼을까? 지금은 기억이 나지 않고, 기억하고 싶지도 않다. 그것은 적의에 찬 얼굴이었다. 그 얼굴 옆에 바로, 무시무시한 눈과 같은 높이에, 또 하나의 얼굴과 같은 느낌을 주는 주먹이 있었다. 얼굴을 돌릴 새도 없이 그 남자의 왼쪽으로 빠져나와, 텅 빈 무서운 길을 곧바로 뛰어내려갔다. 어떤 잘못도 용서해 주지 않을 낯선 도시의 길이었다.

지금 내가 이 힘들고 답답한 절망의 시대를 이해할 수 있는 것도 어렸을 때에 이미 경험했기 때문이었다. 그 시대는 화해를 나누는 두 사람의 입맞춤을 그 주변에 서 있던 살인자에게 보내는 신호로 여기던 시대였다. 두 사람은 잔 하나로 술을 서로 나누어 마시고, 모든 사람이 보는 앞에서 같은 말에 올라탔다. 밤에는 한 이불 속에서 잔다는 말도 있었다. 그러나 이처럼 몸을 접촉함으로써 혐오감도 심해져서, 동맥이 뛰는 것을 볼 때마다 두꺼비를 보는 것 같은 병적인 혐오감에 짓눌릴 지경이었다. 그 시대는 동생이 형보다 더 많은 유산을 물려받았기 때문에 형이 동생 집에 쳐들어가 동생을 감금하던 시대였다. 왕은 억울하게 당한 동생을 도와서 자유와 재산을 되찾아주었다. 형은 그것과 다른 사건에 말려들어서 동생을 가만히 놔두겠다고 맹세하고 편지로 자신의 잘못을 뉘우쳤다. 그러나 감금 상태에서 벗어난 동생은 이 모든 것에도 불구하고 마음의 안정을 찾지 못했다. 그 시대의 사람들은 동생이 순례자의 옷을 걸치고 갈수록 더 기이한 기원을 생각해 내면서, 이 사원에서 저 사원으로 돌아다니는 것을 보았다. 그는 마귀를 쫓는 부적을 달고 생 드니 사원의 수도사에게 자신의 두려움을 이야기했다. 그 사원의 헌납 장부에는 그가 성 루이에게 바치고자 했던 백 파운드짜리 긴 양초가 기록되어 있었다. 그러나 결국 그는 자신의 본래 생활로 돌아가지 못했다. 동생은 죽을 때까지 형의 시기와 분노가 비틀린 모습으로 자신의 마음을 누르고 있음을 느꼈다. 그리고 온갖 찬사를 받았던 저 푸아 백작, 가스통 푀부스[76]는 루르드의 대장이자 영국 왕을 모시고 있던 사촌 에르노를 남들이 보는 데서 살해하지 않았던가? 이런 확실한 살해는 백작이 갑자기 화가 나서 침대에 누워 있는 아들을 야단치려고 아들의 목에 부드럽다고 잘 알려진 그의 손을 갖다 대었을 때, 작고 날카로운 손톱 자르는 칼을 손에서 떼는 것을 잊었다는 끔찍스러운 우연에 비하면 무엇이었단 말인가? 방이 어두웠고 유서 깊은 가문의 피를 보기 위해서는 불을 켜야만 했다. 그런데 이 고귀한 가문은 지칠 대로 지친 소년의 작은 상처에서 아무도 모르게 피가 흘러나왔을 때 영원히 사라져버렸다.

그 시대에 누가 살의를 억제할 수 있을 정도로 강인할 수 있단 말인가? 극단적인 행동이 불가피하다는 사실을 누가 몰랐단 말인가? 대낮에 여기저기에서 자신을 살해할 듯한 눈길을 가진 사람과 시선이 부딪히면 묘하게도 가슴이 두근거렸다. 그러면 그는 뒤로 물러나 집안에 틀어박혀 문을 잠그고는 유언을 쓰고 결국은 버들가지로 엮어서 만든 들것과 셸레스틴파의 수도복과 매장할 때 뿌릴 재를 준비하도록 시켰다. 그러다 이국(異國)의 음유 시인들이 그의 성 앞에 나타나면 그는 자신의 막연한 예감과 일치하는 그들의 노랫소리를 듣고 많은 선물을 주었다. 주인을 쳐다보는 개의 눈길에도 의혹의 느낌이 들어 있었다. 개들은 주인을 따를 때에도 점점 불안해했다. 평생 동안 내내 지켜왔던 격언에는 새롭고 명백한 의미가 은근히 내포되어 있었다. 예부터 지켜져오던 몇몇 관습은 진부한 것으로 나타났지만 그것을 대신

---

76) 푸아 백작(1313-1391)은 푀부스(태양신 아폴로의 별칭)라고 불렸는데, 억세고 교활한 정치가로서 루르드 성을 넘겨주기를 거절한 자기 사촌 에르노를 죽였다.

할 어떤 관습도 생겨나지 않을 듯 느껴졌다. 여러 계획들이 마음에 떠올라도, 사람들은 실제로 그 계획들을 진지하게 생각해 보지 않고 대충 처리하였다. 반면에 어떤 추억들은 뜻밖에도 잊혀지지가 않았다. 저녁이 되어 난롯가에 앉아서 그런 추억에 잠겨볼 생각이었으나, 전혀 알지 못할 바깥의 어둠에 갑자기 귀를 바싹 기울이게 되었다. 수많은 자유로운 밤이나 위험한 밤에 익숙해진 귀는 밤의 정적이 자아내는 변화도 낱낱이 구별했다. 그런데 이번에는 밤이 달랐다. 어제와 오늘 사이에 있는 그 밤이 아니었다. 어떤 임의의 밤이 아니었고 그냥 밤이었다. 아, 은혜로우신 주여, 그리고 부활이여. 그런 때에는 지난날의 애인을 생각하며 찬미할 생각이 거의 나지 않았다. 그 애인들은 이별의 연가나 시 속에서 모두 가장을 하고 나타나며 오랫동안 싫증이 날 정도로 화려한 찬사를 받으며 등장했기에 이해할 수 없게 되었다. 기껏해야 그녀들은 어느 사생아가 보낸 아주 여성적인 눈길처럼 어둠 속에서 떠오르는 정도였다.

그러고 나서 늦은 밤 야식을 먹기 전에 은으로 된 세면대에 담근 자신의 두 손[77]을 바라보며 사색에 잠긴다. 이 두 손이 어떤 연관성이 있는지 생각해 볼 수 있을까? 물건을 쥐었다 놓았다 하는 동작을 계속하게 되면 결국 어떤 것이 느껴질까? 아니다. 두 손은 서로 상반되는 일을 하고 있었다. 두 손 모두 서로 파기시킬 뿐 진정한 행위란 없었다.

---

77) 폭스 백작은 저녁에 손을 씻다가 죽었다.

수도사들을 제외하고는 아무도 연극에 등장한 사람은 없다. 왕은(샤를 6세) 그들의 연기하는 몸짓을 바라보고는 그들을 위해 스스로 자유통행증을 고안해 냈다. 왕은 그들을 〈사랑스러운 형제들〉이라고 불렀다. 어느 누구도 왕에게 그렇게 총애를 받은 적이 없었다. 그들은 세속에 섞여 행동하는 것이 허용되었다. 왕은 그들이 많은 사람들에게 행동을 전이시켜서, 질서 있는 강력한 행동 속으로 끌어들이기를 간절히 원했기 때문이었다. 왕 자신도 그들로부터 몹시 배우고 싶어했다. 왕도 그들처럼 하나의 의미를 지닌 휘장과 의상을 몸에 걸치고 있지 않았던가? 그들의 동작을 바라보고 있으면 틀림없이 그것을 배울 수 있다고 왕은 믿었다. 무대에 등장하고, 퇴장하고, 대사가 끝나면 옆으로 물러서고 해서 전혀 애매모호한 점이 없었다. 끝없는 희망이 왕의 마음에 가득 찼다. 조명이 흔들리고 이상하게도 밋밋한 생드니 구호 병원 강당의 특별석에 왕은 매일같이 앉아서 흥분하다가, 일어서기도 하고, 학생처럼 긴장하기도 했다. 다른 관객들이 울고 있었지만 왕은 마음속으로만 무한한 감동의 눈물을 흘리면서 그것을 참기 위해서 두 손을 꼭 쥐고 있었다. 가끔 어떤 부분에서 대사를 끝낸 배우가 갑자기 크게 뜬 왕의 두 눈에서 사라져버리면 왕은 얼굴을 들고서 놀라는 것이었다. 언제부터 거기 서 있었는지 성 미카엘[78] 기사가 눈부신 은제 투구와 갑옷을 차려 입고 무대 위쪽 끝에

---

78) 수난극의 인물로 등장한 대천사 미카엘.

나타나 있었던 것이다.

그런 순간이면 왕은 몸을 일으켜 세웠다. 마치 무언가 결정을 내릴 때처럼 주위를 둘러보았다. 이곳 무대에서 벌어지는 동작에 대응할 동작이 금방이라도 나타날 것 같았다. 왕 자신이 등장하는, 방대하고 불안을 느끼게 하는 세속적인 예수의 수난극이 나타날 것 같았다. 그러나 갑자기 모든 것이 사라져버렸다. 사람들이 모두 와글거리기 시작했다. 활활 타오르는 횃불이 가까이 와서 강당의 둥근 천장에다 알 수 없는 그림자를 던졌다. 알지 못하는 사람들이 왕을 잡아당겼다. 왕은 연기를 해보려고 했다. 그러나 입술에서는 말이 한마디도 나오지 않았고 자신의 움직임은 어떤 동작이 되지 않았다. 사람들이 이상하게도 그의 주위에 몰려들었다. 왕은 십자가를 짊어져야 한다는 생각이 들었다. 그는 사람들이 십자가를 가져오기를 기다렸다. 그런데 힘이 더 커진 그들이 왕을 서서히 강당 밖으로 밀어냈다.

밖에는 많은 것들이 달라져 있었다. 어떻게 달라졌는지 모르겠다. 그러나 나의 신이여, 내면에서 그리고 당신 앞에서, 관객인 당신 앞에서, 내면에서, 우리가 연기를 하지 않는 것이 아닐까요? 우리는 우리 자신의 배역을 모른다는 것을 깨닫고, 거울을 찾아 분장을 지워버리고 잘못된 가면을 벗고 진실되기를 바란다. 그러나 어딘가에 아직도 우리가 잊고 있던 분장이 달라붙어 있다. 눈썹에 진하게 분장했던 것이 약간 남아 있고, 입술이 비뚤어져 있는데도 깨닫지 못한다. 이렇게 우리는 진실한 모습도 아니고 연기자도 아닌

어정쩡한 모습으로 우스꽝스럽게 돌아다니고 있다.

　그것은 오랑주에 있는 원형극장에서 일어난 일이었다. 나는 똑바로 쳐다보지도 않고 극장의 앞면에 남아 있는 세련되지 못하게 깎은 부분만을 의식하면서 감시인이 있는 유리문으로 들어갔다. 그리고 나는 쓰러져 있는 기둥의 몸체와 작은 알테아 나무 사이에 서 있었다. 경사진 관객석은 입을 벌린 조개나 어마하게 큰 오목한 태양시계처럼 가로로 뉘어 있었고, 오후 햇빛이 드리운 그늘로 인해 한쪽은 밝고 다른 한쪽은 어둡게 보였으며 잠시 기둥의 몸체와 나무에 가려져 보이지 않았다. 나는 빨리 그곳으로 갔다. 객석 사이로 난 계단을 올라가면서 이런 곳에서 점점 더 위축되는 것을 느꼈다. 약간 위에는 몇 명의 외국인이 그저 단순한 호기심으로 군데군데 둘러서 있고, 그들의 복장은 불쾌할 정도로 눈에 띄었지만 수준은 형편없었다. 그들은 잠시 나를 쳐다보고 내가 작다는 것에 놀라고 있었다. 그래서 나는 뒤를 돌아다보았다.

　아, 전혀 뜻밖의 일이었다. 연극이 진행되고 있었다. 어마하게 거대한, 초인적인 연극이 공연되고 있었다. 이 연극은 무대 위에 서 있는 강한 느낌을 주는 벽을 배경으로 진행 중이었는데, 이 벽은 수직으로 세 부분으로 나누어져 있었고, 너무나 커서 거의 압도적인 느낌이 들었으며, 무한함 속에서도 뜻밖에 조화를 느끼게 하는 그런 장치였다.

　나는 너무나 놀랍고 즐거웠다. 그림자가 얼굴 모양으로

배분되어, 가운데는 입처럼 짙게 드리워져 있고, 위쪽은 추녀의 돌림띠처럼 똑같이 말아올린 머리 모양을 한 이 우뚝 두드러져 보이는 벽. 이것은 만물을 변장시키는 강렬한 고대의 가면으로서, 세계는 이 가면 뒤에서 결정되어 얼굴이 되었다. 안으로 굽은 이 넓은 원형 객석에는 무언가를 기대하고 기다리면서 남의 것을 빨아먹는, 공허한 생활이 자리잡고 있었다. 온갖 사건은 그곳에 있었으며, 신과 운명마저도 그곳에 있었다. 그리고 위를 쳐다보면 벽의 맨 위쪽 너머로부터 창공이, 그 영원한 하늘이 들어오고 있었다.

그 순간이 나를 우리들의 극장에서 영원히 배제시켰다는 것을 이제야 깨닫는다. 내가 거기서 무엇을 할 수 있단 말인가? 이 벽이 (성상이 그려져 있는 러시아 교회의 벽) 헐려버린 장면 앞에서 무엇을 하겠단 말인가? 이 벽의 견고함으로 인해 행위를 짜낼 힘이 더는 없기 때문이다, 아주 무거운 기름방울에서 나오는 기체와 같은 행위를. 이제 연극은 구멍난 굵은 체 같은 무대로부터 덩어리로 떨어져 쌓이고, 충분히 불어나면 치워진다. 이것은 거리에나 집에나 있는 현실과 마찬가지로 미숙한 현실이다. 다만 현실에서 하룻밤 사이에 일어나는 것보다 더 많은 사건이 무대에서는 단 한 번에 모여서 나타난다는 게 다를 뿐이다.

(우리 솔직해지자. 신을 별로 가지지 못한 것처럼 우리는 극장다운 극장을 갖고 있지 않다. 그런 걸 갖자면 결속이 필요하다. 각자 자기만의 공상과 불안을 가지고 있다가 자신에게 이익이 된다든가 적합하다고 여겨질 때 다른 사람에게 보

260

여주는 것이다. 우리는 서로 함께 느끼는 고뇌의 벽을 향해 고함지르는 대신에 우리의 이성이 풍부하게 유지되도록 계속해서 그것을 희석하여 사용하고 있다. 그 벽 뒤에는 도저히 알 수 없는 것이 응결되고 긴장되고 있다.)[79]

그대, 슬픈 여성이여, 우리가 만일 극장을 갖게 되면, 그대는 언제나 날씬하고 꾸밈이 없는 순수한 그대가 보여주는 고통에 성급하게 호기심을 채우려 하는 관객들 앞에 설 것인가? 무한한 감동을 주는 그대[80]여, 아직 어린 그대가 베로나에서 그대를 승화시켜 가려주는 역할을 하는 가면처럼 많은 장미꽃을 그대 앞에 들고 무대에서 연기를 하고 있었을 때, 그대는 그대 고뇌의 진실을 예감하고 있었다.

그대가 배우의 자식이었다는 것은 사실이다. 그대의 가족들은 관객에게 보이기 위해서 연기를 했지만 그러나 그대는 그들의 가족과는 달랐다. 마리나 알코포라도는 느끼지 못했지만, 그녀의 수녀 생활이 가장이었던 것처럼 무대에서 하는 연기는 그대에게 하나의 가장이었다. 그 뒤에서 남의 눈치 보지 않고, 남이 모르는 가운데 행복한 사람이 행복을 느끼듯이 절실하게 고뇌에 몰두하기 위한 가장이었고 너무나 견고해서 지속적으로 할 수 있는 가장이었다. 그대가 가는 모든 도시마다 그대의 연기에 대해 찬사의 글을 실었다. 그러나 그대가 자신을 숨기려고 계속 그대 앞에 작품을 내

---

79) 원고 가장자리에 씌어 있다.
80) 당대 이탈리아의 명배우 엘레오노라 두제를 말한다.

세우지만, 그것이 갈수록 소용없는 일임을 사람들은 깨닫지 못했다. 그대는 광선이 비쳐 지나가는 장소에다 그대의 머리털, 그대의 두 손, 그 무슨 조밀한 것을 내민다. 그대는 투명한 것에 숨결을 뿜었다. 그대는 자신을 작게 했다. 그대는 아이들이 숨듯이 자신을 숨겼다. 그러고는 저 짤막한 행복의 비명을 올렸다. 천사만이 그대를 찾을 수 있었을 것이다. 그러나 그대가 조심스럽게 눈을 들어보니, 사람들이 내내 그대를 보고 있었음에 의심의 여지가 없었다. 추악하고 비어 있는, 오로지 사람 눈만으로 차 있는 공간에서 모두가, 그대를, 오직 그대 한 사람만을 보고 있었음을.

그대는 기분 나쁜 시선에 맞서려는 듯이 손가락을 펴고 팔을 굽혀서 관객을 향해 시선을 던졌다. 그대는 그대의 얼굴을 보고 즐기는 관객들로부터 자신의 얼굴을 다시 찾아내려 했다. 그대는 그대 자신이기를 바랐다. 그대의 동료들은 두려워 용기를 잃었다. 마치 사람들이 암표범과 그들을 같은 우리에 집어넣은 것처럼 무대 배경 옆을 어슬렁거리다가, 그대를 건드리지 않으려고 차례가 오면 필요한 대사만 지껄여댔다. 그러나 그대는 그들을 앞으로 데리고 나와 무대에 세워놓고 마치 실제로 현실의 사람들과 대화를 나누듯이 그들과 이야기했다. 축 늘어진 문, 눈을 속인 커튼, 뒷면이 없는 장치들은 그대에겐 모순적이었다. 그대는 그대의 마음이 엄청난 현실에 무한히 가까워지는 것을 느끼고, 깜짝 놀라서 다시 한번 더 관객으로부터 시선을 떨쳐버리려고 했다. 마치 가을철 하늘에 떠도는 거미줄을 떼어내듯이. 그러나 그때에 관객들은 지극한 진실에 직면하는 것이 두려워 박수갈채를 보냈다, 마치 그들의 생활을 변화시키고야 말 어떤 경험을 마지막 순간에 가로막으려는 것처럼.

사랑하는 사람들은 형편이 나쁘고 위험에 처해 있다. 아, 그들이 그 한계를 극복해서 사랑하는 사람이 된다면 좋겠는데. 사랑하는 사람의 생활은 오직 안전할 뿐이다. 어느 누구도 그들을 의심하지 않고, 그들 스스로 자신의 마음에 숨어 있는 것을 드러낼 일이 없다. 그들 마음속 은밀한 사랑은 거룩해지고, 그녀들은 밤 꾀꼬리처럼 그대로 노래하지, 결코 어느 한 부분을 노래하는 것은 아니다. 그녀들은 어느 한 남자를 연모하여 슬퍼하지만, 자연의 모든 것은 그녀가 부르는 슬픔의 노래에 화음한다. 그것은 신과 같은 한 사람을 연모한 슬픔의 노래인 것 같다. 그녀들은 떠나가버린 남자들을 뒤쫓지만 첫 걸음에 그 남자를 추월하여, 그녀들 앞에는 오직 신만이 있을 뿐이다. 그녀들에 대한 전설은 뤼키아까지 카우노스의 뒤를 쫓은 뷔블리스[81]의 전설이다. 연모의 정을 못 이긴 뷔블리스는 카우노스를 뒤쫓아 여러 나라를 다녔으며 마침내 기진맥진해 쓰러졌다. 그러나 그녀의 영혼이 몹시 강하게 작용하여 쓰러지면서도 내세에는 샘이 되어 소생하였다. 콸콸 끝없이 흐르는 샘이 되어서.

---

81) 쌍둥이 오빠인 카우노스를 사랑했다. 자신의 사랑에 놀라 도망치는 오빠를 쫓아가다가 마침내 절망하여 눈물을 흘렸는데 그것이 샘으로 변했다고 한다.

포르투갈 여인 마리나 알코포라도의 경우는 달랐을까? 그녀의 영혼은 샘이 되었을까? 엘로이즈, 그대는 어떤가? 그대 사랑하는 여인들이여, 그대들이 부른 슬픔의 노래는 오늘 우리들에게까지 전해져 왔구나. 가스파라 슈탐파여, 폰 디에 백작 부인[82]과 클라라 당두즈[83]여, 루이즈 라베[84]여, 마르셀린 데스보르드[85]여, 엘리사 메르쾨르[86]여.

그러나 그대, 달아나는 가엾은 아이세[87]여, 그대는 그전부터 망설이다가 양보하고 물러나버렸다. 지쳐버린 줄리 레스피나스[88]여, 경관 좋은 공원의 쓸쓸한 전설이 된 주인공 마리안 드 클레르몽[89]이여.

나는 아직도 정확하게 기억하고 있다. 먼 옛날 언젠가 집에서 보석상자를 발견했다. 그것은 두 손을 합친 것만한 크기의 부채 모양이었으며 짙은 녹색의 로코코 가죽으로 씌워져 있고 가장자리에는 꽃무늬가 찍혀 있었다. 그것을 열어 보았다. 안이 텅 비어 있었다. 오랜 시간이 지난 지금에야 나는 그때 느낀 기분을 말할 수 있다. 내가 그 상자를 열었

---

82) 12세기 프랑스 여류 시인.
83) 13세기 프로방스 지방의 여류 시인.
84) 프랑스 여류 시인(1525-1566).
85) 프랑스 여류 시인(1786-1859).
86) 프랑스 여류 시인(1809-1835).
87) 코카서스 태생의 노예 소녀였으나 어릴 때 콘스탄티노플의 외교관에게 팔려 파리에서 교육을 받았다.
88) 프랑스 사교계의 부인(1732-1776).
89) 왕녀(1697-1741). 제닐스 백작의 소설 『마드무아젤 드 클레르몽』에 등장한다.

을 때, 나는 다만 텅 빈 상자 안이 무엇으로 되어 있는지를 보았을 뿐이었다. 빛바랜 엷은 색의 비로드로 된 약간 오목하게 튀어나온 부분과 그 안쪽에 애처로울 정도로 공허하고 밝게 패인 홈으로 되어 있었다. 그런 느낌을 순간적으로는 견딜 수 있었지만, 사랑받다가 뒤에 남겨진 사람은 아마 언제나 그런 느낌을 받을 것 같다.

  너희들의 일기를 다시 펼쳐보아라. 봄이 가까워질 무렵이면 언제나 움트는 한 해가 너희들을 나무라듯 다가오는 느낌을 줄 때가 없던가? 너희들 마음속에는 기쁘게 지내고 싶은 기분이 있었다. 너희들이 넓은 야외로 나가면 바깥 공기 속에 낯선 기운이 생겨나 계속 걷다 보면, 마치 배의 갑판 위에 있는 것처럼 불안해졌다. 정원에는 싹이 트기 시작했다. 그러나 너희들은 (그것이 바로 문제였다) 겨울을, 지난 해의 겨울을 정원에 끌고 왔다. 너희들에게는 봄이라는 게 기껏해야 연속되는 현상 중의 하나였다. 너희들은 자신들의 영혼이 자연에 관심을 가지기를 기다리는 동안에 갑자기 사지가 노곤해지는 것을 느끼고, 아플지도 모른다는 예감이 너희들의 열린 가슴에 밀려왔다. 너희들은 그것을 얇은 옷 탓으로 돌리고, 어깨에 목도리를 끌어당기고 가로수길을 끝까지 달려가보았다. 그러다가 가슴이 두근거려 넓은 원형화단에 멈춰 서서, 그 모든 자연과 일치되리라 마음먹었다. 그러나 한 마리 새가 홀로 울면서 너희들을 거부했다. 아, 너희들은 죽은 상태로 있었어야 했는데.

그럴지도 모른다. 아마도 우리가 세월과 사랑을 극복한다는 것은 새로운 체험일지도 모른다. 꽃과 열매는 익고 나서야 땅에 떨어진다. 짐승은 서로 느끼고, 서로 맺어지고는 만족해한다. 그러나 신에게 무언가를 바라는 우리는 완성될 수 없다. 우리는 자연과 조화를 이룰 순간을 미루고 아직도 시간을 필요로 한다. 우리에게 한 해(年)라는 것은 무엇을 의미하는가? 모든 해라는 것은 무엇을 의미하는가? 우리는 신을 채 알기도 전에, 신에게 벌써 기도드린다. 우리로 하여금 밤을 극복하게 해주십시오, 그 다음에는 질병을, 그러고는 사랑을 극복하게 해주십시오라고.

클레망스 드 부르주[90]는 처녀 시절에 죽었어야 했다. 보기 드문 처녀였다. 그녀가 어느 누구에게도 비할 데 없이 멋지게 연주하는 악기는 악기 중에서도 가장 아름다운 목소리였다. 그녀의 목소리가 아무리 작게 울려도, 잊을 수 없을 정도로 아름다웠다. 그녀의 처녀다움이 무척이나 고매하여 사랑의 힘이 넘쳐나는 한 여인은 이 피어나는 처녀에게 소네트를 책으로 묶어 바쳤다. 그 책의 모든 시구는 채워지지 않는 그리움을 노래하고 있었다. 루이즈 라베는 끝없는 사랑의 고뇌를 보여주어 이 처녀를 놀라게 하는 데 두려워하지 않았다. 라베는 이 처녀에게 밤에는 그리움이 더 강해진다는 것을 보여주었고, 고뇌라는 것은 더 큰 우주일 거라고 단정적으로 말했다.

90) 총명과 미모를 타고났으며 시작과 음악에 뛰어났으나 약혼자를 잃은 슬픔으로 죽었다고 한다(1535-1561).

내 고향에 있는 처녀들이여. 그대들 중에 가장 아름다운 처녀가 어느 여름날 오후에 채광을 차단한 도서관에서 1556년 장 드 투르네[91]가 발간한 작은 책을 찾아낼 수 있다면 좋겠다. 그 처녀가 매끈하고 차가운 그 책을 들고 벌이 윙윙거리는 과수원으로 가거나, 달콤한 향기가, 밑바닥에 맑은 향기가 감도는 관상식물이 있는 곳으로 가면 좋겠다. 그녀가 그 책을 일찍 찾아내었더라면 좋았을 텐데. 그녀들이 어린 입으로 사과를 한 입 크게 베어서 입 안이 불룩해진 채 눈을 떠가는 시절에 말이다.

그리고 보다 더 활기차게 우정을 나누는 시기가 되면, 소녀들이여, 서로 디카 혹은 아낙토리아, 규리노 혹은 아티스[92]라는 이름으로 남몰래 부른다면 좋겠구나. 어쩌면 이웃에 살고 있고, 젊었을 때에 여행을 다니시고 오래전부터 특이한 사람이라고 불리는 나이 든 어떤 분이 너희들에게 그런 이름들을 가르쳐주었으면 좋겠다. 그리고 그분이 세상에 알려진 복숭아를 먹으라고, 혹은 하얀 복도의 위에 걸린, 한 번은 꼭 보아야 한다고 사람들의 입에 오르내리는 리딩어[93]의 동판화를 보여주려고 너희들을 가끔 초대한다면 좋겠구나. 어쩌면 너희들은 그분을 설득하여 이야기를 시킬 수도 있을 것이다. 너희들 중에는 그분이 옛날 여행 중에 썼던

---

91) 프랑스 리용의 화가이자 판화가이다(1504-1564).
92) 그리스 시인 사포의 여자 친구와 여제자들의 이름을 말한다.
93) 동물화로 알려진 화가이자 판화가이다(1698-1769).

일기를 보여달라고 조를 수 있는 소녀가 있을지 누가 알 수 있으랴? 이 소녀는 언젠가 그분을 졸라서 사포의 모든 시구들이 오늘날까지 전해진다는 것을 알게 되고, 그리고 은둔 생활을 하는 그 사람이 가끔씩 사포의 시구들을 번역하면서 여가 보내는 것을 즐긴다는, 거의 아무도 모르는 비밀을 알 때까지 그를 졸라댈 것이다. 그는 오랫동안 번역하는 일에 대해 생각하지 않았다는 것을 자백해야 할 것이다. 그리고 번역한 것은 말할 가치도 없다고 딱 잘라서 말할 것이다. 그러나 소녀들이 시구 하나라도 말해 달라고 몹시 조르면, 이 순진한 소녀들에게 기꺼이 한 구절쯤 들려줄 것이다. 심지어 그는 그리스어로 된 원시를 기억해 내어 그것을 읽어주기도 할 것이다. 그의 의견에 따르면 번역으로는 실감이 나지 않기 때문이며, 그리고 아주 강한 불길 속에서 달구어져 구부러진 순수한 귀금속 같은 시어의 아름답고 진실된 단편을 이 소녀들에게 들려주고 싶기 때문이다.

이런 일이 있은 후 그는 다시 자신의 일에 열중하기 시작한다. 그에게는 마치 청년기 같은 멋진 저녁이 다가올 것이다. 예를 들면 아주 고요한 밤이 오기 전 가을 저녁이 말이다. 그의 서재에는 늦도록 불이 켜져 있다. 그는 늘 책장만 넘기고 있는 것은 아니고, 종종 몸을 뒤로 젖히고 눈을 감고서는 읽은 시구를 다시 생각해 보게 된다. 그러면 그 의미가 그의 핏속에 스며든다. 고대의 의미를 그렇게 뚜렷이 느낀 적이 없었다. 그는 고대 사람들이 자신들도 기꺼이 출연하고자 했던 어느 실패한 연극에 대해서 슬퍼하는 사람들에 대해 미소 짓고 싶을 지경이다. 지금에야 그는 그 고대 세계의 역동적인 의미를 순간적이나마 깨닫는다. 그것은 인류의 모든 작업을 동시에 새롭게 수용한 듯한 의미였다. 어느 정도까지는 인간의 이상을 전부 실현시켰다고 할 수 있는 그 철저한 문화는 후세 사람들의 눈에 하나의 완성된 세계같이 보이고, 대개 지나가 버린 문화로 생각되었다는 것으로 인해 그는 혼동하지는 않는다. 사실 고대에는 두 개의 완벽한 반구(半球)가 황금으로 된 한 개의 신성한 구를 만들 듯, 인생이란 천상의 반구가 현세의 반구에 합쳐진 것이다. 그런데 이것은 겨우 이루어졌기 때문에 그 구 속에 갇힌 사람들의 마음은 그 완벽한 실현을 아직도 다만 실제가 아닌 비유적인 것으로 느끼고 있었다. 그래서 그 무거운 천체는 무게를 상실하고 공중으로 떠올랐고 그 황금 구의 표면에는 지금까지 극복할 수 없었던 세계의 우수를 조심스럽게 내비치고 있었다.

밤에 홀로 이런 것을 생각하고 인식하다가 그는 창턱 위에 과일이 담긴 접시 하나가 있음을 느낀다. 자신도 모르게 그는 사과 한 개를 집어 그것을 테이블 앞에 갖다 놓는다. 내 생활은 이 완성된 과일 주위를 어떻게 에워싸고 있을까 하고 생각해 본다. 모든 완성된 사물 주위에는 완성되지 않은 사물이 그것을 향해 나아간다.

그런데 그때 그에게는 완성되지 않은 사물 위에 무한한 세계를 초월하여 작고 긴장된 형체가 갑자기 나타난다. (갈리엔[94]의 증언에 의하면) 그 당시 사람들이 여류 시인이라고 말했을 때에 누구 생각했다는 사포의 모습이. 왜냐하면 헤라클레스의 업적 뒤에 세계가 파괴와 개조를 갈망하면서 일어선 것처럼 이 시대가 지니고 가야 할 축복과 절망이 사포의 정신적인 행위로 실현되도록 생명의 저장에서부터 모여들었다.

갑자기 그는, 죽는 날까지 완전한 사랑을 실행하려 했던 사포의 그 단호한 마음을 알게 되었다. 사람들이 그녀[95]의 마음을 오해했던 게 이상하지 않았다. 미래적인 사랑의 여인에게서 사람들은 오직 지나친 열정만을 볼 뿐, 사랑과 고뇌의 새로운 척도는 보지 못했던 것이다. 사포의 생을 말해 주는 묘비명을, 사람들이 그 당시 그럴싸하게 생각한 대로 해석했다. 즉 그의 죽음을, 신이 아무 응보도 없으면서도 자신의 마음에서 우러나 사랑하도록 한 여인들 중 하나의 죽음이라고 사람들을 드디어 해석했던 것이다. 사포의 감화를 받은 여성 친구들 중에도, 사포가 그녀의 행위의 절정에서 그녀의 포옹을 헛되이 만든 남자를 한탄한 것이 아니라 그 사랑을 받을 자격이 있었지만 이제는 그것이 불가능한 사람을 한탄한 것임을 이해하지 못한 여성들도 있었을 것이다.

여기까지 생각하다가 그는 일어나서 창가로 간다. 높은 천장이 너무도 가까이 느껴지고 가능하다면 별을 보고 싶다고 그는 생각한다. 그는 자신의 기분을 잘 알고 있다. 이런

---

94) 고대 그리스의 의사이며 철학자(113-201).
95) 고대 그리스의 여류 시인 사포를 말한다.

마음의 움직임이 자신의 가슴을 벅차게 하는 것은 이웃의 어린 소녀들 중에 관심 있는 소녀가 있기 때문임을 알고 있다. 그는 속으로 바라는 것들이 있는데 그건 자기 자신을 위한 것이 아니라, 그 소녀를 위한 것이다. 깊어가는 밤에 그는 그녀를 위해서는 사랑이 필요함을 깨닫는다. 그러나 그녀에겐 그 사실에 대해 아무 말도 하지 않겠다고 다짐한다. 혼자서 자지 않고 깨어나, 사랑의 여인 사포가 얼마나 옳았는지 그녀를 위해서 생각하는 게 최선일 것 같았다. 사포는 두 사람이 결합하는 것은 다만 고독이 깊어지는 것뿐임을 알고 있었다. 그녀는 성(性)의 유한한 목적을 끊임없이 타파하였다. 그녀는 깊은 포옹을 할 때 마음이 진정되는 것을 원하는 게 아니라, 동경을 원했다. 그녀는 두 사람 중에 한 사람이 사랑하는 사람이고 한 사람은 사랑받는 사람이 되는 것을 경멸했다. 그리하여 마음 약한, 사랑받던 사람과 동침하여 그에게 그녀의 영혼으로 뜨거운 사랑의 마음을 불어넣어 그녀에게서 떠나게 했다. 이런 차원 높은 이별로 인해 그녀의 마음은 자연에 일치되었다. 운명을 초월한 사포는 그전에 그녀가 사랑한 여성들에게 결혼 축가[96]를 불러주었고, 결혼의 의미를 드높여주었다. 그녀들이 남편들을 신처럼 여기도록, 아울러 남편들보다 더 나아지도록 하기 위

---

96) 사포는 1,300여 행으로 된 9권의 방대한 시 작품을 쓴 것으로 추정되나 현재 남아 있는 것은 700여 행뿐으로, 그중에서도 유명한 것은 제1권 서두의 여신 아프로디테에게 바치는 찬가와 마지막 권의 결혼 축가이다.

해서 그녀들과 가까운 남편들을 찬양해 주었다.

아벨로네여, 나는 오랫동안 그대 생각을 하지 않았는데, 최근 몇 년 전, 어느 날 갑자기 그대 생각이 났고 그대의 마음을 읽게 되었습니다.

가을에 베네치아에서 있었던 일이었다. 외국 관광객들이 오가며 잠깐씩이라도 외국인 여주인 주위에 모여드는 그런 살롱에서 생긴 일이었다. 그 관광객들은 찻잔을 들고 죽 둘러서서는, 옆에 있는 어떤 유식한 사람이 자기들에게 베네치아 식으로 들리는 이름을 속삭여주려고 고개를 문 쪽으로 슬쩍 돌릴 때마다 몹시 들뜬 상태가 된다. 그들은 아주 특이한 이름들을 기대하고 있어서 어떤 이름에도 놀라지 않는다. 보통 때는 어떤 경험이라도 별로 달가워하지 않다가도 이런 도시에서는 저절로 지나친 경험을 해보려고 애쓴다. 일상 생활에서 그들은 늘 특이한 일을 금지된 일과 혼동하고 있기 때문에 마음속으로 멋있는 일을 기대하고 있음이 그들의 얼굴에 우직스럽고 방탕한 표정으로 나타난다. 집에 있을 때에는 음악회에서나, 또는 혼자서 소설을 읽고 있는 순간에만 일어나는 일을 사람들은 이 기분 좋은 상황에서 당연한 상태인 듯이 나타내 보인다. 전혀 뜻밖에, 아무런 위험도 느끼지 못한 채, 그들은 음악이 주는 그 치명적인 고백이나, 노출된 육체에 흥분하게 되어 베네치아의 진정한 모습을 알려고 하지는 않고, 타보고 싶었던 곤돌라를 타고 넋을 잃는다.

여행 내내 오직 서로 싸움질만 하던, 이미 신혼이 아닌 부부도 화해의 침묵 속에 잠기고, 남편은 자신이 바라던 대로 기분좋게 노곤한 상태를 느끼고, 젊어진 듯 느끼는 아내는 이빨이 자꾸만 녹아 내리는 설탕으로라도 만들어진 것처럼 미소를 지으며 축 처진 그 지방 사람들에게 격려의 뜻으로 고개를 끄떡여 보인다. 귀기울여 들어보면 내일이나 모레 또는 주말에 이곳을 떠날 거라고들 한다.

나는 그런 사람들 사이에 서서 내가 떠나지 않고 있어서 기뻤다. 금방 추워지겠지. 선입견과 요구 사항이 많은 포근하고 황홀한 베네치아는 잠을 즐기는 외국인과 함께 사라지고, 어느 날 아침 베네치아는 그전과는 다른 본래의 모습으로 나타나겠지. 전혀 꿈의 소산이 아닌, 파열되어 보기 흉한 모습으로 가라앉은 숲 한가운데에는 아무것도 없이 억지로 세워져 온 베네치아의 모습이 나타나겠지. 꼭 필요한 것만 갖추어 다듬어진 이 도시의 몸체 속에서는 밤새도록 깨어 있는 병기창이 피를 돌게 하고, 이 몸체에 스며들어 계속 발전해 나가는 예리한 정신은 향기로운 남국의 향기보다 더 강하다. 가난한 가운데 생산한 소금과 유리를 여러 나라의 귀중한 물건들과 교역한 암시의 국가. 세상의 아름다운 평형추로서 그 장식된 건물 속속들이 더 섬세하게 된 에너지가 완전히 잠재해 있는 도시가 베네치아이다.

이 도시의 본래 모습을 알고 있는 내게 그것을 잘못 알고 있는 모든 사람들이 심하게 반박할 듯한 생각이 들어, 어떻게 해서든지 내 기분이 전해지도록 고개를 들었다. 이 커다란 홀 안에 이 지역의 본래 모습을 제대로 알게 되기를 자신도 모르게 기다리고 있는 사람이 한 명이라도 있지 않을까? 이 도시에서는 향연이 벌어지는 게 아니라, 실은 세상 어디에도 이곳만큼 요구하는 것이 많고, 엄격한 곳이 없다는 확실한 실례임을 금방 깨달은 청년이 한 명이라도 있을까? 나는 진실을 알고 있으므로 불안하여 가만히 있지를 못하고 돌아다녔다. 이 많은 사람들 중에 내가 진실을 알고 있는 까닭에, 그 진실을 토로하고 변호하고 증명해 보겠다는 생각이 간절해졌다. 모두 너무나 오랫동안 그렇게 착각하고 있는 사실에 대해 몹시 불쾌한 나머지 당장 손뼉을 치게 되지는 않을까 하는 엉뚱한 생각이 들었다.

이런 우스꽝스러운 기분 속에서 그녀는 나를 알아보았다. 그녀는 혼자서 햇빛이 환히 비치는 창 앞에 서서 나를 지켜보고 있었다. 그런데 사실은 나를 진지하고 심사숙고하는 눈빛으로 쳐다보는 게 아니라, 오히려 입으로 보고 있었는데 그 입은 내 얼굴의 솔직하고도 성난 표정을 익살맞게 흉내내었다. 내 얼굴이 초조하고 긴장되어 있음을 금방 느끼고 냉정한 표정을 지어보이자 그녀의 입은 원상태로 되었고, 다시 거만한 표정을 지었다. 잠시 생각한 후, 우리는 서로 동시에 미소를 지었다.

그녀는 시인 바게센[97]의 생애에서 어떤 역할을 했던 아름다운 베네딕테 폰 크발렌의 젊었을 때의 초상화를 떠오르게

---

97) 덴마크의 작가(1764-1826). 베네딕테 폰 크발렌은 바게센에게 수많은 편지를 쓴 여성이다.

했는지 모른다. 그녀의 검고 조용한 눈을 보면 맑고 그윽한 목소리를 짐작하지 않을 수 없었다. 머리를 땋은 모양이라든지, 밝은 색상의 옷이라든지 앞 부분을 재단한 모양이 덴마크 식이었기 때문에 나는 그녀에게 덴마크어로 말을 걸기로 마음먹었다.

그러나 나는 아직 그녀에게서 멀리 떨어져 있었는데, 그때 저쪽에서 일련의 사람들이 그녀에게로 다가가고 있었다. 손님을 좋아하는 백작 부인은 온화하면서도 들뜬 산만한 모습으로 여러 명의 수행인을 데리고 그녀에게 다가갔다. 그 자리에서 데려가 노래를 시키기 위해서였다. 나는 그 처녀가 손님 중에 아무도 덴마크어로 노래하는 것을 듣기 좋아하는 사람이 없을 거라고 말하며 정중하게 거절하리라 믿고 있었다. 그녀는 말할 기회를 틈타 그렇게 말하며 거절했다. 밝은 표정을 지은 그 처녀 주위에는 사람들이 몰려들어 더욱 애를 태웠다. 그 중 어떤 사람이 그녀는 독일어로도 노래할 수 있다고 말했으며, 그녀를 설득시키려고 「이탈리아어로도 노래할 수 있다」 흥분된 표정으로 소리를 내어 웃으면서 덧붙였다. 나는 그녀를 도울 수 있는 어떤 구실도 떠오르지 않았지만, 그녀가 계속 거절하리라 의심치 않았다. 계속 웃으면서 설득하던 사람들의 얼굴에 몹시 기분 나쁜 기색이 퍼지기 시작하였고 성품이 좋은 백작 부인은 조금 전부터 체면을 지키기 위해 안타까운 듯 점잖게 한 걸음 물러섰을 때, 이제 전혀 그럴 필요가 없게 되었을 때에 그녀는 승낙했다. 나는 실망한 나머지 얼굴이 창백해짐을 느꼈다. 내 눈에는 나무라는 기색이 넘쳤다. 그녀에게 그런 기색을 비쳐도 소용이 없었기 때문에, 나는 외면했다. 그런데 그녀는 갑자기 사람들에게서 떨어져 나와 내 앞에 섰다. 그녀의 옷이 밝게 비쳐 그녀의 체온이 꽃향기인 듯 나를 에워쌌다.

「나는 정말 노래할 거예요」 하고 그녀의 덴마크 말이 내 볼을 스쳤다. 「노래를 하라고 해서도 아니고, 그냥 보여주기 위해서도 아니고, 지금 여기서 노래하지 않을 수 없기 때문이에요」

그녀의 말에는 조금 전에 그녀가 보여준 기분 나쁜 당돌함이 느껴졌다. 나는 그녀를 다른 곳으로 데리고 가는 사람들의 뒤를 천천히 따라갔다. 그러나 높은 문 옆에 물러서서 나는 사람들을 밀어내고 정돈을 시켰다. 까맣게 반들반들 닦아 매끄러운 문 안쪽에 기대어 기다렸다. 누군가가 노래를 부를 준비가 되었는지 물었다. 나는 모르겠다고 거짓말을 했다. 내가 거짓말을 하고 있는데, 그녀는 벌써 노래를 부르기 시작했다. 내 자리에서는 그녀를 볼 수가 없었다. 이탈리아 노래가 서서히 공간을 메워갔고, 그 노래는 듣기에 매우 조화로워서 외국 관광객들에게 몹시 진지하게 느껴지는 듯했다. 그러나 노래를 부르고 있는 그녀는 그런 것을 생각하지 않는 듯이 보였다. 그녀는 애써서 노래를 묵직하게 불렀다. 앞에 있는 사람들의 박수 소리로 노래가 끝났음을 알 수 있었다. 슬프기도 하고 창피한 생각도 들었다. 사람들이 움직이기 시작했고, 누군가가 나오기만 하면 그 사람을 따라나가려고 마음먹었다.

그런데 그때 갑자기 조용해지더니 여태껏 아무도 예측할 수 없는 듯한 정적이 감돌았다. 정적이 계속되고 긴장감이 돌고 있던 가운데 그녀의 노랫소리가 들렸다. (아벨로네, 나는 아벨로네를 생각했다) 이번에 그녀의 노랫소리는 힘차고 풍부하면서도 무겁지 않았다. 그것은 끊어지지도 이어지지도 않은 하나의 작품에서 나온 노랫소리였다. 들어본 적이 없는 독일 노래였다. 그녀는 노래를 이상하게도 단순하게, 당연한 듯이 불렀다. 그녀는 노래했다.

그대여, 나는 말하지 않겠네
내가 밤에 울면서 누워 있음을
요람을 흔들듯
그대의 존재는 나를 흔들어 고달프게 하네
그대여, 그대는 내게 말하지 않네
나 때문에 그대가 잠 못 이룸을.
우리 서로 마음을 달래지 않은 채
어찌 이 아름다운 생각을
가슴속에 간직할 수 있을까?
(잠시 침묵 후 머뭇거리다가)
보라, 그대여, 저 사랑하는 두 사람을
마음을 고백하기 시작하면
그들은 금방 서로의 마음을 숨기네.

다시 정적이 감돈다. 누가 그렇게 하는지 신께서는 아신다. 그러고 나서 사람들은 움직이고, 서로 부딪히고, 죄송하다면서 기침을 했다. 어디선가 웅성거리는 소리가 나기 시작했을 때, 갑자기 노랫소리가 흘러나와 분위기가 달라졌다. 단호하고 풍부하며 한 곳에 응집된 목소리였다.

그대는 나를 외롭게 만드네. 나는 오직 그대만을
바꿀 수 있는데.
잠시 현존하는 그대,
그러다 다시 스치는 바람
혹은 남김 없이 타오른 향기가 되고.
아, 껴안은 두 팔 안에서 나는 그 모두를 잃어버렸네
오직 그대만이 언제나 다시 태어나겠지.
한번도 그대를 붙잡지 않았기에 나는 그대를 꼭 껴안네.

그것은 아무도 예측하지 못한 노래였다. 모두들 그 소리에 압도당한 듯 서 있었다. 노래가 끝날 무렵 그녀의 목소리는 더욱 차분하고 힘차게 들려, 마치 이 순간에 노래를 불러야 하는 것을 오래전부터 알고 있는 듯했다.

옛날에 나는 가끔, 아벨로네가 자신의 숭고한 감정의 불길을 왜 신에게 돌리지 않았을까 하고 자문해 보았다. 그녀가 자신의 사랑에서 모든 타동사를 빼기를 간절히 원했음을 나는 알고 있다. 그러나 그녀의 진실된 마음이 신은 오직

한 방향으로의 사랑일 뿐, 결코 사랑의 대상이 아니라는 것을 착각했을까? 그 여인은 신이라는 이 우월한 애인의 소극성을 몰랐던가? 신은 서서히 깨닫는 우리가 마음을 온통 받치도록 하기 위해 욕망을 조용히 밀어낸다는 것을? 아니면 그녀는 그리스도를 피하려 했던가? 신을 향해 가는 도중에 신으로부터 제지를 받고 그의 애인이 될까 염려했던 것일까? 그렇기 때문에 그녀는 율리 레벤트로우를 회상하고 싶지 않았던 것일까?

곰곰 생각해 보면 나는 거의 그렇게 믿는다. 메흐틸드[98]처럼 소박한 사랑의 여인, 테레사 데 아빌라[99]처럼 감동적인 사랑의 여인, 성녀 로사 데 리마[100]처럼 상처받은 사랑의 여인들은 자신들을 편안하게 해주는 신에게 의지하여, 쓰러지고 굴복하면서 그리스도의 사랑을 받아들였음을. 아, 약한 자에게 구세주였던 그분은 이런 강한 여인들에게는 맞지 않았다. 그 여인들이 오직 신을 향한 끝없는 길을 기다렸을 때, 긴장된 천국의 문턱에서 다시 한번 사람의 형상을 한 자가 나타나 그들을 제멋대로 휴식하게 하고, 남성의 매력으로 혼란시킨다. 그리스도의 마음의 렌즈는 굴절력이 강해서 이미 평행선을 이룬 그녀들의 영혼의 빛을 교차시키고, 천사들이 벌써 온통 신에게 마음을 받치도록 만들었던 여인들은 그리움에 목말라 불타오른다.

---

98) 독일의 수녀(1210-1282/83). 신비주의자.
99) 스페인의 여성 신비주의자(1515-1582).
100) 페루의 여성 신비주의자(1586-1617).

(사랑받는 것은 불타오르는 것이다. 사랑하는 것은 고갈되지 않는 기름으로 불을 밝히는 것이다. 사랑받는 것은 사라져 가는 것이고, 사랑하는 것은 지속적인 것이다.)[101]

그런데 말년의 아벨로네는 신과 은밀히 직접 교감을 나누기 위해 마음으로 생각하려고 했을 수 있다. 나는 그녀의 편지들 중에 여제후 아마리에 갈리친[102]의 주의 깊고 내면적인 성찰을 연상시키는 편지들이 있다고 상상해 볼 수 있다. 그러나 그 편지가 여러 해 전부터 그녀와 가까이 지낸 사람들에게 보내려고 씌어진 것일 경우, 그 사람은 그녀의 변한 모습에 얼마나 괴로워했겠는가. 그리고 아벨로네 자신도 그랬다. 그녀도 자신이 유령처럼 변하게 될까 봐 두려워했으리라 나는 짐작한다. 사람들은 그런 것을 느끼게 하는 모든 증거들을 계속해서 지극히 낯선 것인 양 떨쳐버리려 하기 때문에 본인은 느끼지 못하게 된다.

나는 성서에 나오는 〈탕아의 이야기〉가 사랑받기를 바라지 않았던 청년의 이야기가 아니라고 해도 쉽게 납득하지는 않겠다. 그가 어렸을 때 가족들은 모두 그를 사랑했다. 그는 성장하면서 다른 것은 몰랐으며, 가족들의 부드러운 사랑에 익숙해져 있었다.

그러나 소년이 되자 그런 습관을 버리려고 했다. 그는 그런 사실을 말할 수가 없었다. 그러나 하루 종일 밖을 돌아

---

101) 원고의 가장자리에 씌어 있다.
102) 하만 Hamann 등이 드나들던 뮌스터의 유명한 살롱을 지원한 인물 (1748-1806)로서 그녀의 일기와 편지가 출간되었다.

다니면서 개를 한번도 데리고 다니지 않았던 것은 그 개들도 그를 사랑했기 때문이었고, 개의 눈길에서도 주시, 관심, 기대, 걱정이 느껴졌기 때문이었으며, 개 앞에서조차 기쁘거나 불쾌한 기분을 나타내지 못한 채, 아무것도 할 수 없었기 때문이었다. 그러나 그 당시 마음속으로 그가 바란 것은 무관심이었다. 그로 인해 그는 아침 들판에서 그런 순수한 기분에 잡히면 달리기 시작했다. 더 상쾌하게 아침을 느끼기 위해서, 숨쉬는 시간마저 갖지 않기 위해 달리기 시작했다.

아직 한번도 실현되지 않은 인생의 비밀이 그의 눈앞에 펼쳐졌다. 자신도 모르게 샛길을 벗어나서 팔을 쫙 벌리고 그 넓은 품속에다 여러 갈래 인생의 방향을 한꺼번에 껴안을 듯이 계속 들판을 달렸다. 그러고 나서 그는 어느 울타리 뒤에 가서 몸을 던져보기도 했지만 아무도 그를 눈여겨보지 않았다. 그는 풀줄기 껍질을 벗겨 피리를 만들고, 작은 맹수에게 돌을 한 개 휙 돌려 던지고, 구부리고 앉아서 무당벌레 한 마리를 억지로 뒤로 끌어당기기도 했다. 이 모든 장난은 결코 운명이 되지는 않았으며, 하늘은 자연의 위를 흐르듯 그의 머리 위로 흘러갔다. 마침내 오후에는 온갖 공상이 떠올랐다. 그는 토르투가[103]라는 섬의 해적이 되기도 했다. 거기에서는 해적으로 있어도 아무런 의무가 없었다. 그는 캄페쉬를 포위하고 베라쿠르스[104]를 점령했다. 기분에

---

103) 아이티 부근의 섬.

따라, 자신이 해적 군대일 수도 있고, 말을 탄 두목이기도 했고, 바다 위에 뜬 배이기도 했다. 그러다 문득 생각이 떠올라 무릎을 꿇고 금방 데오다트 드 고총[105]이 되어 용을 처치했는데, 그의 이런 영웅적 행위는 복종을 하지 않은 오만불손한 짓이라는 소문이 들끓었다. 왜냐하면 사람들은 그 일이라면 아무것도 아끼지 않았기 때문에 그만큼의 상상이 끼여들었고, 그러는 가운데 아직 한 마리의 새가 되려는 시간이 있었다. 무슨 새인지는 확실치 않았지만. 다만 그 다음은 집으로 가야 하는 길만이 남아 있지만.

아, 집에 돌아가려면 그곳의 모든 것을 떨쳐버리고 잊어버렸어야 했다. 왜냐하면 제대로 잊어버리는 것이 필요했기 때문이었다. 그렇지 않으면 집안 식구들이 추궁하면 다 말해 버리게 되니까. 아무리 망설이고 뒤를 돌아다보았더라도 결국은 집의 지붕이 나타나게 된다. 위쪽에 있는 첫번째 창문이 그를 지켜보고 있었고, 누군가가 거기에 서 있는 듯이 느껴졌다. 온종일 기다리다 지친 개들은 덤불 숲을 지나 달려와서는 그를 원래의 그 사람으로 만들었다. 그리고 집에 들어가면 만사가 끝이었다. 오직 그 냄새로 가득 찬 집 안으로 들어가야만 했고, 이미 대부분의 일이 결정된 상태였다. 사소한 일들은 아직 바꿀 수는 있지만 전반적으로는 가족들이 생각하는 그 사람이 벌써 되어 있었다. 가족들은 지

---

104) 캄페쉬와 베라크루스는 멕시코의 도시명.
105) 금지를 어기고 용을 죽였는데, 그 후에는 판결에 순응했다는 전설 상의 인물.

난 어린 시절의 그와 그들의 소원대로 이미 한 인생을 만들어놓았다.

그는 밤이나 낮이나 가족들이 보여주는 사랑의 암시 속에서, 그들의 희망과 원망 사이에서 비난을 받거나 칭찬을 듣거나 하는 공유물이 되어 있었다. 매우 조심조심 계단을 올라가더라도 아무 소용이 없었다. 모두 거실에 모여 있다가 문이 열리기만 하면 그쪽으로 일제히 고개를 돌린다. 그는 어두컴컴한 곳에 서 있다가 다른 사람들의 질문을 기다리겠지. 그러나 그후에 가장 기분 나쁜 일이 일어난다. 사람들은 그의 손을 잡고 그를 테이블 쪽으로 데리고 간다. 그러면 거기에 있던 사람들이 모두 궁금하다는 듯이 불 앞으로 온다. 그들은 행복했고, 불빛을 받지 않고 있으며, 오직 그에게만 불빛이 비쳐져서 하나의 얼굴을 가진다는 게 너무나 창피하게 여겨졌다.

집에 남아서 가족들이 그에게 바라는 생활을 대충 눈가림으로 하게 되면 얼굴마저 그들 모두를 닮게 될까? 그의 의지의 섬세한 진실성과 그를 타락시키는 서투른 속임수 사이에서 자신의 생활을 적당히 배분하며 살아갈 것인가? 여전히 유약한 마음을 가진 가족들에게 피해를 줄 수 있는 사람이 되기를 단념할 것인가?

아니다, 그는 떠날 것이다. 말하자면 가족들이 모든 것을 다시 한번 조정하려고 섣불리 짐작하여 선택한 선물로 생일 테이블을 꾸미느라 정신이 없는 동안에 다시는 돌아오지 않을 작정으로 떠날 것이다. 그 당시 그는 어느 누구도 사랑받는다는 끔찍한 처지에 넣지 않기 위해서 결코 아무도 사랑하지 않겠다고 얼마나 다짐을 했는지 훨씬 후에야 겨우 깨닫게 될 것이다. 여러 해가 지난 후, 그에게 그때 했던 결심이 떠오르겠지만 다른 결심과 마찬가지로 이번에도 실천할 수 없었다. 그는 고독 속에서 사랑을 계속해 왔기 때문에 그때마다 온갖 힘을 기울이고, 상대방의 자유에 대해 말할 수 없이 신경을 써왔다. 그는 사랑의 대상을 그의 감정의 빛 안에서 소진시키는 대신에 그 빛으로 남김없이 비춰주는 것을 서서히 배웠다. 그리하여 점점 더 투명해진 애인의 모습으로 인하여 그의 무한한 소유욕에 넓은 전망이 트이는 것을 느꼈고, 그로 인한 황홀감에 익숙해졌다.

그리고 그는 자신도 그렇게 환히 비춰지기를 간절히 바란 나머지 얼마나 밤새도록 눈물을 흘렸던가. 그러나 사랑받는 여인은 사랑을 받아들이는 것만으로 아직 사랑하는 여인이 되지 못한다. 아, 밀물처럼 밀려오는 사랑의 선물을 몹시 허무하게 느껴 낱낱이 되돌려받은 쓸쓸한 밤이여. 그는 무엇보다 자신의 소원을 들어주는 것을 두려워한 중세의 음유 시인들을 얼마나 그리워했던가. 그는 이런 고통을 경험하지 않으려고 벌어들이고 불어난 돈을 몽땅 갖다 바쳤다. 여인이 그의 사랑에 응할까 봐 불안해져 날이면 날마다 돈을 함부로 써서 그 여인의 마음을 아프게 했다. 그것은 그에게 남김없이 빛을 비춰줄 여인을 만날 거라는 희망을 더 이상 간직하지 않았기 때문이다.

가난은 매일 새로운 어려움으로 그를 위협했으며, 그의

머리는 곤경의 애용물이 되어 완전히 지쳐버렸고, 그의 몸 곳곳에 마치 극도의 불행을 직면한 절박한 눈처럼 종기가 나 있었으며, 그 자신이 오물과 마찬가지여서 사람들은 그를 피해 갔다. 그 오물이 끔찍이도 겁나던 때에도 그는 생각하면 사랑에 응해 오는 것이 더 끔찍했다. 모든 것이 사라진 그 포옹의 참담한 슬픔에 비하면 그후의 어떠한 어려움도 비할 수가 없었다. 그런 포옹에서 정신을 차리고 보면 미래가 없다는 기분이 아니었던가? 온갖 위험에도 아랑곳없이 무턱대고 돌아다니지는 않았던가? 죽지 않겠다고 수백 번 약속해야 되지 않았던가? 그의 생활을 쓰레기 더미 속에서도 지속시켜 주었던 것은 살아올 때마다 자리 하나를 가지려 했던, 이 나쁜 추억에 대한 집착이 아니었을까? 마침내 사람들은 그를 다시 찾았다. 그리고 이제야 비로소 목동의 시절로 돌아와 그의 숱한 지난날은 진정되었다.

그 당시 그의 경험을 누가 글로 쓸 수 있겠는가? 어느 시인이 그때 그의 기나긴 날들을 짧은 인생과 결합되도록 설득할 수 있겠는가? 어떤 예술이 외투를 걸친 그의 날씬한 모습과 함께 그 광활하고 어두운 공간을 모두 생생하게 재현할 수 있겠는가?

그가 서서히 회복되어 가는 환자처럼 자신을 평범하고 눈에 띄지 않는 인간으로 느끼기 시작한 무렵이었다. 그는 오직 생존하는 것이 아니면 사랑하지 않았다. 그의 양들이 보여주는 단순한 사랑에는 관심이 없었다. 그런 사랑은 구름 사이로 비치는 빛처럼 그의 몸 주위에 흩어져 초원 위에서 부드럽게 빛나고 있었다. 배고픈 양떼들의 허물없는 자취를 따라 그는 이 속세의 목장을 넘어가고 있다. 타국인들은 아크로폴리스에서 그를 보았다. 아마도 그는 오랫동안 보[106] 지방에서 일한 목동 중의 한 사람이었을지도 모른다. 그는 거기서 기념 비석으로 변한 시대의 높은 가문[107]의 유적을 보았을지도 모르는데, 그들은 7과 3이라는 숫자가 뜻하는 모든 것으로도 자기네 별의 불길한 16광선을 제어하지는 못했다. 혹은 나는 그가 오랑주에 있는 시골풍의 개선문에 기대어 있는 모습을 상상해 볼까? 혹은 아를르의 알리스캉[108]의 영혼이 쉬고 있는 그늘에 서서 부활한 자의 무덤처럼 열려 있는 무덤 사이에서 그의 눈초리가 잠자리의 뒤를 쫓고 있는 모습을 볼까?

어떻든 상관없다. 나는 그의 모습보다 더 많은 것을 본다. 그는 그 당시부터 신에 대한 오랜 사랑, 그 조용하고 목표도 없는 작업을 시작했었던 그의 생을 본다. 영원히 그렇게 생활하려고 했던 그에게 마음을 달라고 할 수 없다는 생각이 다시 한번 그를 사로잡았기 때문이다. 그리고 이번에는 신이 그의 소원을 들어주시기를 바랐다. 오랫동안 외로이 살면서 예감에 가득 차고 확고부동해진 그의 온 정신이, 그가 지금 생각하고 있는 분이 열렬하고 멋지게 그를

---

106) 프로방스 지방의 고장.
107) 보족은 15세기 마을이나 수도원을 7:3 비율로 소유하고 있었다. 그 일족의 문장이 16개의 빛줄기를 가진 별이었다고 하나 17세기에 멸망했다.
108) 아를르 근처의 고대 묘원.

사랑한다는 걸 확신하게 했다. 그러나 그가 드디어 그토록 빈틈없는 사랑을 받고 싶어하는 반면, 먼 거리에 익숙해 있는 그의 감정은 신에게 이르기까지는 무한한 거리가 가로놓여 있다는 것을 깨달았다. 자신을 공간 속에 던져넣으려고 생각하는 밤들이 왔다. 발견하는 일에 가득 찬 시간들이, 그런 시간이면 그는 지구를 자기 마음의 폭풍 속에서 조수에 실어 높이 쳐들어 올리기 위해 그 속에 잠겨들어 가기에 충분한 힘을 가졌다고 느꼈다. 그는 멋진 말을 듣고 흥분을 해서 그 말로써 시를 지으려는 사람 같았다. 그 말을 배우기가 얼마나 어려운지 알고 놀라는 일이 그를 기다리고 있었다. 그는 아무 뜻도 없는 짤막한 허위의 첫 문장을 쓰기까지 일생이 걸린다는 것을 처음에는 믿지 않으려 했다. 그는 주자가 시합에 나가 뛰듯 이 말을 습득하는 데에 뛰어들었다. 그러나 극복해야 할 장애물들이 뛰는 속도를 지연시켰다. 초보자보다 더 굴욕적인 것은 생각해 볼 수가 없었다. 그는 현자의 돌을 발견했으나, 빨리 만들어진 그 행복의 황금을 인내의 납덩이로 바꾸도록 끝도 없이 강요당했다. 스스로 공간에다 자신을 적응시킨 그는 출구도 방향도 없는 미로를 벌레처럼 기어나가야 했다. 이제 그가 몹시 애를 써서 고통스럽게 사랑하는 법을 배웠을 때, 지금까지 그가 이루어왔다고 생각한 사랑이 모두 얼마나 부족하고 미미하였는지 드러났다. 그것은 무에서는 아무것도 이루어질 수 없는 것과 같았다. 왜냐하면 그는 그의 일을 하기를, 사랑을 실현하기를 시작한 일이 없었기 때문이다.

이런 식으로 몇 해가 지나는 동안, 그의 마음속에는 커다란 변화가 일어났다. 신에게 가까워지려고 힘들게 일을 하다 보니 신을 거의 잊고 있었던 것이다. 시간이 지남에 따라 신에게 도달할 수 있기를 바랐던 모든 것은 오로지 〈하나의 영혼을 묵과해 줄 신의 인내〉뿐이었다. 인간들이 매달려 있는 운명의 우연은 이미 그에게서 떨어져 나갔다. 그러나 지금은 인간에게 필요한 욕망과 고뇌조차도 그 양념으로 곁들인 맛을 잃어버리게 되어, 그에게는 순수하고 자양분이 풍부한 것이 되었다. 그의 존재의 뿌리에서는 결실의 기쁨을 주는 겨울을 이겨내는 단단한 나무가 자라기 시작했다. 그는 자신의 내면 생활을 성취하는 데 완전히 몰두했다. 그는 모든 것에 그의 사랑이 깃들여서 자라나고 있음을 믿었기 때문에 아무것도 건너뛰지 않으려고 했다. 그렇다. 그의 내면의 상태는 그가 옛날에 성취할 수 없었고, 그저 기다리기만 했던 일 중에서 가장 중요한 일을 다시 해보려고 결심하게 되었다. 그는 특히 어린 시절에 대해 생각했는데, 조용히 생각하면 할수록 허송세월로 느껴졌다. 그 당시의 모든 추억은 막연한 예감 그 자체였고, 지나가버린 것으로 여겨진 일이 마치 미래의 일처럼 느껴지게 해주었다. 이 모든 것을 다시 한번, 이제는 정말로 체험하려는 것이 탕아가 고향에 다시 돌아온 이유였다. 우리는 그 탕아가 고향에 머물렀는지는 모른다. 다만 그가 다시 돌아왔다는 것만 알고 있을 뿐이다.

이 이야기를 해주는 사람은 이 부분에서 그 집이 어떤 집이었는지 우리에게 상기시키려고 시도한다. 왜냐하면 그 집에서는 시간이 거의 흘러가지 않았는데, 그것은 헤아릴 수 있을 정도로 약간의 시간이 흘렀기 때문이었다. 모든 집안 식구들이 어느 정도의 시간이 흘렀는지 말할 수 있었으니 말이다. 개들은 늙었으나 아직 살아 있다. 개 한 마리가 짖어댔다는 이야기가 있다. 매일 해오던 일이 중단되었다. 놀라울 정도로 연로하지만 닮은 얼굴들, 성인의 모습들이 창가에 나타난다. 그 중 완전히 늙어버린 한 얼굴을 갑자기 인식이 창백하게 뚫고 지나간다. 인식이라고? 정말로 그것뿐이었을까? ……용서다. 무엇에 대한 용서일까? 아니, 그것은 사랑이다. 아, 그것은 사랑이다.

그는, 지금 인식된 자 그는 너무 정신이 팔려 있어서 미처 그 생각을 못했었다. 사랑이 아직도 있을 수 있음을. 그 후 일어난 모든 일 중에서 오직 이것만이 전해져 있음을 이해할 수가 있다. 그의 몸짓, 지금까지 본 적이 없는 몸짓. 그는 모든 사람의 발밑에 엎드려서 그들이 자신을 사랑하지 않기를 간청하는 몸짓을 했다. 그들은 놀라서 주저하면서도 그를 잡아 일으켰다. 그리고 그 기괴한 행동을 나름대로 해석하여 그를 용서해 주었다. 분명히 절망을 나타내는 행동인데도 모두가 그를 오해한 것이 그에게는 말할 수 없는 해방감을 느끼게 해주었음에 틀림없다. 아마도 그는 집에 머무르고 있을 것 같다. 왜냐하면 그들이 그렇게 드러내며 서로 몰래 격려하면서 보여준 사랑이 그를 염두에 둔 사랑이 아님을 그는 갈수록 더 많이 인식했기 때문이다. 그들이 서로 사랑하려고 애쓰는 것을 보면서 그는 거의 웃지 않을 수가 없었다. 그리고 그들의 사랑이 그에 대한 사랑일 수 없다는 것이 분명해졌다.

그가 누구인지 그들이 어떻게 알았을까. 그를 사랑하기가 정말 힘들게 되었다. 단 한 분만이 그를 사랑할 수 있음을 그는 느꼈다. 그러나 그분은 아직도 그를 사랑하려고 하지는 않았다.

릴케의 생애와 작품

릴케Rainer Maria Rilke(1875 - 1926) ── 이 얼마나 여성적이며 아름다운 연상을 불러일으키는 이름인가! 〈여성의 혼 Frauenseele〉이라고까지 일컬어지는 이 시인의 시혼(詩魂)과 일치하는 이미지의 탓만은 아닌 것 같다. 왜냐하면 그가 어머니에 의해서 마치 소녀처럼 양육되었고, 학교에 가기 전까지 소녀의 복장을 하고 다녔다는 이야기를 우리는 알고 있기 때문이다.

이렇게 볼 때, 그의 생애에서 만난 여러 연상의 여성들과의 관계에서도 이 문제에 대한 긍정적인 해답을 얻을 수 있는 것 같다. 여하간 여성적이며 다정다감하기 그지없는 성격이 평생을 두고 개인 생활을 지배하였고, 시에서도 이러한 성품이 농후하게 나타난다. 그런데 그의 유년 시절에 이와는 극히 모순된 사건이 일어났음을 알게 되면 기이한 느낌을 받을 수밖에 없다. 그것은 그가 불과 11세의 나이에 어머니의 품을 떠나 성(聖) 푈텐Poelten 시(市)에 있는 육군 실과(實科) 중학교에 입학하게 되었다는 사실이다.

원래 릴케의 아버지는 군인의 전통이 흐르는 가문 출신이어서 군력을 희망했다. 그러나 병약한 신체 조건 때문에 뜻을 이루지 못했으므로 자연히 자기의 아들에게 이루지 못한 소원 성취의 기대를 걸게 되었으리라. 이 점을 이해한다면, 그 수수께끼는 저절로 풀릴 것이다. 그런데 섬세한 성격과 유약한 몸의 소유자인 릴케가 육군 실과 중학교 생활을 어떻게 보냈을지는 짐작하고도 남음이 있다. 이에 관해서도 여러 가지 전설이 따르고 있으나, 1890년 메리슈바이스키르헨Maehrisch-Weisskirchen에 있는 육군 실과 고등학교에 진학한 다음 해 그가 드디어 사관(士官)이 될 희망을 버리고 이 오욕의 생활에서 벗어났다는 것을 아는 것만으로 족할 것이다.

육군 실과 학교를 떠나온 그는 린츠Linz 시(市)에 있는 상업학교를 거쳐 1892년, 그가 출생한 프라하의 대학에서 철학과 문학사 등을 공부하였다. 그러는 한편 그는 열심히 시를 창작했으며, 그후 뮌헨과 베를린으로 옮긴 다음 1896년에서 1897년까지 많은 문인들과 접촉할 기회가 있었다.

니체와의 에피소드로도 유명하고, 당시 문필가로 잘 알려진 루 안드레아스 살로메 Lou Andreas Salomé(1861-1937)와 알게 된 것도 뮌헨에서의 일이었다. 1899년과 그다음 해에 있었던, 두 차례에 걸친 러시아 여행도 살로메와 동행이었음은 유명한 이야기이다. 톨스토이와도 만난 바 있는 러시아 여행은 그의 문학 생애에 커다란 영향을 끼쳤다. 『기도시집』은 바로 이 체험의 소산이었다.

> 내 눈빛을 끄세요. 그래도 당신을 볼 수 있습니다.
> 내 귀를 막으세요. 그래도 당신을 들을 수 있습니다.
> 발 없이도 당신에게 갈 수 있습니다.
> 입 없이도 당신을 불러낼 수 있습니다.
> 내 팔을 꺾으세요, 그럼 손으로 잡듯
> 내 심장으로 당신을 잡을 것입니다.
> 내 심장을 막으세요. 그럼 내 뇌가 고동할 것입니다.
> 당신이 내 뇌에 불을 지르면,
> 당신을 내 피에 실어 나를 것입니다.

이 시는 『기도시집 Das Stunden-Buch』 제2부 〈순례의 서〉에 나오는 유명한 작품이다. 이것이 루 안드레아스 살로메에 대한 열렬한 사랑의 고백을 읊은 시라는 사실은 훨씬 후, 유부녀였던 살로메의 사후에야 알려졌다. 이로써 러시아 여행, 특히 두번째 여행은 릴케의 시적 체험이라는 측면 외에 개인적인 체험이라는 측면에서도 각별한 의미를 가지는 일이었다. 그후에도 친구로 지냈지만 열 살 넘게 연상이

었던 살로메의 이성적 결단이 이 사랑의 관계에 머지않아
종지부를 찍었다.

두번째 러시아 여행에서 돌아온 릴케는 1900년대에 곧 친
구인 화가 하인리히 포겔러Heinrich Vogeler의 초청으로 브
레멘에 가까운 보르프스베데라는 마을에서 한동안 예술가들
과 함께 지냈다. 여기에서 그가 회화와 조각에 골몰해 있는
일단의 여성들과도 만나게 되었다. 그들 중에서 클라라 베
스토프Clara Westhoff와 1901년 그의 나이 25세 때 결혼하였
다. 그들 사이에 딸이 하나 태어난 것을 제외하고는 행복한
결혼 생활은 아니었고 두 사람은 머지않아 별거를 하게 되
었다.

그러나 보르프스베데 체류는 그의 시인 편력에서 매우 중
요한 의미를 갖는다. 그의 러시아 여행에서 얻은 황야의 체
험이 보르프스베데에서의 북독일적(北獨逸的)인 황야 체험을
통해서 보충되었다고도 할 수 있다. 보르프스베데에도 규모
는 작았지만 러시아에서처럼 평야와 황야의 무한성 같은 것
이 있었던 것이다. 그는 황야와 그 위에 펼쳐져 있는 하늘
과 자연의 정적을 사랑했다. 그로 하여금 자연에 눈을 돌리
게 한 충동은 그의 예술상의 욕구와 일치하는 것이었으며,
이런 소박하고 평범하며 광막한 러시아와 보르프스베데의
풍경이 그의 범신론적 시상을 낳는 데 지대한 영향을 미쳤
다. 『기도시집』은 바로 그 결집이었다.

그는 본래 17세 때부터 많은 시작(詩作)을 했었고 1873년부터 1898년까지 『가신에게 바치는 제물 *Larenopfer*』, 『꿈의 관(冠)을 쓰고 *Traumgekroent*』 등의 시집을 출판했다. 그러나 이 시집들은 기분과 감상적인 정조(情調)를 위주로 한 것들이어서 장차의 릴케를 이 초기 시에서 감지하기는 어렵다. 이런 의미에서 그에게 시인이라는 위치가 확립된 것은 1902년에 나온 『형상시집(形象詩集) *Das Buch der Bilder*』과 1905년에 출판된 『기도시집』 이후부터이다. 『형상시집』에서 그는 자신의 시적 언어를 찾았고, 신비주의자와 같은 눈을 얻었으며, 시인의 직감으로써 겸허하게 사물을 보고 그 사물의 핵심에 육박하는 법을 배웠던 것이다.

『기도시집』은 앞서 말했듯이 그의 러시아 여행과 불가분의 관계에 있는 종교적 체험의 소산이다. 이 시집은 『두이노의 비가 *Duineser Elegien*』와 『오르페우스에게 바치는 소네트 *Sonette an Orpheus*』에 이르는 과정에서 하나의 중요한 이정표를 나타낸다. 『기도시집』은 더욱이 그의 자기 발견의 최초의 기록이며 언어적으로도 초기 시의 문학 소년적인 문체를 탈피하여 독자적인 경지를 개척한 대표적 시집이다. 『형상시집』에서는 『신시집 *Neue Gedichte*』과 『신시집 별권 *Der neuen Gedichte anderer Teil*』의 구상성(具象性)에로의 과정에 들어섰음을 보여주는데, 이른바 사물시의 결정(結晶)인 『신시집』은 오귀스트 로댕 *Auguste Rodin*(1840-1917)과의 접촉에서 얻은 조형 예술 세계 체험의 소산이었다.

릴케가 로댕과 만나게 된 직접적 동기는 〈로댕 연구〉를 써달라는 위촉을 받은 데 있었다. 여하간 1902년 8월 그는 파리에 발을 디뎠다. 로댕과의 사이에 관한 여러 가지 일화들이 많이 있으나, 우리가 알아야 할 것은 1905년에 릴케가 로댕의 집으로 거처를 옮기고, 무보수 비서로 지내다가 1년 후에는 사소한 사건으로 인해서 그곳을 나와 파리의 조그만 하숙집으로 거처를 옮겼다는 것이다. 릴케는 파리에 오자마자 이 대도시의 빈곤과 침체에 아연했다. 이곳에서 그는 무의미한 것, 타락과 암흑, 그리고 만연해 있는 악을 관찰하고 체험했던 것이다. 이러한 체험과 고독한 하숙 생활을 통하여 그는 탁월한 일기체 소설인 『말테의 수기』를 썼다. 정확하게 말하여 『말테 라우리츠 브리게의 수기 *Aufzeichnungen des Malte Laurids Brigge*』는 체념 의식과 개개인의 고유한 삶이나 죽음은 아랑곳없고 질보다 양이 판을 치는 대도시의 양상에 대한 공포의 체험에서 우러나온 절망의 기록이다. 이 안에는 어찌할 바를 모르고 똑같은 핵(核)의 주위를, 다시 말하면 빈곤과 죽음과 공포의 주위를 끊임없이 돌고 있는 인간상이 그려져 있다.

거리는 너무나도 텅 비어 있었다. 그 공허가 지루해하며 내 발 밑에서 걸음을 빼앗아 갔다. 그러고는 내 걸음을 빼앗아 나막신을 신은 듯이 이리저리 딸가닥거리며 돌아다녔다. 여자가 그 소리에 놀라 너무 갑작스럽게 몸을 일으켰기 때문에 얼굴이 두 손 안에 남아 있는 상태였다. 나는 그 손

안에 비어 있는 얼굴의 틀을 보았다. 시선이 손에 머물러 있는데도 손에서 떨어져 나와 있는 것을 보지 않기 위해서는 말로 형언할 수 없는 노력이 필요했다. 얼굴을 안쪽에서 보는 일도 소름 끼쳤지만, 얼굴 없는 적나라한 상처투성이 머리통을 보는 일은 훨씬 더 끔찍했다.

거리에 앉아 구걸하는 여자를 그린 것인데 이러한 비참한 인간의 모습을 관찰하는 데 그의 탁월함이 잘 나타나 있다. 또 살기 위해서라기보다 오히려 죽기 위해서 자선병원을 찾아가는 인간의 군상, 그는 대도시에서 죽음조차 대량 생산이 되고 있음을 본다. 이토록 섬세하고 예리하게 보는 눈은 문학 청년인 주인공에게 어떠한 도움을 주는 것인가? 그것은 시인이 되기 위한 몸부림이다.

이러한 파리에 대한 환멸에도 불구하고 릴케가 파리에서 로댕과 만나 그에게서 예술적 영향을 받았다는 사실은 릴케의 문학적 생애에서 러시아 여행과 더불어 또 하나의 중대한 사건이 아닐 수 없다. 릴케는 로댕에게서 비단 제작의 규율만이 아니라 사물을 보는 눈을 배웠다. 그리고 설사 이 거장과 어색한 결별을 하긴 하였으나 그에 대해서 릴케가 품고 있던 경의와 애정은 온 생애를 통하여 변함이 없었다. 로댕의 영향은 『말테의 수기』에도 나타나고 있으나 무엇보다도 그의 사물시들 가운데서 농후하게 풍긴다.

〈사물시 Dinggedichte〉에서 릴케는 개개의 현상에 대한 겸허하고도 참을성 있는 태도로서 자기의 눈앞에 존재하는, 살아 있거나 혹은 생명이 없는 대상의 본질을 표현하고 있다. 이렇게 해서 그의 『신시집』에서 볼 수 있는 대표적인 작품들, 즉 「표범」, 「고대 아폴로의 토르소」, 「자오선의 천사」 등이 나오게 되었던 것이다. 그가 로댕에게 배운 제작 방법은 하나의 생명을 보는 조건을 구비하기 위하여 끈기 있게 내면적으로 오랫동안 응시하는 것, 무겁게 닫혀 있는 사물의 압력에 견디고 경건하게 그 내부에 들어가는 것이다. 릴케 시의 비밀은 모두 이렇듯 인내와 봉사와 헌신이 가져온, 다시 말하면 요설(饒舌)과는 정반대의 침묵 속에서 보는 방법을 터득한 데 있었다. 그렇기에 그의 시는 현대의 어느 독일 시인의 시에서도 볼 수 없는 적확한 직감적인 아름다움을 지니고 있다고 하겠다.

오롯한 대사원의 주위에서 생각하고 또 생각하는
부정만 하는 사람처럼 휘몰아치는 폭풍 속에서
홀연히, 그대의 미소에 의하여 사람은
한결 정답게 그대에게 끌림을 느낀다.

백 가지 입으로 만들어진 하나의 입으로
미소 짓는 천사여, 다감한 모습이여,
우리의 시간들이 그대의 둥근 해시계에서
미끄러져 내리는 것을 그대는 전혀 알아채지 못한다.

이것은 프랑스의 파리 남방 샤르트르Chartres에 있는 고딕 양식의 대사원 벽모퉁이에 붙어 있는 자오선의 천사상을 노래한 것이다. 휘몰아치는 폭풍이 부정만 하는 사람으로, 백 가지의 입으로 만들어진 하나의 입으로 미소 짓는 천사, 해시계에서 미끄러져 내리는 시간——인내성 있는 조각가의 관찰력으로 그려낸 사물시의 백미이다.

　　릴케는 『말테의 수기』를 탈고한 직후인 1909년에 마리 폰 투른 운트 탁시스호엔로에 Marie von Thurn und Taxis-Hohenlohe 후작 부인과 만나게 되었는데, 이 탁시스 부인의 후의로 1911년 아드리아 해변의 두이노 Duino 성에 초대받게 되었다. 스무 살이나 연상인 탁시스 부인은 평생을 두고 그에게 정신적 경제적 원조를 아끼지 않았다고 하는데, 바로 이곳에서 1912년 초에 그의 필생의 역작인 『두이노의 비가(悲歌)』 중 「제1비가」와 「제2비가」가 탄생했다. 1에서 10까지에 이르는 이 『두이노의 비가』는 그의 시의 금자탑을 이루는 대표작으로서 이것을 완성하기 위하여 무려 10년이라는 세월이 필요했던 것이다. 생을 온전한 존재의 반면(半面)으로 보고 생의 허무성을 개탄한 다음 이 시인이 마침내 도달한 존재 긍정의 표현으로서, 생의 긍정과 죽음의 긍정이 일체되어 나타난다. 결국 생과 사의 두 영역에서 한없이 길러지는 것처럼 보이는 우리의 실존에 대한 의식이 비가 전체를 꿰뚫고 흐르는 테마이다.

......영원한 물줄기는 항상
두 세계를 뚫고 나이와는 상관없이 모두 다 휩쓸어가며
두 세계에서 이들의 소리를 압도하며 흐른다.

이렇게 릴케는 「제1비가」에서 노래했다.

제1차 세계대전이 일어나자 그는 1916년 군대 소집을 당했다. 반년 만에 군에서 나온 그는 피폐한 몸을 이끌고 뮌헨으로 왔다. 전쟁이 끝나자 그는 1919년부터 주로 스위스에서 거주했고 1921년부터는 뮈조의 조용한 환경 속에서 창작 생활에 몰두하였다. 건강이 좋지 않아 발몽 요양소에서 1923년과 1925년에 체류한 바가 있었는데 1926년 12월 29일, 마침내 그곳에서 세상을 떠났다. 뮈조 성은 실제 가보면 조그마하고 보잘것없는 답답한 돌집이다. 릴케는 인가도 거의 없는 외로운 환경 속에서 말년을 보냈기 때문에 객관적으로 볼 때 지극히 외로운 삶이었다. 하지만 이것은 시인 스스로가 택한 길이었고 여기서 창작한 만년의 대작들을 생각한다면 그것은 시인이 갖는 운명이기도 했다. 릴케는 발레리와 같은 프랑스의 대시인을 그곳에서 영접한 적도 있었는데, 주로 스위스 각지를 수없이 여행하면서 그의 뮈조 체류는 자주 중단되었다. 일찍부터 그의 생은 독일, 프랑스, 스위스, 오스트리아, 체크는 물론 벨기에, 이탈리아, 스페인, 심지어는 이집트, 튀니지, 알제리에 이르기까지 수많은 여행으로 점철되어 있어, 여기서 방랑자로서의 그의 면모 또한 찾아볼 수 있다. 그것은 마치 벌이 꿀을 모으듯 어느 날인가 시로 피어나올 경험을 모으기 위한 끊임없는 수집가의 행각이었다 하겠다.

뮈조, 정확하게는 뮈조 성에서 그는 1922년부터 『두이노의 비가』와 그의 원숙기의 대표작인 『오르페우스에게 바치는 소네트』를 완성했다. 『오르페우스에게 바치는 소네트』도 『두이노의 비가』와 같이 생과 사의 이중 구조를 가진 존재에 대한 긍정이 주제이나, 우리가 보통 인식하고 있는 현실보다 높은 존재를 찬미했다는 점에서 그 탁월한 의미를 발견할 수 있다. 이후 그가 세상을 떠나기 전까지 4년간 그는 발레리의 시와 산문을 번역하는 한편, 프랑스어로 수많은 시를 창작했으며, 독일어로 쓴 시도 몇 편 남겼다. 마치 익숙지 않은 악기를 시험해 보듯 그는 프랑스어를 다루어 뛰어난 시를 많이 남겼던 것인데, 그의 프랑스어 시의 결정(結晶)이라고 할 수 있는 시집 『과수원』은 그가 세상을 떠나기 불과 반년 전에 출간되었다.

그 누구의 죽음도 아닌 자기 자신의 죽음을 바랐던 그에게, 가장 자기다운 죽음이 성취되는 날이 왔다. 장미꽃 가시에 찔린 것이 덧나서 백혈병을 일으켰고 이것이 죽음의 직접적인 원인이 되었다고 한다. 죽음에 있어서까지 릴케는 전설을 남겨주고 갔던 것이다. 우리는 여기에서 또한 자작(自作)으로 된 그의 묘비명을 상기하지 않을 수가 없다.

장미꽃이여, 오 순수한 모순이여, 이리도 많은
눈꺼풀 아래 그 누구의 잠도 아닌 기꺼움이여.

이 시를 아는 사람이면 스위스 발리스 주의 한촌 라롱의 들판에 솟아 있는 작고도 험한 언덕 위에 올라가서 릴케의 무덤을 오래 찾을 필요가 없다. 하지만 슬프게도 오늘날 보게 되는 릴케의 무덤은 이 작은 묘지의 예배당 전기공사에서 희생되었던 원래 무덤의 복제이고 릴케의 유골 역시 흩어져 찾을 길이 없다. 외로운 시인의 생전의 삶과 그 사후를 생각하면 이루 말할 수 없는 슬픔에 잠기게 된다. 하지만 릴케는 그가 생전에 인식했던 것처럼 두 세계에 걸쳐 존재하며 수많은 눈꺼풀 아래 그 누구의 잠도 아닌 장미의 기꺼운 잠을 자고 또 자리라.

작가 연보

1875년   12월 4일 당시 오스트리아 제국의 지배 아래 있던
체크 프라하의 하인리히 가세 19번지에서 아버지
요셉 릴케(1838-1906)와 어머니 소피(1851-1931)
사이에서 태어남. 12월 19일 성 하인리히 교회에서
르네 칼 빌헬름 요한 요셉 마리아 릴케라는 세례
명을 받음.

첫 딸을 잃고 상심한 어머니가 그를 다섯 살까지
여자아이처럼 기름. 이 유년기가 그의 성격 형성뿐
아니라 작품에도 지대한 영향을 미침.

1882년   프라하 가톨릭 재단의 피아리스트 수도회에서 운
영하는 초등학교에 다님.

부모가 이혼한 뒤 1884년부터 어머니가 양육함.

1886년   9월 1일 국가 장학생으로 장크트필텐 육군 실과
중학교에 입학.

1890년   메리슈바이스키르헨 육군 실과 고등학교에 진학.

1891년   6월 병 때문에 육군 실과 고등학교를 그만두고 3년
          과정의 린츠 상업학교에 들어갔으나 다음 해 중반
          에 그만둠.

1893년   3년간 발레리 폰 다빗 론펠트(발리)라는 한 살 연
          상의 소녀와 사귀며 사랑을 체험. 그녀에게 수많
          은 편지와 사랑을 고백하는 시를 바침.

1894년   여러 문학 잡지에 시를 발표하다가 처녀 시집 『삶
          과 노래』를 자비로 출간하여 발리에게 헌정.

1895년   프라하 대학 입학.
          두 번째 시집 『가신에게 바치는 제물』 출간.

1986년   왕성한 문학 활동을 벌이면서 많은 작품을 출판.
          9월 뮌헨으로 이주, 뮌헨 대학에서 두 학기 동안
          예술사, 미학, 다윈의 이론 등을 공부.

1897년   3월 말 베네치아 여행.
          5월 12일 뮌헨에서 루 안드레아스 살로메(1861-1937)
          와 운명적으로 만남.
          가을부터 베를린 대학으로 옮겨 학업을 계속.
          『예술 책자』를 중심으로 순수 예술 운동을 벌이던
          시인 슈테판 게오르게 및 하우프트만 형제와 만남.
          시집 『꿈의 관을 쓰고』 출간.
          드라마 『첫 서리를 맞으며』가 프라하에서 상연됨.

1898년   4월-5월 이탈리아 피렌체 등지에 체류하면서 『피
          렌체 일기』와 『슈마르겐도르프 일기』를 씀.

피렌체에서 화가 하인리히 포겔러를 알게 되고 슈테판 게오르게와도 재회.

시집 『강림절』, 단편집 『삶을 따라서』 등을 출간.

1899년   오스트리아 빈에서 작가 슈니츨러 및 시인 호프만스탈을 만남.

4월부터 6월까지 살로메 부부와 함께 첫번째 러시아 여행. 모스크바에서 톨스토이를 방문. 마이닝겐에서 러시아 예술, 역사 그리고 언어를 공부함.

『기도시집』 제1부 「수도사 생활의 서」 집필.

시집 『나의 축제를 위하여』 출간.

소설집 『사랑하는 신의 이야기와 기타』 집필.

『기수 크리스토프 릴케의 사랑과 죽음의 노래』 초고 완성.

1900년   5월에서 8월까지 살로메와 두번째 러시아 여행.

야스나야폴랴나로 톨스토이 방문.

8월 말에서 10월 초 하인리히 포겔러의 초청으로 북독일의 보르프스베데 예술가 촌에 머물던 중 조각가 클라라 베스토프(1878-1954)를 알게 됨.

1901년   3월 클라라 베스토프와 결혼.

9월 『기도시집』 제2부 「순례의 서」 집필 및 완성.

『일상생활』이 베를린에서 상연됨.

12월 12일 외동딸 루트를 낳음.

1902년   5월 보르프스베데 화가들에 대한 전기 『보르프스베데』 집필.

1903년 6월 말까지 10개월 동안 파리에 머물면서 로댕(1840-1917)을 방문.

『형상시집』 출간, 게르하르트 하우프트만에게 헌정.

단편소설 『마지막 사람들』 출간.

11월 릴케 문학의 중기 대표작들인 〈사물시〉를 담은 『신시집』에 수록되어 있는 유명한 시 「표범」을 씀.

1903년 로댕 집에 묵으면서 그의 전기 『로댕론』 집필.

『기도시집』 제3부 「가난과 죽음의 서」를 완성.

9월 로마 여행.

1904년 2월 8일 『말테의 수기』를 쓰기 시작.

엘렌 케이 여사의 초대로 로마를 떠나 덴마크의 코펜하겐을 거쳐 6월 말부터 12월 초까지 스웨덴에 머묾.

1905년 10월 21일부터 11월 2일까지 첫번째 강연 여행, 드레스덴과 프라하에서 〈로댕론〉 강연.

초기의 대작인 『기도시집』을 출간하여 살로메에게 헌정.

1906년 로댕의 비서 일을 봄.

두번째 강연 여행.

『신시집』의 상당 부분 집필.

『형상시집』의 증보판 출간.

『기수 크리스토프 릴케의 사랑과 죽음의 노래』 초판 출간.

벨기에, 독일 등 각지 여행.

1907년 프라하, 브로추아프, 빈 등지를 여행 중 유명한
      골상학자이자 저술가인 루돌프 카스너와 만남.
      12월 『신시집』 출간.

1908년 1904년에 시작한 『말테의 수기』 계속 집필.
      『신시집 별권』 출간, 로댕에게 헌정.

1909년 12월 13일 파리에 머물던 중 그에게 지대한 도움
      을 주게 될 마리 폰 투른 운트 탁시스호엔로에 후
      작 부인을 만남.

1910년 5월 31일 『말테의 수기』 출간.
      앙드레 지드와 만남.
      11월 19일부터 북아프리카 여행.

1912년 두이노 성에 머물던 중 창조의 영감을 받아 『두이
      노의 비가』 집필 착수. 그중 「제1비가」, 「제2비
      가」와 몇몇 〈비가〉의 단편들 및 연작시 『마리아의
      생애』를 씀.
      11월 초부터 스페인 여행.

1913년 살로메와 함께 정신분석학 세미나에 참가, 프로이
      트 등 정신분석학자들을 만남.
      「제3비가」 완성, 『제1시집』 출간.

1914년 『말테의 수기』 이후로 침체에 빠져 있던 릴케의
      영혼에 다시 한 번 활력을 불어넣어 준 여류 피아
      니스트 마그다 폰 하팅베르크(벤베누타)를 만남.
      제1차 세계대전 발발과 함께 파리에 있던 그의 전

재산이 적산으로 판정되어 몰수, 경매에 회부됨.

뮌헨 교외 이르셴하우젠에서 그의 삶에 또 다른 발자국을 남긴 여류화가 루 알베르 라사르와 친교를 맺게 됨.

앙드레 지드의 『탕아의 귀환』 번역 출판.

1915년   뮌헨에서 레기나 울만, 안네테 콜프, 발터 라테나우, 알프레드 슐러, 한스 카롯사, 파울 클레 등을 만남.

『두이노의 비가』의 네 번째 비가를 씀.

1916년   1월에서 6월까지 빈에서 군의 문서국 서기로서 군복무.

6월 9일 병역 면제 처분을 받고 뮌헨에 머무르며 화가 코코슈카, 사상가 카스너 등과 교제.

라사르가 유일하게 앉아 있는 릴케의 초상화를 그림.

1918년   알프레트 슐러의 여러 강연을 듣고 감명을 받음.

『루이스 라베의 스물네 편의 소네트』 번역.

1919년   뮌헨에서 살로메와 재회. 릴케 책이 큰 판매 성과를 거둠.

6월 11일 뮌헨을 떠나 스위스 각지를 여행하면서 수많은 강연을 함.

나니 분덜리 폴카르트와 만남. 릴케가 〈니케〉라고 부른 이 여인은 그가 어려움에 처할 때마다 도움을 아끼지 않았으며, 그의 유언장도 위임받았음.

라인하르트 형제와 만남.

1920년   제네바에서 발라디느 클로소브스카와 만남, 다년
에 걸친 친교 관계가 이루어짐.

1921년   베르크 성에 머물던 중 폴 발레리 작품을 읽고 감
명받아 그의 시집『해변의 묘지』를 번역.

마지막 릴케의 안식처가 된 뮈조 성으로 이사.

1922년   『두이노의 비가』완성.

『오르페우스에게 바치는 소네트』집필 및 완성.

어려운 내용을 담은『젊은 노동자의 편지』집필.

발레리 작품 번역.

1923년   발몽 요양소에 입원.

『두이노의 비가』, 『오르페우스에게 바치는 소네
트』출간.

1924년   스위스 여행 후 뮈조 성으로 돌아옴.

프랑스어로 시를 씀.

발몽 요양소 재입원.

1925년   그의 작품『말테의 수기』를 번역한 모리스 베스와
만나 도움을 줌.

앙드레 지드와 폴 발레리, 호프만스탈, 클로델 등
을 만남.

10월 22일 자신의 유언장을 작성해서 〈니케〉에게
보관하도록 함.

1926년   「장미」, 「창문」 등 프랑스어로 시를 씀.

프랑스어 시집『과수원』출간.

백혈병으로 12월 29일 세상을 떠남.

1927년   1월 2일 릴케 자신의 유언에 따라, 라롱의 험한 바위 언덕 위에 위치한 교회 옆에 묻힘. 카타리나 키펜베르크는 저서 『라이너 마리아 릴케』에서 〈릴케가 묻히는 날, 라롱의 협곡 좁다란 들판은 전날 밤에 내린 눈 때문에 시체를 덮는 하얀 아마포가 씌워진 것 같았다〉고 회상. 묘비에는 릴케 자신이 미리 써놓았던 「묘비명」이 새겨져 있음.

세계문학전집 **42**

말테의 수기

1판 1쇄 펴냄 2001년 6월 25일
2판 1쇄 펴냄 2005년 1월 15일
2판 43쇄 펴냄 2024년 1월 12일

지은이 라이너 마리아 릴케
옮긴이 문현미
발행인 박근섭, 박상준
펴낸곳 (주)민음사

출판등록 1966. 5. 19. (제 16-490호)
서울특별시 강남구 도산대로1길 62(신사동) 강남출판문화센터 5층 (우편번호 06027)
대표전화 02-515-2000 팩시밀리 02-515-2007
www.minumsa.com

© 문현미, 2001, 2005. Printed in Seoul, Korea

ISBN 978-89-374-2537-0 04800
ISBN 978-89-374-6000-5 (세트)

* 잘못 만들어진 책은 구입처에서 교환해 드립니다.

세계문학전집 목록

세계문학전집은 계속 간행됩니다.